Diogenes Taschenbuch 20338

de
te
be

W. Somerset Maugham

Entlegene Welten

Gesammelte Erzählungen VIII

Diogenes

Der vorliegende Text erschien zusammen mit den Bänden
Winterkreuzfahrt und *Fata Morgana*
zuerst 1972 als Band IV
der *Gesammelten Erzählungen*
von W. Somerset Maugham im Diogenes Verlag.
Umschlagzeichnung von Tomi Ungerer

60/82/9/3
ISBN 3 257 20338 1

Inhalt

Der Büchersack

Manche Menschen lesen zu ihrer Belehrung, was löblich, und manche zu ihrem Vergnügen, was unschuldig ist, aber nicht wenige lesen aus Gewohnheit, und das ist weder unschuldig noch löblich. Zu dieser beklagenswerten Gruppe gehöre ich. Gespräche langweilen mich nach einer gewissen Zeit, Spiele ermüden mich, und meine eigenen Gedanken, die nie versagende Zuflucht eines verständigen Menschen, wie behauptet wird, neigen leider dazu, zu versiegen. Und dann stürze ich mich auf meine Bücher wie der Opiumraucher auf seine Pfeife. Ich würde lieber den Katalog der ›Army und Navy Stores‹ oder Bradshaws Eisenbahnkursbuch lesen als gar nichts und habe in der Tat so manche genußreiche Stunden über diesen beiden Büchern zugebracht. Eine Zeitlang ging ich nie ohne den Katalog eines Buchantiquariates in der Tasche aus. Ich kenne keine fruchtbarere Lektüre. Natürlich ist diese Art Lektüre ebenso anstößig wie der Genuß von Rauschmitteln, und ich kann mich gar nicht genug wundern über die Anmaßung großer Leser, die, weil sie eine Leidenschaft für Bücher haben, auf den ungebildeten Teil der Menschheit herabblicken. Denn ist es, vom Standpunkt der Ewigkeit betrachtet, besser, tausend Bücher gelesen als eine Million Ackerfurchen gezogen zu haben? Geben wir zu, daß das Lesen für uns bloß ein Betäubungsmittel ist, ohne das wir nicht auskommen – wer von uns kennt nicht die Unrast, die uns erfaßt, wenn wir allzulange am Lesen verhindert werden, das Mißbehagen und die Reizbarkeit, und schließlich der Seufzer der Erleichterung, den der Anblick bedruckter Seiten in uns auslöst – und bilden wir uns nicht ein, daß wir besser sind als die armen Sklaven der Injektionsspritze und der Flasche.

Und wie der Rauschsüchtige, der keinen Schritt tut, ohne ein ausreichendes Quantum des tödlichen Balsams mitzunehmen, wage auch ich mich niemals weit fort, ohne mich mit einem erheblichen Vorrat an Lesestoff auszustatten. Bücher sind mir dermaßen unentbehrlich, daß ich ganz bestürzt bin, wenn ich auf einer Eisenbahnfahrt entdecke, daß irgendein Mitreisender nicht ein einziges bei sich hat. Aber wenn ich eine große Reise vorhabe, nimmt das Problem erschreckende Dimensionen an. Ich bin ein gebranntes Kind. Einmal, als ich drei Monate durch Krankheit in einer javanischen Gebirgsstadt festgehalten war, hatte ich schließlich alle Bücher, die ich mitgebracht hatte, ausgelesen und sah mich, da ich nicht Holländisch kann, gezwungen, die Schulbücher zu kaufen, aus denen intelligente Javaner ihre Kenntnisse der deutschen und französischen Sprache schöpfen. So las ich nach fünfundzwanzig Jahren die kühlen Dramen Goethes wieder, die Fabeln von La Fontaine und die Tragödien des empfindsamen und präzisen Racine. Ich hege die höchste Bewunderung für Racine, muß jedoch gestehen, daß es für einen Menschen, der an Kolitis leidet, eine gewisse Anstrengung bedeutet, eines seiner Stücke nach dem andern zu lesen. Seit jener Zeit habe ich es mir zum Prinzip gemacht, mit dem größten im Handel erhältlichen Wäschesack zu reisen und ihn bis zum Rande mit Büchern für jede Gelegenheit und jede Stimmung anzufüllen. Er wiegt einen Zentner, und die Träger stöhnen unter seinem Gewicht. Zollbeamte blicken ihn mißtrauisch an, weichen aber konsterniert zurück, wenn ich ihnen mein Wort gebe, daß er nichts als Bücher enthalte. Ein solcher Sack hat bloß den Nachteil, daß das Werk, das man haben möchte, gewöhnlich ganz unten liegt und unmöglich zu erreichen ist, ohne daß der gesamte Inhalt auf den Boden ausgeleert wird. Doch gäbe es diesen Übelstand nicht, hätte ich vielleicht niemals die eigentümliche Geschichte von Olive Hardy erfahren.

Ich reiste in den malaiischen Staaten herum und hielt mich da und dort auf, bald eine oder zwei Wochen, wenn es ein Unterkunftshaus oder ein Hotel gab, bald bloß wenige Tage, wenn ich gezwungen war, mich bei einem Pflanzer oder einem Distriktsbeamten einzuquartieren, dessen Gastfreundschaft ich nicht allzulange in Anspruch nehmen wollte; und so kam ich auch nach Penang. Es ist eine nette kleine Stadt mit einem Hotel, das ich immer sehr angenehm fand, aber für den Fremden gibt es dort wenig zu unternehmen, und die Zeit wurde mir etwas lang. Eines Morgens erhielt ich einen Brief von einem Mann, den ich nur dem Namen nach kannte. Es war Mark Featherstone. Er war stellvertretender Gesandter in einem Ort namens Tenggarah – der Gesandte selbst befand sich auf Urlaub. Es gab dort einen Sultan, und Featherstone teilte mir mit, daß ein Wasserfest stattfinden sollte, das mich vielleicht interessieren würde. Er schrieb, daß er sich freuen würde, mich für ein paar Tage bei sich zu sehen. Ich telegraphierte, daß ich seine Einladung mit dem größten Vergnügen annehmen wollte, und fuhr am nächsten Tage mit dem Zug nach Tenggarah. Featherstone erwartete mich auf dem Bahnhof. Er war ein Mann von ungefähr fünfundvierzig, groß und stattlich, mit schönen Augen und einem markanten, ernsten Gesicht. Er hatte einen borstigen schwarzen Schnurrbart und buschige Augenbrauen. Er sah mehr wie ein Soldat als wie ein Regierungsbeamter aus. Er war sehr elegant, mit weißen Hosen und weißem Tropenhelm, und verstand seine Kleider zu tragen. Er war etwas schüchtern, was bei einem Manne von so energischem Aussehen sonderbar schien, aber ich führte es darauf zurück, daß er nicht gewohnt war, mit Schriftstellern, dieser wunderlichen Menschengattung, umzugehen, und hoffte, ihm seine Befangenheit bald zu nehmen.

»Meine Boys werden sich um Ihre Koffer kümmern«, sagte er. »Wir wollen inzwischen in den Klub gehen. Geben Sie ihnen die Schlüssel, und sie werden auspacken, ehe wir zurückkommen.«

Ich sagte ihm, daß ich sehr viel Gepäck hätte und vielleicht nur das mitnehmen sollte, was ich für ein paar Tage brauchte. Aber davon wollte er nichts hören.

»Das macht gar nichts. Zu Hause ist es sicherer. Und dann ist es immer angenehm, seine Sachen bei sich zu haben.«

»Schön.«

Ich übergab meine Schlüssel und den Schein für meine Koffer und meinen Büchersack einem chinesischen Boy, der neben meinem Gastgeber stand. Vor dem Bahnhof wartete ein Wagen auf uns, und wir stiegen ein.

»Spielen Sie Bridge?« fragte Featherstone.

»Jawohl.«

»Ich dachte, daß Schriftsteller gewöhnlich nicht spielen.«

»Das stimmt auch«, sagte ich. »Es gilt unter Schriftstellern im allgemeinen für ein Zeichen von mangelnder Intelligenz, wenn man Karten spielt.«

Der Klub war ein Bungalow, hübsch, aber anspruchslos; er enthielt ein großes Lesezimmer, ein Billardzimmer mit einem Tisch und ein kleines Spielzimmer. Als wir ankamen, war es leer, bis auf ein, zwei Personen, die englische Wochenschriften lasen, und wir gingen durch die Räume zu den Tennisplätzen, wo ein paar Sets gespielt wurden. Ein paar Leute saßen rauchend und an kühlen Getränken nippend auf der Veranda und schauten zu. Ich wurde einigen von ihnen vorgestellt. Aber es wurde immer dunkler, und bald konnten die Spieler den Ball kaum mehr sehen. Featherstone fragte einen von den Männern, denen ich vorgestellt worden war, ob er Lust zu einem Rubber hätte. Er sagte ja. Dann sah sich Featherstone nach einem Vierten um. Sein Blick fiel auf einen Mann, der etwas abgesondert saß; er zögerte eine Sekunde und trat schließlich auf ihn zu. Die beiden wechselten ein paar Worte und gesellten sich zu uns. Wir begaben uns in das Spielzimmer. Es wurde ein sehr hübsches Spiel. Ich schenkte unseren beiden Mitspielern nicht viel Aufmerksamkeit. Sie bewirteten mich mit Getränken, und ich, als temporäres Mitglied des Klubs, revanchierte mich. Die Getränke waren sehr klein, Viertel-Whiskies, und in den zwei Stunden, die wir spielten, konnte jeder von uns seine Freigebigkeit zeigen, ohne daß wir übermäßige Mengen von Alkohol konsumierten. Als die Stunde so weit vorgeschritten war, daß wir nur mehr einen letzten Rubber zu spielen hatten, gingen wir von Whisky zu Gin Pahits über. Der Rubber war zu Ende, Featherstone rief nach dem Buch, und die Gewinne und Verluste jedes einzelnen wurden eingetragen. Einer von den Männern stand auf.

»Ich muß jetzt gehen«, sagte er.

»Fahren Sie auf die Plantage zurück?« fragte Featherstone.

»Ja«, nickte er. Er wandte sich an mich. »Werden Sie morgen wieder hier sein?«

»Ich hoffe.«

Er verließ das Zimmer.

»Ich hole meine Frau und sehe, daß wir nach Hause kommen zum Dinner«, sagte der andere.

»Und wir gehen auch, wenn es Ihnen recht ist«, meinte Featherstone, zu mir gewandt.

»Bitte, ich richte mich ganz nach Ihnen«, antwortete ich.

Wir stiegen in den Wagen und fuhren nach seinem Hause. Es war eine ziemlich lange Fahrt. In der Dunkelheit konnte ich nichts sehen, aber nach einer Weile merkte ich, daß wir einen steilen Hügel hinauffuhren. Wir erreichten die Gesandtschaft.

Es war ein Abend gewesen wie jeder andere, angenehm, aber nicht im geringsten aufregend; ich weiß nicht, wie viele genau solcher Abende ich schon verlebt hatte. Ich nahm nicht an, daß er irgendeinen Eindruck in mir hinterlassen würde.

Featherstone führte mich in sein Wohnzimmer. Es sah bequem, aber ein bißchen gewöhnlich aus. Große Korbstühle, mit Kretonne überzogen, standen herum, und an den Wänden hingen zahlreiche eingerahmte Photographien; die Tische waren übersät mit Papieren, Zeitschriften und amtlichen Berichten, dazwischen lagen Pfeifen, gelbe Blechschachteln mit Zigaretten und rosa Tabakschachteln. Auf einem Regal waren unordentlich ziemlich viele Bücher aufgereiht; ihre Einbände waren fleckig von der Feuchtigkeit und von den Spuren weißer Ameisen. Featherstone zeigte mir mein Zimmer und verließ mich mit den Worten: »Werden Sie in zehn Minuten für einen Gin Pahit bereit sein?«

»Gewiß«, antwortete ich.

Ich badete, zog mich um und ging hinunter. Featherstone, der mich bereits erwartete, mixte unsere Getränke, als er mich die hölzerne Treppe herunterklappern hörte. Wir aßen. Wir sprachen. Das Fest, zu dem ich eingeladen war, sollte am übernächsten Tag stattfinden, aber Featherstone eröffnete mir, er hätte erwirkt, daß ich noch vorher vom Sultan empfangen würde.

»Er ist ein spaßiger Kerl«, sagte er. »Und der Palast ist eine Sehenswürdigkeit.«

Nach dem Dinner unterhielten wir uns noch eine Weile. Featherstone drehte das Grammophon an, und wir sahen uns die letzten illustrierten Zeitschriften an, die aus England gekommen waren. Dann gingen wir zu Bett. Featherstone kam in mein Zimmer, um zu sehen, ob ich mit allem versehen wäre, was ich brauchte.

»Sie haben wohl keine Bücher mit?« fragte er. »Ich habe nicht das geringste zum Lesen.«

»Bücher?« rief ich.

Ich zeigte auf meinen Büchersack. Er stand aufrecht da, seltsam ausgebaucht, so daß er aussah wie ein buckliger Gnom, der etwas zuviel getrunken hatte.

»Suchen Sie sich selbst etwas aus.«

Featherstones Boys hatten den Sack aufgeschlossen, aber

abgeschreckt von dem Anblick, der sich ihnen bot, nichts weiter unternommen. Ich wußte aus langer Erfahrung, wie man ihn auspacken mußte. Ich legte ihn auf die Seite, packte seinen Lederboden und zog, rückwärtsschreitend, den Sack von seinem Inhalt weg. Ein Strom von Büchern ergoß sich auf den Boden. Verblüffung malte sich auf Featherstones Gesicht.

»Mit all diesen Büchern reisen Sie? Mein Gott!«

Er bückte sich, nahm rasch eines nach dem andern auf und sah sich die Titel an. Es waren Bücher aller Art. Gedichtbände, Romane, philosophische Werke, kritische Studien (es wird behauptet, Bücher über Bücher seien wertlos, aber sie bilden trotzdem eine anregende Lektüre), Biographien, Geschichtswerke; es waren Bücher da, die man lesen konnte, wenn man krank war, und andere, die dem Hirn, wenn es frisch und aufnahmefähig war, etwas aufzulösen gaben; Bücher, die man immer hatte lesen wollen, aber zu denen man in der Hast des Lebens niemals Zeit gefunden hatte; Bücher für Meerreisen, wenn man sich auf einem Handelsdampfer durch enge Wasserstraßen hindurchwand; und Bücher für schlechtes Wetter, wenn die Kajüte in allen Fugen ächzte und man sich in seiner Koje verbarrikadieren mußte, um nicht hinauszufallen; dann gab es Bücher, die nur ihres Umfanges wegen gewählt worden waren, und die man mitnahm, wenn auf einer Expedition das Gepäck leicht sein mußte; und es gab Bücher, die man las, wenn man nichts anderes lesen konnte. Featherstone suchte sich schließlich eine Biographie Byrons aus, die vor kurzem erschienen war.

»Hallo, was ist das?« rief er. »Ich habe vor einiger Zeit eine Besprechung darüber gelesen.«

»Ich glaube, es ist sehr gut«, antwortete ich. »Ich habe es noch nicht gelesen.«

»Darf ich es mitnehmen? Für heute nacht wird es mir auf alle Fälle genügen.«

»Natürlich. Nehmen Sie, was Sie wollen.«

»Nein, das ist genug. Gute Nacht nun. Frühstück um halb zehn.«

Als ich am nächsten Morgen herunterkam, sagte mir der Hauptboy, daß Featherstone, der schon seit sechs Uhr an der Arbeit war, in ein paar Minuten zurück sein würde. Während ich auf ihn wartete, sah ich mir die Bücherregale an.

»Ich sehe, Sie haben eine großartige Bibliothek von Werken über Bridge«, sagte ich, als wir uns zum Frühstück setzten.

»Ja, ich lasse mir jedes Buch über Bridge kommen, das erscheint. Ich interessiere mich dafür.«

»Der eine von unsern gestrigen Mitspielern spielte sehr gut.«

»Welcher? Hardy?«

»Ich weiß nicht. Nicht der, der sagte, er würde seine Frau holen. Der andere.«

»Ja, das war Hardy. Deshalb hatte ich ihn auch aufgefordert. Er kommt nicht oft in den Klub.«

»Hoffentlich kommt er heute abend.«

»Ich würde nicht darauf schwören. Seine Plantage ist ungefähr dreißig Meilen entfernt. Es ist eine lange Fahrt, bloß wegen einer Partie Bridge.«

»Ist er verheiratet?«

»Nein. Das heißt ja. Aber seine Frau ist in England.«

»Es muß furchtbar einsam sein für einen Mann, so allein auf einer Plantage«, sagte ich.

»Ja, aber er empfindet es nicht so schwer wie andere. Ich glaube, er macht sich nicht viel aus den Menschen. In London würde er wahrscheinlich genauso einsam leben wie hier.«

Es war etwas in der Art, in der Featherstone sprach, das mich eigentümlich berührte. Seine Stimme hatte einen verhüllten Klang. Er schien sich plötzlich von mir entfernt zu haben. Es war, als ginge man nachts durch eine Straße und bliebe eine Sekunde stehen, um in ein erleuchtetes Fenster hineinzuschauen, hinter dem ein behagliches Zimmer zu sehen ist, und mit einemmal zöge eine unsichtbare Hand einen Vorhang zu. Seine Augen, die dem Blick der Person, mit der er sprach, sonst frei begegneten, vermieden nun die meinen, und ich hatte den Eindruck, daß es nicht bloß Einbildung wäre, wenn ich in seinem Gesicht einen Ausdruck von Schmerz zu erspähen vermeinte. Es verzog sich einen Augenblick wie unter einem Anflug von Neuralgie. Mir fiel nichts zu sagen ein, und Featherstone sprach nicht. Ich merkte, daß seine Gedanken sich von mir und unserer Unterhaltung abgewandt und einem mir unbekannten Gegenstand zugekehrt hatten. Nach einer Weile seufzte er auf, sehr leicht, aber unverkennbar, und rief sich mit einem Ruck in die Wirklichkeit zurück.

»Ich gehe gleich nach dem Frühstück ins Büro«, sagte er. »Was werden Sie anfangen?«

»Ach, machen Sie sich um mich keine Sorgen. Ich werde faulenzen. Ich werde hinuntergehen und mir die Stadt anschauen.«

»Da gibt's nicht viel zu sehen.«

»Um so besser. Ich habe genug von Sehenswürdigkeiten.«

Ich fand, daß Featherstones Veranda mir für den Vormittag genügend Unterhaltung bot. Ich genoß eine der bezauberndsten Aussichten, die ich im Malaiischen Staatenbund gesehen hatte. Die Gesandtschaft stand auf dem Gipfel eines Hügels, und der Garten war groß und gut gepflegt. Mächtige Bäume gaben ihm fast das Aussehen eines englischen Parkes. Er hatte große Rasenflächen, und auf diesen mähten Tamils, schwarz und abgezehrt, mit bedächtigen, schönen Bewegungen. Jenseits und unterhalb des Gartens stand dicht der Dschungel und wuchs bis an das Ufer eines breiten, gewundenen, rasch fließenden Flusses, auf dessen anderer Seite sich, soweit das Auge reichte, die bewaldeten Hügel von Tenggarah hinzogen. Der Kontrast zwischen den saubern Rasenflächen, die so seltsam englisch wirkten, und der wilden Wirrnis des Dschungels dahinter kitzelte angenehm die Phantasie. Ich saß, las und rauchte. Es gehört zu meinem Beruf, neugierig in bezug auf Menschen zu sein, und ich fragte mich, wie der Friede dieser Landschaft, der dennoch durchzittert war von dunkler, unheilvoller Drohung, auf Featherstone wirken mochte. Er kannte sie in jeder Stimmung: in der Morgendämmerung, wenn der aus dem Fluß aufsteigende Nebel einen geisterhaften Mantel um sie legte; im strahlenden Mittagsglanz; und endlich, wenn das schattenhafte Dunkel sich sacht aus dem Dschungel stahl – wie eine Armee, die mit Vorsicht in unbekanntes Land vordringt – und alsbald die grünen Rasenflächen, die hohen blühenden Bäume und die prangenden Kassien mit Nacht und Stille umhüllt. Ich fragte mich, ob, ihm unbewußt, das holde und doch seltsam düstere Bild dieser Landschaft nicht sein Spiel mit seinen Nerven und seiner Einsamkeit trieb und ein mystisches Element in ihm weckte, so daß das Leben, das er führte, das Leben des befähigten Administrators, des Sportsmannes und guten Kameraden, ihm bisweilen nicht ganz wirklich erschien. Ich lächelte über meine Phantasien, denn das Gespräch, das ich am Abend zuvor mit ihm geführt hatte, hatte keineswegs auf irgendwelche besondere Seelenregungen schließen lassen. Ich hatte ihn ganz nett gefunden. Er war in Oxford gewesen und war Mitglied eines guten Londoner Klubs. Gesellschaftliche Dinge schienen eine große Rolle für ihn zu spielen. Er war ein Gentleman und wußte, daß er einer besseren Klasse angehörte als die meisten Engländer, mit denen sein Leben ihn in Berührung brachte. Ich schloß aus den zahlreichen Silbergefäßen, die sein Speisezimmer schmückten, daß er als Sportsmann brillierte. Er spielte Tennis und Billard. Wenn er Ferien hatte, jagte er und, bestrebt, nicht dicker zu werden, hielt er eine sorgfältige Diät ein. Er sprach viel von dem, was er tun würde, wenn er sich einmal zurückzog. Er sehnte sich nach dem Leben eines Landedelmannes. Ein kleines Haus in Leicestershire, ein paar Jagdhunde und Nachbarn, mit denen man Bridge spielen konnte. Er würde seine Pension haben, und außerdem besaß er etwas Vermögen. Aber inzwischen arbeitete er fleißig und verrichtete seine Arbeit, wenn nicht glanzvoll, so doch sicherlich mit Befähigung. Ich zweifle nicht, daß er bei seinen Vorgesetzten als ein verläßlicher Beamter galt. Er repräsentierte einen Typ, den ich allzu genau kannte, um ihn interessant zu finden. Er war wie ein Roman, der sorgfältig, ehrlich, geschickt und doch ein bißchen banal ist, so daß man das Gefühl hat, ihn schon einmal gelesen zu haben, und die Seiten ohne Spannung umblättert, weil man weiß, daß man keinerlei Überraschung oder Erschütterung zu erwarten hat.

Aber menschliche Wesen sind unberechenbar, und wer sich einbildet, zu wissen, wessen ein Mensch fähig ist, ist ein Narr.

Am Nachmittag führte mich Featherstone zum Sultan. Wir wurden von einem seiner Söhne empfangen, einem schüchternen, lächelnden jungen Mann, der als sein Adjutant fungierte. Er hatte einen netten blauen Anzug an, aber um den Leib trug er einen Sarong, weiße Blumen auf gelbem Grund, auf dem Kopf einen roten Fez und an den Füßen derbe amerikanische Schuhe. Der Palast, im maurischen Stil erbaut, war wie ein sehr großes Puppenhaus und mit einem leuchtenden Gelb, der königlichen Farbe, angestrichen. Wir wurden in ein geräumiges Zimmer geführt, dessen Einrichtung an die einer englischen Pension in einem Seebad erinnerte, aber die Stühle waren mit gelber Seide überzogen, den Fußboden bedeckte ein Brüsseler Teppich, und an den Wänden hingen Photographien in sehr prunkvollen vergoldeten Rahmen, die den Sultan bei verschiedenen Staatsfunktionen darstellten. In einem Schrank war eine große Sammlung der verschiedenartigsten Früchte untergebracht, allesamt in Häkelarbeit ausgeführt. Der Sultan trat mit einem kleinen Gefolge ein. Er war ein Mann von vielleicht fünfzig Jahren, kurz und dick, bekleidet mit Hosen und einer Tunika aus großkariertem weiß-gelbem Stoff; um die Mitte trug er einen sehr schönen gelben Sarong und auf dem Kopf einen weißen Fez. Er hatte große, schöne, freundliche Augen. Er gab uns Kaffee zu trinken, Süßigkeiten zu essen und Zigarren zu rauchen. Das Gespräch war nicht schwierig, weil er liebenswürdig war; er erzählte mir, daß er nie in einem Theater gewesen wäre, noch nie Karten gespielt hätte, denn er war sehr religiös, und er hatte vier Frauen und vierundzwanzig Kinder. Nur eines schien sein Glück zu stören, daß nämlich der Anstand ihn zwang, seine Zeit gleichmäßig zwischen seinen vier Frauen zu verteilen. Eine Stunde mit der einen erschien ihm wie ein Monat, erklärte er mir, während sie mit der andern verflog wie fünf Minuten. Ich bemerkte, daß Professor Einstein – oder war es Bergson? – die gleichen Beobachtungen über die Zeit aufgestellt und damit der Welt viel zum Nachdenken gegeben habe. Nach einer Weile verabschiedeten wir uns, und der Sultan beschenkte mich mit ein paar wunderschönen weißen Malaccas.

Am Abend gingen wir in den Klub. Einer von den Herren, mit denen wir am Abend zuvor gespielt hatten, stand von seinem Stuhl auf, als wir eintraten.

»Lust zu einem Rubber?« rief er uns zu.

»Wo ist unser Vierter?« fragte ich.

»Ach, wir finden leicht jemanden.«

»Und der, mit dem wir gestern gespielt haben? Ich habe seinen Namen vergessen.«

»Hardy? Der ist nicht da.«

»Dann hat es keinen Sinn, auf ihn zu warten«, meinte Featherstone.

»Er kommt sehr selten in den Klub. Ich war erstaunt, ihn gestern abend zu sehen.«

Ich hatte den undefinierbaren Eindruck, daß sich hinter den sehr gewöhnlichen Worten der beiden Männer eine seltsame Verlegenheit verbarg. Hardy hatte keinen Eindruck auf mich gemacht, und ich erinnerte mich nicht einmal, wie er aussah. Für mich war er nichts weiter als ein Vierter am Bridgetisch gewesen.

Ich hatte das Gefühl, daß sie etwas gegen ihn hatten. Es ging mich nichts an, und ich war durchaus bereit, mit einem Mann zu spielen, der sich in diesem Augenblick zu uns gesellte. Es wurde ein lustigeres Spiel als das gestrige. Späße und Neckereien flogen von einer Tischseite zur andern. Wir spielten ein weniger ernstes Bridge. Wir lachten. Ich fragte mich, ob es bloß daran lag, daß sie mir, dem Fremden, der so plötzlich hereingeschneit war, heute unbefangener gegenüberstanden, oder ob es Hardy gewesen war, der ihnen eine gewisse Reserve auferlegt hatte. Um halb neun brachen wir auf, und Featherstone und ich fuhren zum Dinner nach Hause.

Nach dem Essen saßen wir in Lehnstühlen und rauchten Zigarren. Aus irgendeinem Grunde wollte unser Gespräch nicht recht in Gang kommen; ich schnitt ein Thema nach dem andern an, konnte jedoch Featherstone für keines erwärmen. Fast schien es, als hätte er in den letzten vierundzwanzig Stunden alles gesagt, was er zu sagen hatte. Ich verstummte entmutigt. Unser Schweigen zog sich in die Länge, und wieder hatte ich – ohne sagen zu können, warum – den Eindruck, daß sich etwas dahinter verberge, was mir entging. Ich fühlte ein gewisses Unbehagen. Manchmal, wenn man in einem leeren Zimmer sitzt, überkommt einen plötzlich die sonderbare Empfindung, daß man nicht allein sei. So erging es mir. Mir wurde mit einem Male bewußt, daß Featherstone mich unverwandt anblickte. Ich saß neben einer Lampe, aber er war im Schatten, so daß ich das Spiel seiner Züge nicht beobachten konnte. Aber er hatte sehr große, strahlende Augen, und in dem Halbdunkel schienen sie schwach zu leuchten. Sie waren wie neue Schuhknöpfe, in denen sich ein Lichtschein fängt. Ich blickte zu ihm hinüber, und als ich seinem beharrlich auf mich gerichteten Auge begegnete, lächelte ich schwach.

»Interessantes Buch, das Sie mir gestern abend geliehen haben«, sagte er plötzlich, und unwillkürlich mußte ich denken, daß seine Stimme nicht ganz natürlich klang. Die Worte kamen über seine Lippen, als würden sie gestoßen.

»Oh, ›Das Leben Byrons‹?« fragte ich leichthin. »Haben Sie es schon ausgelesen?«

»Nicht ganz, aber einen großen Teil. Ich habe bis drei Uhr früh gelesen.«

»Ich höre, daß es ein gutes Buch ist. Mich persönlich interessiert Byron nicht so sehr. Es ist so viel Zweitrangiges in ihm. Es bleibt immer ein gewisses Unbehagen in mir zurück, wenn ich mich mit ihm beschäftigt habe.«

»Was glauben Sie, ist die Wahrheit über die Beziehung zwischen ihm und seiner Schwester?«

»Augusta Leigh? Ich weiß nicht viel darüber. Ich habe niemals ›Astarte‹ gelesen.«

»Glauben Sie, daß sie wirklich ineinander verliebt waren?«

»Ich nehme es an. Heißt es nicht, daß sie die einzige Frau gewesen ist, die er wirklich geliebt hat?«

»Können Sie so etwas begreifen?«

»Eigentlich nicht. Ich könnte nicht sagen, daß es mich besonders schockiert. Es erscheint mir bloß sehr unnatürlich. Vielleicht ist unnatürlich nicht einmal der richtige Ausdruck. Es ist mir unverständlich. Es gelingt mir nicht, mich in die Gefühlssphäre zu versetzen, in der derartige Dinge möglich sind. Und auf diese Weise lernt ein Schriftsteller ja schließlich die Leute kennen, über die er schreibt: er versetzt sich in ihre Haut und fühlt mit ihrem Herzen.«

Ich wußte, daß ich mich nicht sehr klar ausdrückte, aber ich versuchte, einen innern Vorgang, einen Akt des Unterbewußtseins zu beschreiben, der mir aus der Erfahrung vollkommen vertraut war, den ich jedoch nur schwer in Worte fassen konnte. Ich fuhr fort.

»Sie war natürlich bloß seine Halbschwester, aber ebenso wie Gewohnheit die Liebe tötet, verhindert sie – sollte man meinen – auch ihr Entstehen. Wenn zwei Menschen einander ihr Leben lang gekannt und in engem Kontakt miteinander gelebt haben, kann ich mir nicht vorstellen, wie oder warum jener plötzliche Funke zwischen ihnen aufblitzen sollte, aus dem die Liebe entsteht. Viel eher wäre anzunehmen, daß sie durch gegenseitige Zuneigung aneinander gebunden sind, und nichts ist der Liebe entgegengesetzter als Zuneigung.«

In dem Halbdunkel sah ich, wie ein flüchtiges Lächeln über das schwere und, wie mir schien, etwas düstere Gesicht meines Gastgebers huschte.

»Sie glauben also bloß an Liebe auf den ersten Blick?«

»Nun, vielleicht, aber mit der Einschränkung, daß Menschen einander zwanzigmal begegnet sein können, ohne einander zu sehen. Es gibt eine aktive und eine passive Art des Sehens. Die meisten Menschen bedeuten uns so wenig, daß wir uns niemals die Mühe nehmen, sie anzuschauen. Wir erleiden einfach den Eindruck, den sie auf uns machen.«

»Ach, aber man hat doch so oft von Paaren gehört, die einander jahrelang gekannt haben, kein Mensch wäre auf den Gedanken gekommen, daß sie sich auch nur im geringsten füreinander interessieren, und plötzlich gehen sie hin und heiraten. Wie erklären Sie das?«

»Wenn Sie mich unbedingt zwingen wollen, logisch und konsequent zu sein, so würde ich sagen, daß es sich da um eine andere Art von Liebe handelt. Schließlich ist Leidenschaft nicht der einzige Heiratsgrund. Vielleicht nicht einmal der beste. Zwei Menschen können heiraten, weil sie sich einsam fühlen oder weil sie gute Freunde sind oder aus Vernunftgründen. Ich habe behauptet, Zuneigung sei der größte Feind der Liebe, aber ich leugne keineswegs, daß sie ein sehr guter Ersatz ist. Ich bin gar nicht sicher, ob die auf Zuneigung gegründeten Ehen nicht die glücklichsten sind.«

»Was denken Sie über Tim Hardy?«

Ich war etwas erstaunt über die plötzliche Frage, die nichts mit dem Gegenstand unseres Gespräches zu tun zu haben schien.

»Ich habe nicht viel über ihn nachgedacht. Er schien mir sehr nett. Warum?«

»Kam er Ihnen vor wie jeder andere?«

»Ja. Ist etwas Besonderes an ihm? Wenn Sie mir das früher gesagt hätten, hätte ich ihn mir besser angesehen.«

»Er ist sehr still, finden Sie nicht? Wahrscheinlich würde sich niemand, der nichts von ihm weiß, den Kopf über ihn zerbrechen.«

Ich versuchte, mich zu erinnern, wie er aussah. Das einzige, was mir an ihm aufgefallen war, als wir Karten spielten, waren seine sehr schönen Hände. Es war mir unwillkürlich durch den Kopf gegangen, daß es nicht Hände waren, wie man sie bei einem Pflanzer erwartet. Aber warum ein Pflanzer andere Hände haben soll als andere Menschen – darüber hatte ich nicht weiter nachgedacht. Die seinen waren etwas groß, aber sehr wohlgebildet, mit besonders langen Fingern, und die Nägel hatten eine wunderbare Form. Es waren männliche, und doch seltsam sensible Hände. Ich bemerkte dies und dachte nicht weiter darüber nach. Aber als Schriftsteller gewinnt man im Laufe der Jahre die Fähigkeit, Eindrücke aufzuspeichern, ohne sich dessen bewußt zu werden. Manchmal stimmen sie mit den Tatsachen nicht überein, und es kann vorkommen, daß einem eine Frau als dunkles, massives, ochsenäugiges Geschöpf im Unterbewußtsein bleibt, während sie in Wirklichkeit klein und von undefinierbarem Kolorit ist. Aber das hat nichts zu sagen. Der Eindruck kann trotzdem zutreffender sein als die nüchterne Wahrheit. Und nun, als ich versuchte, aus meinen Tiefen ein Bild dieses Mannes heraufzurufen, hatte ich das Gefühl einer gewissen Unklarheit. Er war glattrasiert, und sein Gesicht, oval, aber nicht mager, schien seltsam bleich unter dem Braun, mit dem die tropische Sonne es überzogen hatte. Seine Züge waren verschwommen. Ich wußte nicht, ob ich mich daran erinnerte oder mir nur einbildete, daß sein rundes Kinn den Eindruck einer gewissen Schwäche auf mich gemacht hatte. Er hatte dichtes braunes Haar, das am Ergrauen war, und eine lange Strähne fiel ihm ständig über die Stirn. Er strich sie mit einer Geste zurück, die ihm zur Gewohnheit geworden war; seine braunen Augen waren groß und sanft, aber vielleicht ein wenig traurig; sie hatten eine schmelzende Weichheit, die, wie ich annahm, von großer Wirkung auf andere Menschen sein konnte.

Nach einer Pause fuhr Featherstone fort:

»Es ist sonderbar, daß ich Tim Hardy nach all den Jahren wieder begegnet bin. Aber so geht es in den Malaiischen Staaten. Man wandert herum, und plötzlich findet man sich an dem gleichen Ort mit einem Menschen, den man vor Jahren in einem ganz andern Teil des Landes gekannt hat. Ich hatte Tim kennengelernt, als er eine Plantage in der Nähe von Sibuku hatte. Sind Sie jemals dort gewesen?«

»Nein, wo liegt es?«

»Ach, im Norden oben. Gegen Siam zu. Für Sie würde es sich nicht lohnen, hinzufahren. Es ist genauso wie jeder andere Ort im Malaiischen Staatenbund. Aber es ist ganz hübsch. Es hatte einen sehr kleinen netten Klub, und es waren ein paar angenehme Leute dort. Es gab da einen Lehrer und einen Polizeihauptmann, einen Arzt, einen Padre und einen Ingenieur. Die übliche Gesellschaft. Ein paar Pflanzer. Drei oder vier Frauen. Ich war Adjutant des Distriktsoffiziers. Es war eine meiner ersten Stellungen. Tim Hardy hatte eine Plantage, die ungefähr fünfundzwanzig Meilen entfernt war. Dort lebte er mit seiner

Schwester. Sie hatten etwas Vermögen, und er hatte die Plantage gekauft. Gummi stand damals sehr gut, und er machte ganz schöne Geschäfte. Wir schlossen uns ziemlich eng aneinander an. Im allgemeinen ist es nicht ganz leicht mit Pflanzern. Manche von ihnen sind sehr nette Kerle, aber nicht ganz ...«, er suchte nach einem Wort oder eine Phrase, die nicht snobistisch klang, »nun, sie sind nicht die Sorte von Menschen, mit denen man zu Hause verkehren würde. Tim und Olive gehörten der gleichen Gesellschaftsschicht an wie man selbst – Sie verstehen doch?«

»Olive war die Schwester?«

»Ja. Sie hatten eine ziemlich unglückliche Vergangenheit. Ihre Eltern hatten sich getrennt, als sie noch ganz klein waren – sieben oder acht Jahre alt –, und die Mutter hatte Olive und der Vater Tim zu sich genommen. Tim wurde nach Clifton geschickt – sie lebten im Westen – und kam bloß in den Ferien nach Hause. Sein Vater war Marineoffizier in Pension und lebte in Fowey. Aber Olive ging mit ihrer Mutter nach Italien; sie sprach perfekt Italienisch und auch gut Französisch. In all den Jahren sahen Tim und Olive einander nicht ein einziges Mal, aber sie schrieben einander regelmäßig. Sie hatten als Kinder sehr aneinander gehangen. Soviel ich aus ihren Andeutungen entnehmen konnte, war das Leben in ihrem Elternhause ziemlich stürmisch gewesen, mit vielen Szenen und Aufregungen – Sie wissen ja, wie es ist, wenn zwei Menschen nicht miteinander auskommen können –, und die Kinder waren viel sich selbst überlassen gewesen. Dann starb Mrs. Hardy, Olive kehrte nach England zurück und ging wieder zu ihrem Vater. Sie war damals achtzehn Jahre alt und Tim siebzehn. Ein Jahr später brach der Krieg aus. Tim wurde Soldat, und sein Vater, der über fünfzig Jahre alt war, bekam irgendeine Beschäftigung in Portsmouth. Ich nehme an, daß er sehr flott gelebt und viel getrunken hat. Er brach noch vor Kriegsende zusammen und starb nach längerer Krankheit. Es scheinen keine Verwandten dagewesen zu sein. Tim und Olive waren die letzten Sprößlinge einer ziemlich alten Familie; sie besaßen ein schönes altes Haus in Dorsetshire, das seit Generationen im Besitz der Familie gewesen war, aber sie waren nicht reich genug, es zu bewohnen, und es wurde immer vermietet. Ich erinnere mich, Photographien davon gesehen zu haben. Es war ein sehr herrschaftliches Haus, aus grauem Stein und ziemlich großartig, mit einem geschnitzten Wappen über dem Eingangstor und geschnitzten Fensterbalken. Tims und Olives großer Ehrgeiz war, genügend Geld zu erwerben, um es bewohnen zu können. Sie sprachen häufig davon. In ihren Gesprächen war nie davon die Rede, daß eines von ihnen heiraten könnte; es schien ausgemacht für sie, daß sie beisammen bleiben würden. Das war merkwürdig, wenn man bedachte, wie jung sie waren.«

»Wie alt waren sie denn damals?« fragte ich.

»Nun, er muß fünfundzwanzig oder sechsundzwanzig gewesen sein, und sie war ein Jahr älter. Sie waren furchtbar nett zu mir, als ich nach Sibuku kam. Sie schlossen mich gleich ins Herz. Wir hatten viel mehr gemeinsam, sehen Sie, als die meisten anderen Leute dort. Ich glaube, sie freuten sich über meine Gesellschaft. Sie waren nicht besonders beliebt.«

»Warum nicht?« fragte ich.

»Sie waren sehr zurückhaltend, und es war deutlich zu sehen, daß sie ihre eigene Gesellschaft der anderer Leute vorzogen. Das lieben die Menschen nicht; es reizt sie; sie nehmen es einem übel, wenn sie bemerken, daß man ohne sie auskommen kann.«

»Nun ja, es verletzt ihre Eitelkeit«, sagte ich.

»Den andern Pflanzern war es ein Dorn im Auge, daß Tim sein eigener Herr war und Privatvermögen besaß. Sie mußten sich mit einem alten Ford zufriedengeben, während Tim einen eleganten Wagen hatte. Tim und Olive waren sehr nett, wenn sie in den Klub kamen, und spielten bei den Tennisturnieren mit und so weiter, aber man hatte den Eindruck, daß sie immer froh waren, wenn sie wieder nach Hause gehen durften. Und genauso war es, wenn sie Einladungen annahmen. Wenn man ein bißchen Verstand hatte, konnte man es ihnen nicht verdenken. Ich weiß nicht, ob Sie viel mit Pflanzern verkehrt haben und in ihre Häuser gekommen sind. Sie sind recht trübselig. Eine Menge kitschiger Möbel und silberne Prunkstücke und Tigerfelle. Und das Essen ist ungenießbar. Aber die Hardys hatten sich ihren Bungalow sehr hübsch gemacht. Nichts Großartiges; es war behaglich, wohnlich und bequem. Das Wohnzimmer war wie ein Drawing-room in einem englischen Landhaus. Man merkte, daß sie an ihren Sachen hingen und sie seit langer Zeit um sich hatten. Es war ein Haus, in dem man sich gerne aufhielt. Der Bungalow stand inmitten des Grundstückes, aber oben auf dem Kamm eines Hügels, und man sah über die Gummibäume hinweg auf das ferne Meer. Olive schenkte dem Garten viel Sorgfalt, und er war wirklich wunderschön. Nie habe ich so prachtvolle Kannas gesehen. Ich verbrachte gewöhnlich das Wochenende dort. Es war bloß eine halbe Stunde Autofahrt bis zum Meer, und wir nahmen unsern Lunch mit und badeten und segelten. Tim hatte ein kleines Boot. Diese Tage waren herrlich. Ich hatte nie gewußt, daß das Leben so genußreich sein konnte. Es ist ein wunderschönes Stück Küste, und es war wirklich außerordentlich romantisch. An den Abenden legten wir Patience oder spielten Schach oder drehten das Grammophon an. Es gab auch sehr gut zu essen; andere Sachen als die, die man gewöhnlich vorgesetzt bekam. Olive hatte ihre Köchin gelehrt, allerhand italienische Gerichte zuzubereiten, und wir vertilgten riesige Schüsseln Makkaroni, Risotto, Gnocchi und dergleichen. Unwillkürlich beneidete ich die beiden um ihr Leben, es war so heiter und friedlich, und wenn sie Zukunftspläne schmiedeten für die Zeit ihrer Rückkehr nach England, prophezeite ich ihnen immer wieder, daß sie sich nach dem, was sie hinter sich gelassen, zurücksehnen würden.

›Ja, wir sind sehr glücklich hier‹, sagte Olive.

Sie hatte eine Art, Tim anzusehen – von der Seite her mit einem langsamen Blick, unter den langen Wimpern hervor –, die sehr reizvoll war.

In ihrem Hause waren sie ganz anders, als wenn sie ausgingen. Sie waren so natürlich und herzlich. Jeder gab das zu, und man kam gerne zu ihnen. Sie luden häufig Gäste ein und verstanden es, sie aufzunehmen; man fühlte sich bei ihnen zu Hause. Es war ein sehr harmonisches Haus. Natürlich mußte jeder merken, wie sehr die beiden aneinander hingen. Und was man ihnen auch vorzuwerfen hatte – man fand sie ungesellig und egozentrisch –, die Zuneigung, die zwischen ihnen herrschte, rührte alle. Sie hätten nicht inniger verbunden sein können, wenn sie verheiratet gewesen wären, meinten die Leute, und wenn man bedachte, wie manche Paare miteinander lebten, so fiel der Vergleich für die meisten Ehen ziemlich unvorteilhaft aus. Sie schienen gleichzeitig das gleiche zu denken. Sie hatten ihre ganz privaten kleinen Späße, über die sie lachen konnten wie die Kinder. Sie waren so reizend miteinander, so fröhlich, so glücklich, daß es eine geistige Erfrischung bedeutete, mit ihnen beisammen zu sein. Ich weiß nicht, wie ich es sonst ausdrücken soll. Wenn man von ihnen fortging, nach ein paar Tagen in ihrem Bungalow, dann hatte man das Gefühl, etwas von ihrem Frieden und von ihrer ruhigen Heiterkeit in sich aufgenommen zu haben. Es war wie ein Seelenbad in kühlem Wasser. Man fühlte sich seltsam gereinigt.«

Es war ganz merkwürdig, Featherstone so schwärmerisch reden zu hören. Er sah so smart aus in seinem eleganten weißen Rock, sein Schnurrbart war so gepflegt, sein dichtes, gewelltes Haar so sorgfältig gebürstet, daß mich seine Überschwenglichkeit ein wenig peinlich berührte. Aber ich merkte, daß er sich bemühte, in seiner ungeschickten Art etwas sehr tief Empfundenes auszudrücken.

»Wie sah Olive Hardy aus?« fragte ich.

»Ich kann sie Ihnen zeigen. Ich habe eine Menge Photos.«

Er erhob sich und holte von einem Regal ein großes Album herunter. Es war das Übliche – gleichgültige Gruppenaufnahmen und wenig schmeichelhafte Einzelbilder. Die Personen, die man sah, hatten Badeanzüge oder Shorts oder Tenniskleider an, die Gesichter waren verkniffen – weil die Sonne sie blendete – oder von Lachen verzerrt. Ich erkannte Hardy, der sich in zehn Jahren nicht viel verändert hatte, mit seiner Haarsträhne in der Stirn – die Erinnerung an ihn wurde durch die Bilder deutlicher. Auf ihnen sah er frisch und jung aus. Sein Ausdruck war von einer Lebendigkeit, die ich bei meiner Begegnung mit ihm bestimmt nicht bemerkt hatte. In seinen Augen war etwas wie Lebensverlangen, das heiß aus dem vergilbten Abzug hervorzuleuchten schien. Ich betrachtete die Photographien seiner Schwester. Ihr Badeanzug ließ erkennen, daß sie eine gute Figur hatte, gut entwickelt, aber schmal; und ihre Beine waren lang und schlank.

»Sie sehen einander ziemlich ähnlich«, sagte ich.

»Ja, obgleich sie ein Jahr älter war, hätte man sie für Zwillinge halten können. Sie hatten beide das gleiche ovale Gesicht und die gleiche blasse Haut, ohne jede Farbe in den Wangen, und sie hatten die gleichen weichen braunen Augen, sehr feucht und sprechend, so daß man unwillkürlich das Gefühl hatte, man könnte ihnen niemals böse sein, was immer sie taten. Und beide hatten sie eine nachlässige, selbstverständliche Eleganz, die sie immer bezaubernd aussehen ließ, mochten sie anhaben, was sie wollten, und mochten sie noch so unordentlich sein. Das ist ihm jetzt abhanden gekommen, nehme ich an, aber damals, in der ersten Zeit unserer Bekanntschaft, hatte er es bestimmt. Sie erinnerten mich immer an die Geschwister in ›Was ihr wollt‹. Sie wissen, welche ich meine?«

»Viola und Sebastian?«

»Sie schienen mir nicht ganz der Gegenwart anzugehören. Es war etwas Elisabethanisches an ihnen. Ich war damals sehr jung, aber ich glaube nicht, daß sie mir nur deshalb so romantisch erschienen. Ich konnte sie mir in Illyrien lebend vorstellen.«

Ich sah mir eines der Bilder ein zweites Mal an.

»Das Mädchen sieht aus, als hätte es weit mehr Charakter als der Bruder«, sagte ich.

»Das stimmt. Ich weiß nicht, ob man Olive schön hätte nennen können, aber sie war außerordentlich reizvoll. Sie hatte etwas Poetisches, etwas Lyrisches, möchte ich sagen, das ihre Bewegungen, ihre Handlungen und alles an ihr bestimmte. Es schien sie über den Alltag emporzuheben. Es war etwas so Reines in ihrem Ausdruck, etwas so Mutiges und Selbständiges in ihrem Gehaben, daß bloße Schönheit daneben flach und langweilig wirkte.«

»Sie sprechen, als wären Sie in sie verliebt gewesen«, unterbrach ich ihn.

»So war es ja auch – selbstverständlich. Ich hätte gedacht, daß Sie das sofort erraten hätten. Ich war furchtbar verliebt in sie.«

»War es Liebe auf den ersten Blick?« lächelte ich.

»Ja, ich nehme an, aber ich begriff es im Anfang nicht. Als es mir nach einem Monat ungefähr zum Bewußtsein kam, daß das, was ich fühlte – ich kann es nur schwer erklären, es war eine Art von verheerendem Aufruhr, der jede Fiber in mir erschütterte –, daß das Liebe war, da wußte ich, daß ich es vom ersten Augenblick an empfunden hatte. Es war nicht nur ihr Äußeres, so bezaubernd es war, die Glätte ihrer blassen Haut, die Art, wie ihr das Haar in die Stirne fiel, und der sanfte Ernst ihrer braunen Augen – es war mehr: man fühlte sich wohl in ihrer Nähe, man war gelöst, man hatte die Empfindung, vollkommen natürlich, ganz man selbst sein zu dürfen. Man fühlte, daß sie keiner Niedrigkeit fähig war. Es war unmöglich, sich vorzustellen, daß sie neidisch oder boshaft sein könnte. Sie besaß eine angeborene Seelengröße. Man konnte eine Stunde mit ihr beisammen sein, ohne zu sprechen und sich dennoch niemals langweilen.«

»Eine seltene Gabe«, warf ich ein.

»Sie war ein großartiger Kamerad. Sie war für jeden Spaß zu haben. Sie war das anspruchsloseste Mädchen, das ich je kennengelernt habe. Man konnte ihr im letzten Moment eine Freude verderben, und so enttäuscht sie auch war, es änderte nichts an ihrer Freundschaft. Wenn man ihr das nächstemal begegnete, war sie genauso herzlich und heiter wie immer.«

»Warum haben Sie sie nicht geheiratet?«

Featherstones Zigarre war ausgegangen. Er warf den Stumpf weg und zündete sich bedächtig eine neue an. Er antwortete nicht gleich. Menschen, die in hochzivilisierter Umgebung leben, werden es vielleicht merkwürdig finden, daß er einem Fremden diese intimen Dinge anvertraute; mir schien es nicht merkwürdig. Ich war daran gewöhnt. Diese Leute, die so rettungslos allein in den entlegensten Winkeln der Erde leben, empfinden es als Wohltat, jemandem, den sie aller Wahrscheinlichkeit nach niemals wiedersehen werden, die Geschichte zu erzählen, die durch Jahre ihr Wachen und Träumen bestimmt hat. Es mag auch sein, daß die Tatsache, einen Schriftsteller vor sich zu haben, ihr Vertrauen weckt. Sie nehmen vielleicht an, daß das, was sie ihm erzählen wollen, ihn auf eine unpersönliche Weise interessieren wird, und das macht es ihnen leichter, ihm ihr Herz auszuschütten. Überdies – wir wissen es alle aus eigener Erfahrung – ist es niemals unangenehm, über sich selbst zu sprechen.

»Warum haben Sie sie nicht geheiratet?« fragte ich.

»Es wäre mein sehnlichster Wunsch gewesen«, antwortete Featherstone endlich. »Aber ich zögerte, es ihr vorzuschlagen. Sie war immer reizend zu mir, wir kamen so großartig miteinander aus und waren so gute Freunde – und doch konnte ich das Gefühl nicht loswerden, daß sie etwas Geheimnisvolles an sich hatte. Obgleich sie so einfach, so offen und natürlich war, spürte ich immer einen Kern von Fremdheit, als hüte sie, tief in ihrem Herzen, nicht ein Geheimnis, aber eine Art von ureigenstem Sein, in das keinem Menschen jemals Einblick gewährt werden würde. Ich weiß nicht, ob ich mich klar ausdrücke.«

»Doch, ich glaube schon.«

»Ich führte es auf die Art zurück, wie sie aufgewachsen war. Sie sprach nie von ihrer Mutter, aber irgendwie gelangte ich zu dem Eindruck, daß sie eine jener neurasthenischen, ganz ihren Gefühlen preisgegebenen Frauen gewesen war, die ihr eigenes Glück zerstören und eine Pest sind für jeden, der mit ihnen in Berührung kommt. Ich hatte den Verdacht, daß sie in Florenz ein ziemlich hemmungsloses Leben geführt hatte, und vermutete, daß Olive ihre schöne Heiterkeit einer bewußten Willensanstrengung verdankte und daß ihre innere Abgeschlossenheit eine Art von Festung war, die sie in sich aufgerichtet hatte, um sich vor dem Wissen um allerhand beschämende Dinge zu schützen. Aber gerade diese Fremdheit fesselte mich. Es war seltsam erregend, zu denken, daß man, wenn man von ihr geliebt wurde und mit ihr verheiratet war, endlich bis in das verborgene Herz dieses Geheimnisses eindringen würde; und teilte man es dann mit ihr, so würde es die Erfüllung sein all dessen, was man je im Leben gewünscht hatte. Es würde sicherlich nicht der Himmel sein. Mir war zumute wie Blaubarts Frau vor der versperrten Kammer im Märchen. Alle Zimmer standen mir offen, aber ich würde keine Ruhe finden, ehe ich nicht auch in das letzte, das mir verschlossen blieb, eingedrungen war.«

Mein Blick fiel auf einen Gecko, eine kleine braune Hauseidechse mit großem Kopf, hoch oben auf der Wand. Es ist ein freundliches kleines Tier, und es ist nett, es im Haus zu haben. Es belauerte eine Fliege. Es hielt sich ganz still. Mit einemmal schoß es vorwärts, um gleich darauf, als die Fliege davongeflogen war, mit einem Ruck in seine seltsame Unbeweglichkeit zurückzusinken.

»Und noch aus einem andern Grund zögerte ich. Wenn ich ihr einen Heiratsantrag machte und sie mich abwies, würde sie mir vielleicht nicht mehr erlauben, wie bisher nach dem Bungalow zu kommen. Das wäre mir furchtbar gewesen. Ich ging so gerne hin. Es machte mich so glücklich, in ihrer Nähe zu sein. Aber sehen Sie, manchmal wird man schwach. Schließlich sprach ich doch, aber fast durch Zufall. Eines Abends, nach dem Dinner, als wir allein auf der Veranda saßen, nahm ich ihre Hand. Sie zog sie sofort zurück.

›Ich mag es nicht, wenn man mich anrührt‹, sagte sie. Sie

wandte den Kopf ein wenig und lächelte. ›Bist du beleidigt? Du darfst nicht böse sein, es ist bloß eine komische Eigenheit von mir. Ich kann nichts dafür.‹

›Ob du wohl bemerkt hast, daß ich dich furchtbar lieb habe?‹ sagte ich.

Ich brachte es wahrscheinlich sehr ungeschickt heraus, aber ich hatte noch nie eine Liebeserklärung gemacht.« Featherstone gab einen kleinen Laut von sich – man wußte nicht, war es ein Lachen oder ein Seufzer. »Übrigens war es auch meine letzte. Sie schwieg eine Minute, dann sagte sie:

›Das freut mich sehr, aber mehr darf nicht sein zwischen uns.‹

›Warum nicht?‹ fragte ich.

›Ich könnte mich niemals von Tim trennen.‹

›Und was, wenn er heiratet?‹

›Das wird nicht geschehen.‹

Ich war nun schon so weit gegangen, daß ich es für das beste hielt, fortzufahren. Aber meine Kehle war so trocken, daß ich kaum sprechen konnte. Ich zitterte vor Aufregung.

›Ich bin schrecklich verliebt in dich, Olive. Ich möchte dich heiraten. Es ist mein größter Wunsch auf der Welt.‹

Sie legte ihre Hand sehr zart auf meinen Arm. Es war, als streife mich eine Blume.

›Nein, Lieber, ich kann nicht‹, sagte sie.

Ich schwieg. Es fiel mir schwer, zu sagen, was ich wollte. Ich bin von Natur aus ziemlich scheu. Sie war ein Mädchen. Ich konnte ihr nicht sagen, daß es nicht das gleiche ist, mit einem Gatten oder mit einem Bruder zu leben. Sie war normal und gesund; sie sollte Kinder haben, sie durfte ihre natürlichen Instinkte nicht verkümmern lassen. Es wäre so schade um ihre Jugend. Aber sie war es, die zuerst sprach.

›Reden wir nicht weiter darüber‹, sagte sie. ›Nimm es mir nicht übel. Hie und da hatte ich wohl den Eindruck, daß du in mich verliebt bist. Tim hat es auch bemerkt. Es tat mir leid, weil ich Angst hatte, es könnte unsere Freundschaft zerstören. Das möchte ich nicht, Mark. Wir verstehen uns so gut, wir drei, und wir haben es so nett miteinander. Ich weiß gar nicht, was wir ohne dich anfangen würden.‹

›Das war auch meine Angst‹, sagte ich.

›Und glaubst du, daß es unvermeidlich ist?‹

›Wenn es nach mir geht, bestimmt nicht, Olive‹, sagte ich. ›Du mußt doch wissen, wie gerne ich herkomme. Noch nie habe ich mich irgendwo so glücklich gefühlt.‹

›Und du bist mir nicht böse?‹

›Warum sollte ich dir böse sein? Du kannst doch nichts dafür. Es zeigt mir bloß, daß du mich nicht liebst, sonst würdest du dich den Teufel um Tim scheren.‹

›Du bist lieb‹, sagte sie.

Sie legte den Arm um meinen Hals und küßte mich leicht auf die Wange. Ich hatte den Eindruck, daß unsere Beziehung damit für sie besiegelt war. Sie sah mich von nun an als ihren zweiten Bruder an.

Ein paar Wochen später fuhr Tim nach England. Der Pächter ihres Hauses in Dorset hatte gekündigt, und obzwar ein anderer bereits gefunden war, hielt Tim es für angezeigt, an Ort und Stelle zu sein, um die Verhandlungen zu führen. Und er brauchte ein paar neue Maschinen für die Plantage. Die wollte er sich bei dieser Gelegenheit anschaffen. Er nahm an, daß er nicht länger als drei Monate ausbleiben würde, und Olive beschloß, nicht mitzufahren. Sie kannte kaum jemanden in England; es war ein fast fremdes Land für sie, sie machte sich nichts daraus, allein gelassen zu werden, und sie wollte die Plantage beaufsichtigen. Natürlich hätten sie auch einen Verwalter aufnehmen können, aber das war nicht das gleiche. Der Gummi fiel im Preis, und es war ratsam, daß eines von ihnen dablieb, für den Fall, daß etwas Unvorhergesehenes eintrat. Ich versprach Tim, mich um sie zu kümmern. Wenn sie mich brauchte, konnte sie mich immer rufen lassen. Meine Liebeserklärung hatte nichts zwischen uns geändert. Wir benahmen uns, als wäre nichts geschehen. Ich weiß nicht, ob sie Tim etwas erzählt hatte. Er verriet durch kein Zeichen, daß er es wußte. Ich liebte sie natürlich genauso wie vorher, aber ich behielt es für mich. Ich kann mich sehr gut beherrschen. Mein Gefühl sagte mir, daß ich keine Hoffnung hätte. Ich hoffte, daß meine Liebe sich mit der Zeit in etwas anderes wandeln würde und daß wir schließlich einfach gute Freunde sein würden. Das ist merkwürdigerweise nie geschehen. Wahrscheinlich war ich allzu tief getroffen, um jemals ganz darüber hinwegzukommen.

Sie begleitete Tim nach Penang, und als sie zurückkehrte, holte ich sie vom Bahnhof ab und brachte sie nach Hause. Ich konnte nicht gut im Bungalow wohnen, während Tim fort war, aber ich fuhr jeden Sonntag zum Lunch hinüber, und nachher gingen wir miteinander an den Strand und badeten. Die Leute bemühten sich, nett zu ihr zu sein, und sie wurde wiederholt aufgefordert, ein paar Tage da und dort zu verbringen, aber das wollte sie nicht. Sie entfernte sich nur selten von der Plantage. Sie hatte eine Menge zu tun. Sie las viel. Sie langweilte sich niemals. Sie schien vollkommen zufrieden mit ihrer eigenen Gesellschaft, und wenn sie Gäste einlud, so tat sie es nur aus einer Art von Pflichtgefühl. Sie wollte nicht, daß man sie für unfreundlich halten sollte. Aber es bedeutete eine Anstrengung für sie, und sie vertraute mir an, wie erleichtert sie sich fühlte, wenn der letzte gegangen war und sie wieder ungestört die friedliche Einsamkeit ihres Hauses genießen durfte. Sie war ein sehr eigenartiges Mädchen. Es war merkwürdig, daß sie in ihrem Alter so gleichgültig gegen die Gesellschaften und kleinen Vergnügungen war, die die Station bot. Auf geistigem Gebiet, wenn Sie verstehen, was ich meine, war sie vollkommen selbständig. Ich weiß nicht, wieso man entdeckte, daß ich in sie verliebt war; ich hatte mir eingebildet, mich niemals verraten zu haben. Aber aus kleinen Andeutungen da und dort entnahm ich, daß man es wußte. Man vermutete, daß Olive meinetwegen nicht mit ihrem Bruder nach England gefahren war. Eine von den Damen, Mrs. Sergison, die Gattin des Polizeioffiziers, ging so weit, mich zu fragen, wann man mir würde gratulieren dürfen. Ich stellte mich natürlich so, als wüßte ich nicht, was sie meinte, aber es war nicht ganz überzeugend. Ich mußte unwillkürlich lachen. Ich bedeutete Olive in dieser Beziehung so wenig, daß sie wahrscheinlich längst meinen Heiratsantrag vergessen hatte. Ich kann nicht sagen, daß sie nicht nett zu mir gewesen wäre – es gab niemanden, zu dem sie nicht nett war –, aber sie behandelte mich mit der gleichen Selbstverständlichkeit wie eine Schwester ihren jüngeren Bruder. Sie war zwei oder drei Jahre älter als ich. Sie war immer furchtbar froh, mich zu sehen, aber sie kam gar nicht auf die Idee, Umstände mit mir zu machen; sie war fast verblüffend intim mit mir; aber unbewußt, wissen Sie, wie man es einem Menschen gegenüber ist, den man sein Leben lang gekannt hat; daß ich ein Mann war, spielte überhaupt keine Rolle; ebensogut hätte ich ein alter Rock sein können, den man anzog, weil er bequem und angenehm war und in dem man alles unternehmen konnte. Ich hätte verrückt sein müssen, wenn ich nicht gesehen hätte, daß sie viele tausend Meilen von mir entfernt war.

Dann, eines Tages, drei oder vier Wochen vor Tims Rückkehr, merkte ich, als ich zu ihr kam, daß sie geweint hatte. Ich war bestürzt. Sie war immer so ruhig. Ich hatte sie niemals in Aufregung gesehen.

›Hallo, was ist los?‹ fragte ich.

›Nichts.‹

›Mach mir nichts vor, Liebling‹, sagte ich. ›Warum hast du geweint?‹

Sie versuchte zu lächeln.

›Ich wollte, du hättest nicht so scharfe Augen‹, sagte sie. ›Ich bin bloß dumm. Eben habe ich ein Kabel von Tim bekommen, daß er die Heimreise aufgeschoben hat.‹

›Oh, das tut mir aber leid, Olive‹, sagte ich. ›Es ist eine furchtbare Enttäuschung für dich.‹

›Ich hatte die Tage gezählt. Ich habe solche Sehnsucht nach ihm.‹

›Gibt er den Grund seines Aufschubes an?‹ fragte ich.

›Nein, er sagt, daß er schreiben wird. Ich will dir das Kabel zeigen.‹

Ich merkte, daß sie sehr beunruhigt war. Ihre ruhigen stillen Augen waren voll Bangigkeit, und zwischen ihren Brauen hatte sich eine kleine Falte eingegraben. Sie ging in ihr Schlafzimmer und kam einen Augenblick später mit dem Kabel zurück. Ich spürte, daß sie mich gespannt beobachtete, während ich es las. Soweit ich mich erinnern kann, hatte das Telegramm folgenden Wortlaut:

Liebling, ich kann am 7. noch nicht abreisen. Bitte, verzeihe mir. Ausführlicher Brief folgt. Innigst Tim.

›Gott, vielleicht sind die Maschinen, die er haben wollte, noch nicht fertig, und er will ohne sie nicht abreisen‹, sagte ich.

›Was könnte es ausmachen, wenn sie mit einem spätern Schiff kämen? In Penang müßten sie ohnedies liegenbleiben.«

›Vielleicht ist etwas mit dem Haus?‹

›Warum hätte er es dann nicht angedeutet? Er muß doch wissen, wie schrecklich beunruhigt ich bin.‹

›Er hat es vielleicht nicht bedacht‹, sagte ich. ›Wenn man fort ist, vergißt man so leicht, daß die Menschen, die man zurückgelassen hat, manches nicht wissen, was einem an Ort und Stelle selbstverständlich erscheint.‹

Sie lächelte wieder, aber nun schon glücklicher.

›Du wirst wahrscheinlich recht haben. Tim wäre das zuzutrauen. Er war immer ein wenig nachlässig und unbekümmert. Sicherlich habe ich aus einer Fliege einen Elefanten gemacht. Nun muß ich geduldig warten, bis sein Brief kommt.‹

Olive hatte sehr viel Selbstbeherrschung, und ich merkte, wie sie sich zusammennahm. Die kleine Falte zwischen ihren Brauen verschwand, und sie wurde wieder das heitere, lächelnde, freundliche Geschöpf, das sie immer war. Sie war stets sanft; an diesem Tage ging eine Milde von ihr aus, die mich erschütterte. In der folgenden Zeit jedoch konnte ich sehen, daß sie ihre Unruhe bloß mit der größten Willensanstrengung bemeisterte. Es war, als fühlte sie ein Unheil herannahen. An dem Tage, ehe die Post ankam, war ich bei ihr. Ihre Aufregung wirkte um so mitleiderregender, als sie sich die größte Mühe gab, sie zu verbergen. Ich hatte an den Posttagen immer viel zu tun, aber ich versprach, gegen Abend zu kommen, um zu hören, was es Neues gebe. Ich war gerade im Begriff, mich auf den Weg zu machen, als Hardys Seis im Wagen vorfuhr und mir eine Botschaft von der Amah überbrachte, ich sollte sofort zu ihrer Herrin kommen. Die Amah war eine ordentliche ältere Person, der ich ein paar Dollar gegeben hatte, mit der Bitte, mich sofort zu benachrichtigen, wenn irgend etwas auf der Plantage nicht in Ordnung war. Ich sprang in meinen Wagen. Als ich vorfuhr, stand die Amah schon auf der Treppe und wartete auf mich.

›Ein Brief ist heute angekommen‹, sagte sie.

Ich unterbrach sie. Ich rannte die Stiege hinauf. Das Wohnzimmer war leer.

›Olive‹, rief ich.

Ich trat auf den Korridor, und plötzlich hörte ich einen Laut, der mein Herz erstarren ließ. Die Amah kam mir nach und öffnete die Tür zu Olives Zimmer. Was ich gehört hatte, war Olives Weinen. Ich trat ein. Sie lag auf ihrem Bett, auf dem Gesicht, den Leib von Schluchzen geschüttelt. Ich legte meine Hand auf ihre Schulter.

›Olive, was ist geschehen?‹ fragte ich.

›Wer ist das?‹ rief sie. Sie sprang plötzlich auf, wie wahnsinnig vor Schreck. Und dann: ›Ach, du bist es‹, sagte sie. Sie stand vor mir, den Kopf zurückgeworfen, die Augen geschlossen, und Tränen entströmten ihnen. Es war furchtbar. ›Tim ist verheiratet‹, stieß sie hervor, und ihr Gesicht verzerrte sich zu einer Grimasse des Schmerzes.

Ich muß gestehen, daß für einen Augenblick etwas wie Freude in mir aufquoll; es war wie ein kleiner elektrischer Schlag, der mein Herz durchzuckte; eine Hoffnung stieg vor mir auf; nun würde sie vielleicht einwilligen, mich zu heiraten; ich weiß, es war furchtbar egoistisch von mir; Sie müssen bedenken, die Nachricht kam völlig überraschend; aber es dauerte bloß einen Augenblick; danach sah ich bloß ihre schreckliche Verzweiflung, und das einzige, was ich empfand, war tiefer Kummer, weil sie so unglücklich war. Ich legte meinen Arm um sie.

›Ach, meine Liebe, wie leid tut mir das!‹ sagte ich. ›Komm, laß uns ins Wohnzimmer gehen und alles besprechen. Und du mußt etwas zu dir nehmen.‹

Sie ließ sich von mir ins Nebenzimmer führen, und wir setzten uns aufs Sofa. Ich trug der Amah auf, Whisky und Sodawasser zu holen, mischte ein starkes Getränk zusammen und zwang Olive, ein wenig davon zu trinken. Ich nahm sie in den Arm und bettete ihren Kopf auf meine Schulter. Sie ließ alles mit sich geschehen. Die dicken Tränen strömten ihr über das arme Gesicht.

›Wie konnte er nur?‹ stöhnte sie. ›Wie konnte er nur?‹

›Liebling‹, sagte ich, ›früher oder später mußte es geschehen. Er ist ein junger Mann. Wie konntest du dir vorstellen, daß er niemals heiraten würde? Es ist doch das Natürliche.‹

›Nein, nein, nein‹, stieß sie hervor.

Zusammengeballt in ihrer Hand hielt sie einen Brief, und ich nahm an, daß es der von Tim war.

›Was schreibt er?‹ fragte ich.

Sie machte eine erschrockene Bewegung und preßte den Brief an ihr Herz, als fürchtete sie, ich könnte ihn ihr entreißen.

›Er schreibt, daß er nicht anders konnte. Er mußte, schreibt er. Was bedeutet das?‹

›Gott, in seiner Art ist er genauso anziehend wie du. Er hat soviel Charme. Wahrscheinlich hat er sich wahnsinnig in irgendein Mädchen verliebt und sie in ihn.‹

›Er ist so schwach‹, stöhnte sie.

›Kommen sie bald?‹ fragte ich.

›Sie haben sich gestern eingeschifft. Er sagt, daß sich nichts ändern wird. Er ist wahnsinnig. Wie könnte ich hierbleiben?‹

Sie fing an, krampfhaft zu weinen. Es war qualvoll, dieses sonst so ruhige Mädchen so völlig verstört und aufgelöst zu sehen. Ich hatte immer geahnt, daß sich hinter ihrer heitern Ruhe ein tiefes Empfindungsvermögen verbarg. Aber die Hemmungslosigkeit ihres Schmerzes zerschmetterte mich. Ich hielt sie in den Armen und küßte sie, ihre Augen und ihre nassen Wangen und ihr Haar. Ich glaube nicht, daß sie wußte, was ich tat. Ich wußte es selber kaum. Ich war so tief erschüttert.

›Was soll ich tun?‹ jammerte sie.

›Heirate doch mich.‹

Sie versuchte, sich von mir zurückzuziehen, aber ich gab es nicht zu.

›Schließlich wäre es ein Ausweg‹, sagte ich.

›Wie kann ich dich heiraten?‹ stöhnte sie. ›Ich bin um Jahre älter als du.‹

›Unsinn, es sind höchstens zwei oder drei. Was liegt daran?‹

›Nein, nein.‹

›Warum nicht?‹ fragte ich.

›Ich liebe dich nicht.‹

›Das tut nichts. Ich liebe dich.‹

Ich weiß nicht, was ich sonst noch sagte. Ich versprach ihr, daß ich alles tun wollte, um sie glücklich zu machen. Ich sagte, daß ich nie mehr von ihr verlangen wollte, als was sie mir freiwillig gab. Ich redete und redete. Ich versuchte, sie zur Vernunft zu bringen. Ich spürte, daß sie nicht dableiben wollte, an dem gleichen Ort wie Tim, und erklärte ihr, daß ich bald in einen andern Distrikt versetzt werden würde. Ich dachte, dies könnte sie verlocken. Sie mußte doch zugeben, daß wir uns immer großartig vertragen hatten. Nach einiger Zeit schien sie etwas ruhiger zu werden. Ich hatte den Eindruck, daß sie mir zuhörte. Es kam mir sogar vor, daß sie wußte, daß sie in meinen Armen lag, und daß es sie tröstete. Ich flößte ihr noch ein paar Schluck Whisky ein. Ich gab ihr eine Zigarette. Endlich dachte ich, es mit einem Scherz versuchen zu können.

›Ich bin wirklich ein ganz netter Kerl‹, sagte ich, ›du hättest es schlechter treffen können.‹

›Du kennst mich nicht‹, war ihre Antwort. ›Du weißt nichts von mir. Nicht das geringste.‹

›Ich könnte es lernen‹, sagte ich.

Sie lächelte ein wenig.

›Du bist furchtbar nett, Mark.‹

›Sag ja, Olive‹, bettelte ich.

Sie seufzte tief auf. Lange Zeit starrte sie zu Boden. Aber sie rührte sich nicht, und ich fühlte die Weichheit ihres Körpers in meinen Armen. Ich wartete. Ich war furchtbar aufgeregt, und die Minuten schienen mir endlos.

›Gut‹, sagte sie endlich, als wäre sie sich gar nicht bewußt, daß eine Pause zwischen meiner Bitte und ihrer Antwort lag.

Ich war dermaßen erschüttert, daß ich kein Wort fand. Aber als ich sie auf die Lippen küssen wollte, wandte sie das Gesicht ab und gab es nicht zu. Sie bestand darauf, zu warten, bis Tim zurückkäme. Sie wissen, manchmal kann man in den Gedanken des andern lesen, so daß man sie genauer kennt, als wären sie ausgesprochen; ich sah, daß sie nicht ganz daran glaubte, daß das, was Tim geschrieben hatte, wahr sei, und daß sie eine Art armseliger Hoffnung in sich nährte, das Ganze würde sich als Irrtum erweisen und er wäre überhaupt nicht verheiratet. Es schmerzte mich, aber ich liebte sie so sehr, ich nahm es einfach hin. Ich war bereit, alles hinzunehmen. Ich betete sie an. Sie wollte mir nicht erlauben, irgendeinem Menschen von unserer Verlobung zu erzählen; ich mußte versprechen, kein Wort davon zu sagen, bis Tim wieder da wäre. Der Gedanke, Gratulationen entgegennehmen zu müssen und dergleichen, war ihr unerträglich. Sie verbot mir sogar, Tims Heirat bekanntzumachen. Sie war sehr eigensinnig in diesem Punkt. Sie schien zu fürchten, daß das Bekanntwerden der Tatsache dieser eine Gewißheit verlieh, die sie ihr nicht zugestehen wollte.

Aber die Sache wurde ihr aus der Hand genommen. Neuigkeiten verbreiten sich auf geheimnisvolle Weise im Orient. Ich weiß nicht, was Olive in Gegenwart der Amah gesagt hatte, als sie die Nachricht von Tims Verheiratung erhielt; jedenfalls teilte der Seis von Hardys es dem Seis der Sergisons mit, und als ich das nächstemal in den Klub kam, stürzte sich Mrs. Sergison auf mich.

›Ich höre, Tim hat geheiratet‹, sagte sie.

›Ach‹, antwortete ich, in dem Wunsch, mich nicht zu verraten.

Sie lächelte über mein undurchsichtiges Gesicht und erzählte mir, sie habe, nachdem sie durch ihre Amah von dem Gerücht erfahren, Olive angerufen und sie auf den Kopf zu gefragt, ob es wahr sei. Olives Antwort wäre etwas merkwürdig gewesen. Sie habe nicht einfach ja gesagt, sondern erklärt, Tim hätte ihr einen Brief geschrieben, in dem er ihr mitteilte, daß er geheiratet habe.

›Sie ist ein sonderbares Mädchen‹, sagte Mrs. Sergison. ›Als ich sie um nähere Einzelheiten fragte, sagte sie, sie wüßte keine, und als ich sie fragte: ‚Freuen Sie sich nicht?' gab sie keine Antwort.‹

›Olive hängt furchtbar an Tim, Mrs. Sergison‹, sagte ich. ›Seine Heirat muß ein Schock für sie gewesen sein. Sie weiß nichts von Tims Frau. Sie hat wohl ein bißchen Angst vor ihr.‹

›Und wann werden Sie heiraten?‹ fragte sie mich unvermittelt.

›Was für eine indiskrete Frage‹, lächelte ich, in dem Versuch, sie mit einem Scherz abzuspeisen.

Sie blickte mich schalkhaft an.

›Können Sie mir Ihr Ehrenwort geben, daß Sie nicht mit Olive verlobt sind?‹

Ich wollte sie nicht ausgesprochen anlügen und sie auch nicht bitten, sich um ihre eigenen Angelegenheiten zu kümmern; anderseits hatte ich Olive fest versprochen, mit keinem Menschen darüber zu sprechen, bis Tim zurück wäre. Ich wand mich herum.

›Mrs. Sergison‹, sagte ich. ›Wenn es etwas mitzuteilen gibt, werden Sie die erste sein, die es erfährt; das verspreche ich Ihnen. Alles, was ich Ihnen jetzt sagen kann, ist, daß es mein sehnlichster Wunsch wäre, Olive zu heiraten.‹

›Ich bin sehr froh, daß Tim verheiratet ist‹, antwortete sie. ›Und ich hoffe aufrichtig, daß auch Olive bald heiratet. Es war ein unnatürliches und ungesundes Leben, das die beiden da oben miteinander führten. Sie haben sich viel zu sehr abgesondert und waren viel zu sehr voneinander absorbiert.‹

Ich sah Olive fast täglich. Sie wollte es nicht haben – das spürte ich –, daß ich ihr meine Liebe zeigte, und ich begnügte mich damit, sie zu küssen, wenn ich kam und wenn ich ging. Sie war sehr nett zu mir, freundlich und aufmerksam; ich wußte, daß sie froh war, wenn ich erschien, und daß es ihr leid tat, wenn ich wieder gehen mußte. Im allgemeinen neigte sie zur Schweigsamkeit, aber während dieser Zeit sprach sie mehr als je zuvor, doch niemals von der Zukunft und niemals von Tim und seiner Frau. Sie erzählte mir viel von ihrem Leben in Florenz mit ihrer Mutter. Sie hatte ein merkwürdiges, einsames Dasein geführt, zumeist mit Dienstboten und Erzieherinnen, während ihre Mutter in eine Liebesaffäre nach der andern verwickelt war, mit schleierhaften italienischen Grafen und russischen Fürsten. Mit vierzehn Jahren wußte Olive wohl so ziemlich alles, was es zu wissen gab. Es war ihr selbstverständlich, vollkommen unkonventionell zu sein: in der Welt, die sie bis zu ihrem achtzehnten Jahr gekannt hatte, war von Konventionen niemals die Rede gewesen, weil sie nicht existierten. Allmählich schien Olive ihre Ruhe zurückzugewinnen, und ich hätte mir einbilden können, sie fange an, sich an den Gedanken von Tims Verheiratung zu gewöhnen, wenn ich nicht bemerkt hätte, wie blaß und müde sie aussah. Ich beschloß, nach seiner Rückkehr darauf zu dringen, daß sie mich sofort heirate. Ich konnte jederzeit einen kurzen Urlaub bekommen, und war dieser abgelaufen, hoffte ich, eine Versetzung an einen andern Ort zu erwirken. Olive brauchte Luftveränderung und neue Eindrücke.

Wir erfuhren, an welchem Tage man mit der Ankunft von Tims Schiff in Penang rechnete, aber es war die Frage, ob es zu einer Stunde eintreffen würde, die ihm gestattete, den Zug noch zu erreichen. Ich schrieb deshalb an den Schiffahrtsagenten und bat ihn, zu telegraphieren, sobald er Genaueres wüßte. Als ich das Telegramm erhielt und es Olive hinaufbrachte, fand ich, daß sie eben eines von Tim bekommen hatte. Das Schiff war frühzeitig eingelaufen, und er würde am nächsten Tage da sein. Der Zug sollte um acht Uhr morgens ankommen, aber Verspätungen von einer bis zu sechs Stunden waren an der Tagesordnung, und ich brachte eine Einladung von Mrs. Sergison mit, in der sie Olive aufforderte, mit mir zurückzufahren und bei ihr zu übernachten, um an Ort und Stelle zu sein und erst, wenn der Zug gemeldet war, auf den Bahnhof zu gehen.

Ich fühlte mich unendlich erleichtert. Ich dachte, wenn der Schlag nun endlich fiele, würde Olive ihn nicht so sehr fühlen. Sie hatte in einem derartigen Zustand von Erregung gelebt, daß ich annahm, es müßte nun eine Reaktion eintreten. Vielleicht würde ihr ihre Schwägerin gefallen. Warum sollten sie nicht zu dritt miteinander auskommen? Zu meiner Überraschung erklärte Olive, daß sie nicht mit auf den Bahnhof kommen wolle.

›Sie werden furchtbar enttäuscht sein‹, sagte ich.

›Ich erwarte sie lieber hier‹, antwortete sie. Sie lächelte ein wenig. ›Rede mir nicht zu, Mark. Ich bin fest entschlossen.‹

›Ich habe bei mir zu Hause das Frühstück bestellt‹, sagte ich.

›Das ist recht. Hole sie ab und gib ihnen ein Frühstück, und nachher können sie herkommen. Ich schicke ihnen natürlich den Wagen.‹

›Ich glaube, sie werden kein Frühstück haben wollen, wenn du nicht da bist‹, sagte ich.

›Oh, doch, sicherlich. Wenn der Zug rechtzeitig eintrifft, werden sie bestimmt noch nicht gefrühstückt haben und hungrig sein. Sie werden die lange Autofahrt nicht antreten wollen, ohne vorher etwas zu sich zu nehmen.‹

Ich wußte nicht, was ich denken sollte. Sie hatte Tims Rückkehr so brennend herbeigesehnt, und es war sonderbar, daß sie nun ganz allein warten wollte, während wir andern fröhlich miteinander frühstückten. Vielleicht war sie ängstlich und wollte die Zusammenkunft mit der fremden Frau, die nun kam, um ihren Platz einzunehmen, so lange wie möglich hinausschieben. Es schien unvernünftig, ich sah nicht ein, daß eine Stunde früher oder später einen Unterschied ausmachen konnte, aber ich wußte, daß Frauen unberechenbar sind und fühlte auch, daß es nicht am Platz war, weiter in Olive zu dringen.

›Telephoniere, wenn ihr aufbrecht, damit ich weiß, wann ich euch erwarten kann‹, sagte sie.

›Schön‹, antwortete ich, ›aber ich werde nicht mit herauskommen können. Es ist der Tag, an dem ich nach Lahad fahren muß.‹

Das ist eine Stadt, wo ich einmal in der Woche hinfahren mußte, um die Geschäfte zu erledigen, die sich angesammelt hatten. Sie war ziemlich weit entfernt, und man mußte mit einer Fähre über den Fluß setzen, was einige Zeit in Anspruch nahm, so daß ich immer erst spät zurückkehrte. Es lebten ein paar Europäer dort, und es gab einen Klub, in dem ich mich gewöhnlich eine Weile aufhielt, um nicht ungesellig zu erscheinen.

›Überdies‹, fügte ich hinzu, ›bringt Tim zum erstenmal seine

Frau ins Haus, und da werdet ihr mich bestimmt nicht brauchen können. Aber wenn du mich zum Dinner einladen willst, komme ich gerne.‹

Olive lächelte.

›Es steht mir nicht mehr zu, Einladungen ergehen zu lassen‹, sagte sie. ›Du wirst dich an die junge Frau wenden müssen.‹

Sie sagte das so leicht, daß mein Herz hüpfte. Ich hatte die Empfindung, daß sie sich endlich dazu durchgerungen hatte, die neuen Umstände hinzunehmen und, was mehr war, sogar mit Humor. Sie lud mich ein, zum Dinner zu bleiben. Gewöhnlich ging ich gegen acht Uhr und aß zu Hause. Sie war sehr reizend, fast zärtlich, und ich fühlte mich glücklicher als seit Wochen. Nie war ich leidenschaftlicher in sie verliebt gewesen. Ich trank ein paar Gin Pahits und war, glaube ich, ziemlich gut in Form während der Mahlzeit. Ich weiß, daß ich sie zum Lachen brachte. Ich hatte den Eindruck, daß sie nun endlich die Last des Kummers, der sie bedrückte, abgeschüttelt hatte. Aus diesem Grund ließ ich mich von dem, was sich am Schluß dieses Abends zutrug, nicht weiter beunruhigen.

›Glaubst du nicht, daß es nun an der Zeit wäre, sich von einer vermutlich jungfräulichen Dame zu verabschieden?‹ sagte sie.

Sie sprach in einer so ruhig heitern Art, daß ich ohne Zögern antwortete:

›Oh, meine Liebe, wenn du glaubst, daß dir auch nur eine Spur von gutem Ruf geblieben ist, so irrst du dich. Du bildest dir doch nicht ein, daß die Damen von Sibuku nicht wissen, daß ich seit einem Monat tagtäglich zu dir komme? Die allgemeine Ansicht ist, daß es allerhöchste Zeit wäre, daß wir heiraten. Glaubst du nicht, daß ich ihnen allmählich unsere Verlobung mitteilen sollte?‹

›Ach, Mark, du darfst unsere Verlobung nicht zu ernst auffassen‹, sagte sie.

Ich lachte. ›Wie soll ich sie sonst auffassen? Sie ist doch ernst?‹

Sie schüttelte leicht den Kopf.

›Nein, ich war aufgeregt und hysterisch an jenem Tag. Du warst sehr lieb zu mir. Ich sagte ja, weil ich zu elend war, um nein zu sagen; aber jetzt hatte ich Zeit, mich zu sammeln. Halte mich nicht für ungut. Ich habe einen Irrtum begangen. Es war ein großes Unrecht von mir. Du mußt mir verzeihen.‹

›Ach, Liebling, du redest Unsinn. Du hast doch nichts gegen mich?‹

Sie blickte mich fest an. Sie war ganz ruhig. Ich erspähte sogar ein Lächeln in ihren Augen.

›Ich kann dich nicht heiraten. Ich kann niemanden heiraten. Es war unsinnig von mir, zu denken, daß ich es jemals könnte.‹

Ich antwortete nicht gleich. Sie war in einem merkwürdigen Zustand, und ich hielt es für besser, sie nicht zu bedrängen.

›Mit Gewalt kann ich dich nicht zum Altar zerren‹, sagte ich.

Ich streckte ihr meine Hand hin, und sie gab mir die ihre. Ich legte meinen Arm um sie, und sie machte keinen Versuch, sich mir zu entwinden. Sie ließ es zu, daß ich sie wie gewöhnlich auf die Wange küßte.

Am nächsten Morgen ging ich an den Zug. Ausnahmsweise traf er pünktlich ein. Tim winkte mir, als sein Waggon die Stelle passierte, an der ich stand, und als ich herankam, war er bereits abgesprungen und half seiner Frau beim Aussteigen. Er faßte warm meine Hand.

›Wo ist Olive?‹ fragte er, und sein Blick überflog den Bahnsteig. ›Dies ist Sally.‹

Ich begrüßte sie und erklärte gleichzeitig, warum Olive nicht da war.

›Es ist furchtbar früh, nicht?‹ meinte Mrs. Hardy.

Ich setzte ihr auseinander, daß ich mir gedacht hatte, sie sollten bei mir frühstücken und nachher nach Hause fahren.

›Ich lechze nach einem Bad‹, sagte Mrs. Hardy.

›Sie sollen eines haben‹, sagte ich.

Sie war wirklich ein besonders hübsches kleines Ding, sehr hell, mit riesigen blauen Augen und einer reizenden geraden kleinen Nase. Ihre Haut, ganz Milch und Rosen, war wunderbar. Eine Spur Tanzgirltyp vielleicht, und man konnte das ein bißchen kitschig finden, aber in ihrer Art war sie bezaubernd. Wir fuhren zu mir nach Hause, und sie badeten beide, und Tim rasierte sich; zwei Minuten war ich mit ihm allein. Er fragte mich, wie Olive seine Heirat aufgenommen hätte. Ich sagte ihm, daß sie sehr unglücklich gewesen wäre.

›Das habe ich gefürchtet‹, sagte er, und sein Gesicht verdüsterte sich. Er seufzte kurz auf. ›Es blieb mir nichts anderes übrig.‹

Ich wußte nicht, was er damit meinte. In diesem Augenblick

kam Mrs. Hardy wieder herein und schob ihren Arm unter den ihres Gatten. Er nahm ihre Hand und drückte sie zärtlich. Er warf ihr einen Blick zu, der etwas Wohlgefälliges und liebevoll Belustigtes hatte, als nehme er sie nicht ganz ernst, freue sich jedoch seines Besitzerrechtes und sei stolz auf ihre Schönheit. Sie war wirklich entzückend. Sie war nicht im geringsten schüchtern, hatte mich bereits aufgefordert, sie Sally zu nennen, als unsere Bekanntschaft noch keine zehn Minuten alt war, und sie war schlagfertig. Natürlich war sie damals angeregt durch die Ankunft. Sie war noch nie im Orient gewesen und fand alles ungeheuer interessant. Jeder konnte sehen, daß sie bis über die Ohren in Tim verliebt war. Sie ließ die Augen nicht von ihm und hing an seinen Lippen. Wir frühstückten fröhlich miteinander und trennten uns dann. Sie stiegen in ihren Wagen, um nach Hause, und ich in den meinen, um nach Lahad zu fahren. Ich versprach, von dort aus direkt nach der Plantage zu kommen. Ich nahm meinen Abendanzug mit. Ich sah nicht ein, warum Sally Olive nicht gefallen sollte; sie war offen, fröhlich und unbefangen; sie war ganz jung, sicherlich nicht älter als neunzehn, und ihre ungewöhnliche Hübschheit würde ihre Wirkung auf Olive nicht verfehlen. Ich war aufrichtig froh, eine plausible Entschuldigung zu haben, die drei den Tag über sich selbst zu überlassen, aber als ich von Lahad aufbrach, dachte ich mir, daß sie sich, wenn ich nun ankam, sicherlich alle freuen würden, mich zu sehen. Ich fuhr vor dem Bungalow vor und hupte zwei-, dreimal, in der Erwartung, jemanden herauskommen zu sehen. Keine Seele. Das Haus lag in völliger Dunkelheit da. Ich war erstaunt. Es herrschte absolute Stille. Ich konnte es nicht verstehen. Sie mußten zu Hause sein. Sehr merkwürdig, dachte ich. Ich wartete einen Augenblick, dann stieg ich aus und ging die Treppe hinauf. Oben angekommen, stolperte ich über etwas. Ich fluchte und beugte mich nieder, um zu sehen, was es wäre; es hatte sich wie ein menschlicher Körper angefühlt. Ich hörte einen Schrei und sah, daß es die Amah war. Sie wich zusammengekauert zurück, als ich sie berührte, und brach in lautes Jammern aus.

›Was, zum Teufel, ist denn los?‹ rief ich, und dann spürte ich eine Hand auf meinem Arm und hörte eine Stimme: ›Tuan, Tuan.‹ Ich wandte mich um und erkannte in der Finsternis Tims Hauptboy. Er fing in abgerissenen, ängstlichen Sätzen zu reden an. Ich hörte ihm mit Entsetzen zu. Was er mir erzählte, war unsagbar. Ich schob ihn beiseite und rannte ins Haus. Das Wohnzimmer war dunkel. Ich drehte das Licht an. Das erste, was ich sah, war Sally, die in sich verkrochen auf einem Lehnstuhl saß. Sie war erschrocken über mein plötzliches Erscheinen und schrie auf. Ich konnte kaum sprechen. Ich fragte sie, ob es wahr wäre. Als sie es bejahte, hatte ich das Gefühl, das Zimmer fange an, sich um mich zu drehen. Ich mußte mich hinsetzen. Als der Wagen, der Tim und Sally nach Hause brachte, die Straße hinauffuhr, die zum Bungalow führte, und Tim die Hupe ertönen ließ, um seine Ankunft anzukündigen, und die Amah und die Boys zur Begrüßung herbeigerannt kamen, erklang plötzlich ein Schuß. Alle stürzten in Olives Zimmer und fanden sie vor ihrem Spiegel in einer Blutlache liegen. Sie hatte sich mit Tims Revolver erschossen.

›Ist sie tot?‹ fragte ich.

›Nein, man hat den Arzt kommen lassen, und er hat sie ins Krankenhaus gebracht.‹

Ich wußte kaum, was ich tat. Ich kam nicht einmal auf den Gedanken, Sally zu sagen, wohin ich ging. Ich stand auf und wankte zur Tür. Ich stieg in meinen Wagen und trug dem Seis auf, so schnell wie möglich zum Krankenhaus zu fahren. Ich stürzte hinein. Ich fragte, wo sie liege. Man versuchte, mir den Weg zu verstellen, aber ich stieß alle beiseite. Ich wußte, wo die Einzelzimmer waren. Jemand packte meinen Arm, aber ich schüttelte ihn ab. Ich begriff vage, daß der Arzt den Befehl gegeben hatte, niemanden hereinzulassen. Es war mir gleichgültig. An der Tür stand ein Posten. Er streckte den Arm aus, um mich am Eintreten zu hindern. Ich stieß einen Fluch aus und befahl ihm, mir den Weg freizugeben. Ich glaube, ich machte einen Krach, ich war außer mir; die Tür wurde geöffnet, und der Arzt kam heraus.

›Wer, zum Teufel, macht solchen Lärm?‹ rief er. ›Ach, Sie sind es. Was wollen Sie?‹

›Ist sie tot?‹ fragte ich.

›Nein. Aber bewußtlos. Sie ist nicht mehr zu sich gekommen. Es kann höchstens noch ein bis zwei Stunden dauern.‹

›Ich will sie sehen.‹

›Das können Sie nicht.‹

›Ich bin mit ihr verlobt.‹

›Was?‹ rief er, und es fiel mir auf, daß er mich mit einem eigentümlichen Blick ansah. ›Dann um so weniger.‹

Ich wußte nicht, was er meinte. Ich war blöde vor Entsetzen.

›Sicher können Sie etwas tun, um sie zu retten‹, rief ich.

Er schüttelte den Kopf.

›Wenn Sie sie sähen, würden Sie es nicht wünschen‹, sagte er.

Ich starrte ihn fassungslos an. In der Stille hörte ich das krampfhafte Schluchzen eines Mannes.

›Wer ist das?‹ fragte ich.

›Ihr Bruder.‹

Dann fühlte ich eine Hand auf meinem Arm. Ich wandte mich um und sah, daß es Mrs. Sergison war.

›Mein armer Junge‹, sagte sie. ›Sie tun mir leid.‹

›Warum hat sie es nur getan?‹ stöhnte ich.

›Kommen Sie fort, mein Lieber‹, sagte Mrs. Sergison. ›Sie können hier nichts helfen.‹

›Nein, ich muß bleiben‹, sagte ich.

›Schön, dann setzen Sie sich in mein Zimmer und warten Sie dort.‹

Ich war so gebrochen, daß ich mich von Mrs. Sergison beim Arm nehmen und in das Privatzimmer des Arztes führen ließ. Sie zwang mich, mich zu setzen. Ich konnte immer noch nicht glauben, daß es wahr sei. Ich dachte, es sei ein schrecklicher Traum, aus dem ich wieder erwachen würde. Ich weiß nicht, wie lange ich dort saß. Drei Stunden. Vier Stunden. Endlich kam der Doktor herein.

›Es ist vorbei‹, sagte er.

Nun konnte ich mich nicht mehr halten. Ich fing zu weinen an. Es war mir gleichgültig, was man von mir dachte. Ich war so furchtbar unglücklich.

Wir begruben sie am nächsten Tag.

Mrs. Sergison begleitete mich nach Hause und blieb eine Weile bei mir. Sie wollte, ich sollte mit ihr in den Klub gehen. Ich konnte nicht. Sie war sehr gut zu mir, aber ich war froh, als sie mich allein ließ. Ich versuchte zu lesen, aber die Worte sagten mir nichts. Ich fühlte mich innerlich tot. Mein Boy kam herein und zündete das Licht an. Mein Kopf schmerzte wie wahnsinnig. Dann kam er wieder und meldete, eine Dame wünsche mich zu sprechen. Ich fragte, wer es wäre. Er wußte es nicht genau, glaubte aber, es müßte die junge Frau des Tuan in Putatan sein. Ich konnte mir nicht vorstellen, was sie wollte. Ich stand auf und ging zur Tür. Er hatte recht. Es war Sally. Ich bat sie, einzutreten. Ich bemerkte, daß sie totenbleich war. Sie tat mir leid. Es war ein schreckliches Erlebnis für ein Mädchen ihres Alters und ein trauriger Einzug für eine Braut. Sie setzte sich. Sie war sehr aufgeregt. Ich versuchte, ihr über ihre Befangenheit hinwegzuhelfen, indem ich ein paar konventionelle Dinge sagte. Ich fühlte mich sehr unbehaglich, weil sie mich mit ihren riesigen blauen Augen anstarrte und diese ganz verstört vor Entsetzen waren. Plötzlich unterbrach sie mich.

›Sie sind der einzige Mensch hier, den ich kenne‹, sagte sie. ›Ich mußte zu Ihnen kommen. Ich möchte, daß Sie mich von hier wegbringen.‹

Ich war sprachlos.

›Was wollen Sie damit sagen?‹ fragte ich.

›Sie dürfen keine Frage an mich stellen, Sie müssen mich bloß von hier wegbringen. Sofort. Ich will nach England zurück.‹

›Aber Sie können doch Tim jetzt nicht verlassen‹, sagte ich. ›Meine Liebe, Sie müssen sich zusammennehmen. Ich weiß, es war schrecklich für Sie. Aber denken Sie an Tim. Er wird unglücklich sein. Wenn Sie ihn lieb haben, so müssen Sie jetzt bei ihm bleiben und ihn trösten. Das ist das Geringste, was Sie tun können.‹

›Oh, Sie wissen nicht‹, rief sie. ›Ich kann es Ihnen nicht sagen. Es ist zu schrecklich. Ich flehe Sie an, mir zu helfen. Wenn es heute abend noch einen Zug gibt, lassen Sie mich ihn nehmen. Wenn ich nur erst in Penang bin, bekomme ich schon ein Schiff. Ich kann keine Nacht mehr in diesem Haus zubringen. Ich werde verrückt.‹

Ich begriff nicht.

›Weiß es Tim?‹ fragte ich.

›Ich habe Tim seit gestern abend nicht mehr gesehen. Ich werde ihn nie mehr wiedersehen. Ich würde lieber sterben.‹

Ich wollte etwas Zeit gewinnen.

›Aber wie können Sie ohne Ihre Sachen reisen? Wo ist Ihr Gepäck?‹

›Was liegt daran?‹ rief sie. ›Ich habe so viel, wie ich für die Reise brauche.‹

›Haben Sie Geld?‹

›Genug. Gibt es heute noch einen Zug?‹

›Ja‹, sagte ich. ›Er fährt kurz nach Mitternacht ab.‹

›Gott sei Dank. Werden Sie alles ordnen? Kann ich bis dahin hierbleiben?‹

›Sie versetzen mich in eine furchtbare Lage‹, sagte ich. ›Ich weiß nicht, wie ich mich verhalten soll. Es ist ein sehr ernster Schritt, den Sie tun.‹

›Wenn Sie alles wüßten, würden Sie zugeben, daß mir nichts anderes übrigbleibt.‹

›Es wird einen furchtbaren Skandal geben. Ich weiß nicht, was die Leute sagen werden. Haben Sie bedacht, was für eine Wirkung es auf Tim haben wird?‹ Ich war bekummert und unglücklich. ›Gott weiß, daß ich nicht die Absicht habe, mich in Dinge einzumischen, die mich nichts angehen; aber wenn Sie wollen, daß ich Ihnen helfe, dann sollte ich doch wenigstens so viel wissen, um mich berechtigt zu fühlen, zu tun, was Sie von mir verlangen. Sie müssen mir sagen, was geschehen ist.‹

›Das kann ich nicht. Ich kann Ihnen nur sagen, daß ich alles weiß.‹

Sie verbarg ihr Gesicht in den Händen und schauderte. Dann schüttelte sie sich, als wollte sie sich von einem schrecklichen Eindruck befreien.

›Er hatte kein Recht, mich zu heiraten. Es war ungeheuerlich.‹

Und während sie sprach, wurde ihre Stimme schrill und durchdringend. Ich hatte Angst, sie werde einen hysterischen Anfall bekommen. Ihr hübsches Puppengesicht war voll Entsetzen, und ihre Augen waren aufgerissen, als könnte sie sie nie mehr schließen.

›Lieben Sie ihn nicht mehr?‹ fragte ich.

›Nach dem?‹

›Was werden Sie tun, wenn ich es ablehne, Ihnen zu helfen?‹

›Ich nehme an, es wird ein Pastor hier sein oder ein Arzt. Sie können mir nicht abschlagen, mich hinzuführen.‹

›Wie sind Sie hergekommen?‹

›Der Hauptboy hat mich hergebracht. Er hat sich irgendwo einen Wagen ausgeborgt.‹

›Weiß Tim, daß Sie fort sind?‹

›Ich habe ihm einen Brief hinterlassen.‹

›Er wird erfahren, daß Sie hier sind.‹

›Er wird nicht versuchen, mich aufzuhalten. Das versichere

ich Ihnen. Er wird es nicht wagen. Um Gottes willen, versuchen auch Sie es nicht. Ich sage Ihnen, ich werde verrückt, wenn ich noch eine Nacht hierbleibe.‹

Ich seufzte. Schließlich war sie alt genug, zu wissen, was sie tat.«

Ich, der Schreiber dieser Zeilen, hatte lange nicht gesprochen.

»Wußten Sie, was sie meinte?« fragte ich Featherstone.

Er warf mir einen langen, verstörten Blick zu.

»Es gab nur eines, was sie meinen konnte. Es war unaussprechlich. Jawohl, ich wußte es. Es erklärte alles. Arme Olive. Armes, süßes Mädchen. Ich weiß, es war nicht richtig von mir, aber in jenem Augenblick fühlte ich nichts als Abscheu vor diesem kleinen hübschen, blondhaarigen Ding mit seinen entsetzten Augen. Ich haßte sie. Eine Weile schwieg ich. Dann erklärte ich mich bereit, zu tun, was sie von mir verlangte. Sie bedankte sich nicht einmal. Ich glaube, sie wußte, wie ich zu ihr stand. Als es Zeit zum Dinner wurde, zwang ich sie, etwas zu essen, und dann fragte sie mich, ob ein Zimmer da wäre, in dem sie sich hinlegen könnte, bis wir zum Bahnhof gehen mußten. Ich führte sie in mein Gastzimmer und ließ sie allein. Ich setzte mich ins Wohnzimmer und wartete. Mein Gott, ich glaube nicht, daß mir die Zeit jemals langsamer vergangen ist. Ich dachte, es würde nie zwölf Uhr schlagen. Ich telephonierte zum Bahnhof und erfuhr, daß der Zug erst gegen zwei eintreffen würde. Um Mitternacht kam sie zu mir ins Wohnzimmer, und dort blieben wir eineinhalb Stunden sitzen. Wir hatten einander nichts zu sagen und redeten nicht. Dann brachte ich sie auf den Bahnhof und setzte sie in den Zug.«

»Gab es einen großen Skandal?«

Featherstones Gesicht verfinsterte sich.

»Ich weiß nicht. Ich kam um einen kurzen Urlaub ein. Danach wurde ich an einen andern Ort versetzt. Ich erfuhr, daß Tim seine Plantage verkauft und eine andere erworben hatte. Aber ich wußte nicht, wo. Es war ein Schock für mich, als ich hier mit ihm zusammentraf.«

Featherstone stand auf, ging zu einem Tisch und mischte sich ein Glas Whisky und Soda. In der Stille, die nun eintrat, hörte ich den monotonen Chor der quakenden Frösche. Und plötzlich ließ sich ein Vogel, den man den Fiebervogel nennt, in einem Baum nahe am Hause nieder und begann zu rufen.

Erst drei Töne, in einer absteigenden chromatischen Tonleiter, dann fünf, dann vier. Die wechselnden Töne folgten einander mit einer Hartnäckigkeit, die einen rasend machen konnte. Man war gezwungen, hinzuhören, um sie zu zählen, und weil man nicht wußte, wie viele es sein würden, war es eine Pein für die Nerven.

»Der Teufel hole den Vogel«, rief Featherstone. »Das bedeutet wieder einmal eine schlaflose Nacht für mich.«

Der Franzosen-Joe

Es war Kapitän Bartlett, der mir von ihm erzählte. Ich glaube nicht, daß es viele Menschen gibt, die auf Thursday Island waren. Die Insel liegt in der Torresstraße und wurde von Kapitän Cook an einem Donnerstag entdeckt. Ich fuhr hin, weil man mir in Sydney erzählt hatte, es wäre der gottverlassenste Erdenwinkel, den man sich vorstellen könne. Man sagte mir, es gäbe dort nicht das Geringste zu sehen, und machte mich warnend darauf aufmerksam, daß man mir wahrscheinlich die Gurgel durchschneiden würde. Ich war auf einem kleinen japanischen Kutter von Sydney heraufgekommen, und man ruderte mich in einem kleinen Boot an Land. Es war mitten in der Nacht, und auf dem Landungsplatz war keine Menschenseele zu sehen. Der Matrose, der mir mein Gepäck gebracht hatte, sagte mir, wenn ich mich links hielte, käme ich zu einem zweistöckigen Gebäude, und das wäre das Hotel. Das Boot stieß ab, und ich blieb allein zurück. Ich liebe es nicht sonderlich, mich von meinem Gepäck zu trennen, aber noch weniger liebe ich es, die Nacht auf einem Landungsplatz zuzubringen und auf harten Steinen zu schlafen. So schulterte ich meinen Koffer und machte mich auf den Weg. Es war stockfinster. Ich hatte den Eindruck, schon viel weiter gegangen zu sein als die paar hundert Meter, von denen der Matrose gesprochen hatte, und begann bereits zu fürchten, den falschen Weg eingeschlagen zu haben, als ich undeutlich ein Gebäude erblickte, das man der Größe nach für das Hotel halten konnte. Es war kein Licht zu sehen, aber meine Augen hatten sich nun bereits an die Dunkelheit gewöhnt, und ich fand eine Tür. Ich zündete ein Streichholz an, sah aber keine Glocke. Ich klopfte; keine Antwort; ich klopfte noch einmal mit meinem Stock, so laut ich konnte, und daraufhin öffnete sich ein Fenster über mir, und eine Frauenstimme fragte, was ich wollte.

»Ich bin eben mit der ›Shika Maru‹ angekommen«, sagte ich. »Kann ich ein Zimmer haben?«

»Ich bin gleich unten.«

Ich wartete noch eine Weile, und dann wurde die Tür von einer Frau in einem roten Flanellschlafrock geöffnet. Das Haar hing ihr in langen schwarzen Strähnen über die Schulter. In der Hand hielt sie eine Paraffinlampe. Sie begrüßte mich warm, eine kleine, dickliche Frau mit flinken Augen und verdächtig roter Nase, und forderte mich auf, einzutreten. Sie führte mich in das obere Stockwerk und zeigte mir ein Zimmer.

»Jetzt setzen Sie sich mal hin«, sagte sie, »und ich mache Ihnen das Bett; es dauert keine Minute. Was möchten Sie haben? Vielleicht einen Schluck Whisky? Waschen werden Sie sich sicherlich nicht mehr, so mitten in der Nacht. Morgen früh bringe ich Ihnen ein Handtuch.«

Und während sie das Bett machte, fragte sie mich, wer ich sei und warum ich nach Thursday Island gekommen wäre – denn daß ich kein Seemann war, merkte sie natürlich sofort. Alle Piloten kämen in dieses Hotel – seit zwanzig Jahren kämen sie –, und sie könne sich nicht vorstellen, was mich hierhergeführt habe. Ob ich etwa der Mann sei, der die Steuern inspizieren sollte? Sie habe gehört, daß man in Sydney die Absicht habe, jemanden herzuschicken. Ich fragte sie, ob auch jetzt Piloten da wären. Ja, einer, Kapitän Bartlett – ob ich ihn kenne? Ein wunderlicher Fisch, dieser Bartlett. Kein Haar auf dem Kopf, aber süffeln könne er, alle Achtung. So, das Bett wäre gemacht, und sie hoffe, ich würde schlafen wie ein Murmeltier. Eines könne sie mir versichern: die Leintücher seien sauber. Sie zündete sich einen Kerzenstumpf an und wünschte mir gute Nacht.

Kapitän Bartlett war zweifellos ein wunderlicher Fisch, aber das spielt für meine Geschichte keine Rolle; ich machte seine Bekanntschaft am nächsten Tage beim Dinner – bis zu meiner Abreise von Thursday Island aß ich so häufig Schildkrötensuppe, daß ich aufhörte, sie als eine besondere Delikatesse anzusehen –, und als ich im Laufe des Gespräches erwähnte, daß ich Französisch spräche, bat er mich, doch den Franzosen-Joe aufzusuchen.

»Es wird eine große Freude für den alten Burschen sein, wieder einmal seine Muttersprache zu sprechen. Er ist dreiundneunzig, müssen Sie wissen.«

Seit zwei Jahren lebte er im Krankenhaus, nicht weil er krank, sondern weil er alt und hilflos war, und hier besuchte ich ihn. Er lag im Bett, angetan mit einem Pyjama, der viel zu groß für ihn war, ein kleiner, verschrumpfter Mann mit lebhaften Augen, einem kurzen weißen Bart und buschigen schwarzen Augenbrauen. Er freute sich, mit mir französisch reden zu können. Er sprach es mit dem scharfen Akzent seiner Heimatinsel, denn er war Korse – doch hatte er so lange unter englisch sprechenden Menschen gelebt, daß er seine Muttersprache nicht mehr vollkommen beherrschte. Er gebrauchte englische Wörter, als wären es französische, und bildete aus ihnen Verben mit französischen Endungen. Er sprach sehr rasch, mit breiten Gesten, und seine Stimme war meistenteils klar und stark; aber hie und da schien sie plötzlich zu erlöschen, so daß es war, als spräche er aus dem Grabe. Bei dem dumpfen und hohlen Klang wurde mir ganz unheimlich zumute. Es war mir kaum möglich, ihn noch als ein Wesen von dieser Welt anzusehen. Sein wirklicher Name war Joseph de Paoli. Er war ein Aristokrat und Edelmann und gehörte der gleichen Familie an, von der wir alle in Boswells ›Johnson‹ gelesen haben. Aber er zeigte kein Interesse an seinen berühmten Ahnen.

»Wir hatten so viele Generäle in unserer Familie«, sagte er. »Sie wissen doch natürlich, daß Napoleon Bonaparte ein Verwandter von mir ist. Nein, ich habe niemals Boswell gelesen. Ich habe überhaupt keine Bücher gelesen. Ich habe gelebt.«

Er war im Jahre 1851 in die französische Armee eingetreten. Vor fünfundsiebzig Jahren also. Es war erschreckend. Als Leutnant der Artillerie (»wie mein Vetter Bonaparte«, sagte er) hatte er in der Krim gegen die Russen und als Hauptmann im Jahre 1870 gegen die Preußen gekämpft. Er zeigte mir eine Narbe auf seinem kahlen Schädel, die von einer Ulanenlanze herrührte, und beschrieb mit dramatischer Geste, wie er dem Ulanen dafür den Degen mit solcher Heftigkeit in die Brust gestoßen hatte, daß er ihn nicht wieder herausziehen konnte. Der Ulan fiel tot hin, und der Degen blieb ihm im Körper stecken. Aber das Kaiserreich ging zugrunde, und er schloß sich den Kommunisten an. Sechs Wochen kämpfte er unter Monsieur Thiers gegen die Regierungstruppen. Für mich ist Thiers bloß eine schattenhafte Figur, und es war verblüffend und einigermaßen komisch, den Franzosen-Joe mit leidenschaftlichem Haß von einem Mann sprechen zu hören, der seit einem halben Jahrhundert tot war. Seine Stimme erhob sich zu schrillem Diskant, wenn er die in ihrer Bildhaftigkeit geradezu orientalischen Schmähungen wiederholte, die er diesem mittelmäßigen Staatsmann im Rate an den Kopf geschleudert hatte. Der Franzosen-Joe wurde vors Gericht gebracht und zu fünf Jahren Neukaledonien verurteilt.

»Sie hätten mich erschießen sollen«, sagte er, »aber das wagten sie nicht, die feigen Hunde.«

Dann kamen die lange Reise auf einem Segelschiff und die Antipoden, und sein Zorn flammte neu auf, als er von der unwürdigen Behandlung sprach, die man ihm, einem politischen Gefangenen, zuteil werden ließ: man pferchte ihn mit gemeinen Verbrechern zusammen. Das Schiff legte in Melbourne an, und einer der Offiziere, Korse wie er, machte es ihm möglich, über Bord zu gehen. Er schwamm ans Ufer und begab sich, dem Rate seines Freundes folgend, geradewegs auf die Polizeistation. Niemand dort verstand auch nur ein Wort von dem, was er sagte, aber man holte einen Dolmetsch, prüfte seine triefenden Papiere, und dann wurde ihm auseinandergesetzt, daß ihm, falls er es sich nicht einfallen ließe, auf ein französisches Schiff zu gehen, nichts mehr passieren könne.

»Freiheit!« rief er aus, »Freiheit!«

Dann folgte eine lange Reihe von Abenteuern. Er kochte, unterrichtete Französisch, fegte Straßen, arbeitete in Goldminen, vagabundierte, hungerte und fand endlich seinen Weg nach Neuguinea. Hier erwartete ihn das erstaunlichste seiner Erlebnisse. Nachdem er nämlich bis tief ins Innere eingedrungen war, wo noch Menschenfresser hausten, machte er sich nach hundert tollkühnen Abenteuern und Gefahren, bei denen er nur mit knapper Not dem Tode entrann, zum König über einen der wilden Stämme.

»Sehen Sie mich an, mein Freund«, sagte er. »Ich, der ich hier auf einem Spitalbett liege, der öffentlichen Wohltätigkeit anheimgegeben, war einst ein mächtiger Monarch.«

Aber schließlich geriet er in Kollision mit den Engländern und ging seiner Herrschaft verlustig. Er floh aus dem Land und fing sein Leben von vorne an. Er muß ein tüchtiger Bursche gewesen sein, denn mit der Zeit brachte er auf Thursday Island eine Flotte von Perlenloggern in seinen Besitz. Es sah aus, als hätte er nun, als älterer Mann, endlich einen friedlichen Hafen gefunden und dürfe einem gesicherten und sogar geachteten Alter entgegensehen. Ein Orkan zerstörte seine Schiffe, und er war ruiniert. Er erholte sich nie mehr. Er war nun schon zu alt, um noch einmal von vorne anzufangen, und brachte sich mühselig, so gut er konnte, durch, bis er schließlich, geschlagen, das barmherzige Obdach des Spitals annehmen mußte.

»Aber warum sind Sie nicht nach Frankreich oder nach Korsika zurückgegangen? Vor fünfundzwanzig Jahren hat man den Kommunisten doch eine Amnestie gewährt.«

»Was bedeuten mir Frankreich oder Korsika nach fünfzig Jahren? Ein Vetter von mir hat mein Land in Besitz genommen. Wir Korsen vergessen und verzeihen niemals. Wenn ich zurückgegangen wäre, hätte ich ihn töten müssen. Und er hat doch Kinder.«

»Komischer alter Joe«, lächelte die Pflegerin, die am Fuße des Bettes stand.

»Auf alle Fälle haben Sie ein großartiges Leben hinter sich«, sagte ich.

»Ich? Ein großartiges Leben? Was fällt Ihnen ein. Ich habe ein schreckliches Leben hinter mir. Das Unglück hat mich verfolgt, wohin ich mich auch gewandt habe. Und schauen Sie mich jetzt an: ich bin morsch, zu nichts anderem mehr tauglich als für das Grab. Ich danke Gott, daß ich keine Kinder habe, die den Fluch erben könnten, der auf mir gelastet hat.«

»Ich dachte immer, Sie glauben nicht an Gott, Joe«, sagte die Pflegerin.

»Das stimmt. Ich bin ein Skeptiker. Ich habe in dem, was auf Erden vorgeht, nie einen planvollen Sinn erkennen können. Wenn das Weltall wirklich die Schöpfung eines bestimmten Wesens ist, dann kann dieses Wesen nichts anderes sein als ein verbrecherischer Dummkopf.« Er zuckte die Achseln. »Aber wie dem auch sei, für mich dauert es ja nicht mehr lange auf dieser dreckigen Welt, und dann werde ich selber sehen, was eigentlich dahintersteckt.«

Die Pflegerin bedeutete mir, daß es an der Zeit wäre, den alten Mann allein zu lassen, und ich nahm seine Hand, um mich von ihm zu verabschieden. Ich fragte ihn, ob ich etwas für ihn tun könnte.

»Ich brauche nichts«, sagte er. »Ich will nichts anderes als sterben.« Seine schwarzen, glänzenden Augen zwinkerten. »Aber wenn Sie mir ein Paket Zigaretten verschaffen könnten, wäre ich Ihnen dankbar.«

Harry der Deutsche

Ich war auf Thursday Island und wollte gerne nach Neuguinea. Nun bestand die einzige Möglichkeit, dorthin zu gelangen, darin, daß ich einen Perlenlogger charterte, der mich über die Arafua-See bringen sollte. Der Perlenfischerei ging es zu der Zeit schlecht, und eine Flotte kleiner, sauberer Boote lag im Hafen vor Anker. Ich fand einen Kapitän, der nicht viel zu tun hatte (die Reise nach Merauke und zurück konnte ihn kaum weniger als einen Monat kosten) und traf mit ihm die nötigen Absprachen. Er heuerte vier Torres-Straßen-Insulaner als Besatzung an (das Boot hatte nur neunzehn Tonnen), und wir durchwühlten den örtlichen Laden nach Konserven. Ein oder zwei Tage bevor wir in See gingen, kam ein Mann, der einige Perlenlogger besaß, zu mir und fragte mich, ob ich unterwegs die Insel Trebucket anlaufen und einen Sack Mehl, einen Sack Reis und einige Zeitschriften für einen Eremiten, der dort lebte, abliefern könne.

Ich spitzte die Ohren. Offenbar lebte der Eremit seit dreißig Jahren allein auf dieser entlegenen, winzigen Insel, und wenn sich die Gelegenheit bot, wurden ihm von freundlichen Leuten Lebensmittel geschickt. Er sagte, er sei Däne, aber in der Torres-Straße war er als Harry der Deutsche bekannt. Seine Geschichte reichte weit zurück in die Vergangenheit. Vor dreißig Jahren war er ein guter Seemann auf einem Segelschiff gewesen, das in diesen tückischen Gewässern auf Grund lief. Zwei Boote kamen davon und trafen schließlich auf die öde Insel Trebucket. Sie liegt weit außerhalb der Verkehrsrouten, und es dauerte drei Jahre, bis ein Schiff die Verschollenen ausmachte. Sechzehn Mann waren auf der Insel gelandet, aber als ein Schoner, der durch schlechtes Wetter vom Kurs abgekommen war, Schutz suchend die Insel anlief, waren nur noch fünf übrig. Als der Sturm sich gelegt hatte, nahm der Kapitän vier von ihnen an Bord und brachte sie schließlich in Sydney an Land. Harry der Deutsche weigerte sich, mit ihnen zu gehen. Er sagte, er habe während dieser drei Jahre so entsetzliche Dinge gesehen, daß er einen Horror vor seinen Mitmenschen habe und nie mehr mit ihnen zusammenleben wolle. Mehr wollte er nicht sagen. Er war unwiderruflich entschlossen, völlig alleine an diesem einsamen Ort zu bleiben. Obwohl sich ihm manchmal die Gelegenheit bot, fortzugehen, hatte er es nie getan.

Ein seltsamer Mann und eine seltsame Geschichte. Ich erfuhr mehr über ihn, als wir über die verlassene See segelten. Die Torres-Straße ist voller Inseln, und nachts ankerten wir im Windschatten der einen oder anderen. Kürzlich sind bei Trebucket neue Perlengründe entdeckt worden, und Perlenfischer, die sie im Herbst ab und zu aufsuchten, gaben Harry dem Deutschen das Notwendigste, so daß er sich einigermaßen einrichten konnte. Sie bringen ihm Zeitungen, Säcke mit Mehl und Reis und Büchsenfleisch. Er hat ein Walfangboot und benutzte es früher zum Fischfang, aber jetzt ist er nicht mehr stark genug, um das schwere Boot zu führen. Es gibt eine Unmenge Perlmuscheln auf dem Riff, das seine Insel umschließt, und er sammelte sie und tauschte sie bei den Perlenfischern gegen Tabak, und manchmal fand er eine gute Perle, für die er einen anständigen Preis kassierte. Man glaubt, daß er irgendwo eine Kollektion makelloser Perlen versteckt hat. Während des Krieges kamen keine Perlenfischer, und jahrelang sah er keine Menschenseele. Nach allem, was er wußte, hatte eine schreckliche Epidemie die ganze Menschheit getötet, und er war der einzige Überlebende. Später fragte man ihn, was er gedacht hatte.

»Ich dachte, irgendwas wäre passiert«, sagte er.

Seine Streichhölzer gingen zu Ende, und er fürchtete, sein Feuer würde ausgehen. Deshalb schlief er nur für Augenblicke und legte Tag und Nacht immer wieder Holz auf das Feuer. Seine Vorräte gingen zu Ende, und er lebte von Hühnern, Fischen und Kokosnüssen. Manchmal fing er eine Schildkröte.

Während der letzten vier Monate des Jahres sind meist zwei oder drei Perlenfischer in der Nähe, und nach getaner Arbeit rudern sie nicht selten zur Insel, um einen Abend mit ihm zu verbringen. Sie versuchen, ihn betrunken zu machen, und fragen ihn dann, was während der drei Jahre geschah, nachdem die beiden Bootsbesatzungen auf die Insel gekommen waren. Wie kam es, daß sechzehn gelandet und nach dieser Zeit nur noch fünf übrig waren? Nie sagt er ein Wort. Ob betrunken oder nüchtern, darüber schweigt er immer, und wenn sie weiter drängen, wird er böse und geht fort.

Ich habe vergessen, ob es vier oder fünf Tage dauerte, bis wir das kleine Königreich des Eremiten sichteten. Schlechtes Wetter hatte uns gezwungen, Unterschlupf zu suchen, und wir hatten einige Tage auf einer Insel verbracht, die auf dem Weg lag. Trebucket ist eine flache Insel, etwa eine Meile im Umfang, von Kokospalmen bedeckt, nur wenig über dem Meeresspiegel und von einem Riff umgeben, so daß man sich ihr nur von einer Seite nähern kann. Es gibt keine Öffnung in dem Riff, und der Logger mußte eine Meile vor dem Ufer ankern. Wir bestiegen mit den Lebensmitteln ein Dingi. Wir mußten hart rudern, und selbst innerhalb des Riffes war die See kabbelig. Ich sah die kleine, von Bäumen geschützte Hütte, in der Harry der Deutsche lebte, und als wir näher kamen, schlenderte er langsam zum Ufer hinunter. Wir riefen einen Gruß hinüber, aber er antwortete nicht. Er war ein Mann von über siebzig, kahlköpfig, mit kantigem Gesicht und einem grauen Bart. Er ging rollend, so daß man ihn nur für einen Seefahrer halten konnte. Die Sonnenbräune ließ seine blauen Augen sehr hell aussehen, und sie waren von Falten umgeben, als hätte er viele Jahre lang unendliche Stunden damit zugebracht, über die leere See zu spähen. Er trug Overalls und ein Unterhemd, geflickt, aber sauber. Das Haus, zu dem er uns sofort führte, bestand aus einem einzigen Raum mit einem Wellblechdach. Innen gab es ein Bett, einige von ihm selbst gezimmerte einfache Stühle, einen Tisch und verschiedene Haushaltsutensilien. Unter einem Baum vor dem Haus standen ein Tisch und eine Bank. Hinter dem Haus befand sich ein Auslauf für seine Hühner.

Ich kann nicht sagen, daß er sich freute, uns zu sehen. Er nahm unsere Gaben als etwas Selbstverständliches, ohne Dank, und nörgelte ein bißchen, weil das eine oder andere, das er brauchte, nicht mitgebracht worden war. Er war schweigsam und mürrisch. Er war an den Neuigkeiten, die wir ihm zu erzählen hatten, nicht interessiert, denn die Außenwelt ging ihn nichts an: das einzige, worum er sich sorgte, war seine Insel. Sie betrachtete er mit dem eifersüchtigen Recht eines Besitzers; er nannte sie ›mein Kurort‹ und fürchtete, daß die Kokospalmen, die auf ihr wuchsen, einen Handelsunternehmer reizen könnten. Er betrachtete mich mißtrauisch. Er zeigte eine finstere Neugier, um herauszufinden, was ich in diesen Breiten tat. Er benutzte die Wörter mit Schwierigkeiten und sprach mehr zu sich selbst als zu uns, und es war ein bißchen unheimlich, ihn vor sich hinmurmeln zu hören, so als seien wir gar nicht da. Aber er war betroffen, als mein Kapitän ihm sagte, daß ein Mann in seinem Alter, den er lange gekannt hatte, tot sei.

»Old Charlie tot – sehr schlimm. Old Charlie tot.«

Er wiederholte es andauernd. Ich fragte ihn, ob er lesen würde.

»Nicht viel«, antwortete er gleichgültig. Er schien an nichts außer seinem Essen, seinen Hunden und seinen Hühnern interessiert zu sein. Wenn es wahr wäre, was man uns in Büchern erzählt, hätte ihn die lange, enge Verbindung mit der Natur und dem Meer viele subtile Geheimnisse lehren müssen. Das stimmte nicht. Er war ein Wilder. Er war nichts als ein engstirniger, unwissender, mürrischer Seefahrer. Als ich in sein runzliges, gemeines, altes Gesicht sah, fragte ich mich, was wohl in den drei schrecklichen Jahren geschehen war, daß er diese lange Gefangenschaft freiwillig auf sich nahm. Ich versuchte, hinter seinen blaßblauen Augen zu erkennen, welches Geheimnis sie verbargen, das er ins Grab mitnehmen würde. Und dann sah ich das Ende voraus. Eines Tages würde ein Perlenfischer auf der Insel landen, und Harry der Deutsche würde nicht schweigend und mißtrauisch am Ufer auf ihn warten. Er würde hinaufgehen zur Hütte und dort, auf dem Bett, würde er den unkenntlichen Rest dessen sehen, was einmal ein Mensch gewesen war. Vielleicht würde er das Oberste zuunterst kehren auf der Suche nach der ungeheuren Menge Perlen, die die Phantasie so vieler Abenteurer heimgesucht hat. Aber ich glaube nicht, daß er sie finden würde: Harry der Deutsche würde dafür gesorgt haben, daß niemand den Schatz entdecken könnte, und die Perlen würden in ihrem Versteck verrotten. Dann würde der Perlenfischer zurück in sein Dingi gehen, und die Insel würde wieder einmal ohne Menschen sein.

Die vier Holländer

Das Van Dorth Hotel in Singapur war keineswegs großartig. Die Schlafzimmer waren schäbig und die Moskitonetze vielfach geflickt und gestopft. Die Baderäume, alle in einer Reihe, von den Schlafzimmern getrennt, waren feucht und muffig. Aber es hatte Charakter. Die Leute, die darin wohnten, Schiffskapitäne, deren Route in Singapur endete, unbeschäftigte Bergwerksingenieure und Pflanzer auf Ferien, hatten für mein Empfinden etwas Romantischeres als die smarte Gesellschaft von Globetrottern, Regierungsbeamten mit ihren Frauen und reichen Kaufleuten, die im ›Europe‹ Luncheon-Parties gaben, Golf spielten, tanzten und elegant waren. Das Van Dorth hatte ein Billardzimmer mit einem Tisch, dessen Tuch bereits an vielen Stellen fadenscheinig geworden war, wo Schiffsingenieure und Versicherungsbeamte Snooker spielten. Der Speisesaal war kahl und still. Holländische Familien, auf dem Wege nach Sumatra, aßen sich hier gewissenhaft durch ihr Dinner durch, ohne ein Wort zu reden, und einzelne Herren, auf einer Geschäftsreise nach Batavia, verschlangen reichhaltige Mahlzeiten, ohne dabei von ihren Zeitungen aufzusehen. An zwei Tagen der Woche gab es ›rijs-tafel‹, und dann kamen ein paar in Singapur ansässige Leute, die dieses Gericht liebten, zum Mittagessen. Das Van Dorth Hotel hätte eigentlich ein deprimierender Aufenthalt sein müssen, merkwürdigerweise aber war es nicht der Fall; seine Eigenart rettete es. Es hatte einen Hauch von etwas Seltsamem, halb Vergessenem. Gegen die Straße zu lag ein winziges Stück Garten, und hier konnte man im Baumschatten sitzen und kaltes Bier trinken. Inmitten jener lauten, geschäftigen Stadt, trotz der unaufhörlich vorbeijagenden Automobile und der eiligen Rikschas, die unter Schellengeklingel und dem Tripp-Trapp der Kulis auf dem Straßenpflaster dahinflogen, war hier etwas von dem weltfernen Frieden eines Winkels in Holland. Es war mein dritter Aufenthalt im Van Dorth. Der Kapitän des holländischen Kutters ›S. S. Utrecht‹, mit dem ich von Merauke in Neuguinea nach Makassar gefahren war, hatte mich zuerst darauf aufmerksam gemacht. Die Reise dauerte fast einen ganzen Monat, da das Schiff an mehreren Inseln des Malaiischen Archipels anlegte, bei den Aru- und den Kei-Inseln, Banda-Neiva Amboina und anderen, deren Namen ich vergessen habe, manchmal für ein, zwei Stunden, manchmal für einen Tag, eine Ladung aufzunehmen oder zu löschen. Es war eine bezaubernde, monotone und unterhaltsame Reise. Wenn wir vor Anker gingen, kam der Agent mit seinem Motorboot heran, gewöhnlich in Begleitung des holländischen Regierungsvertreters, wir versammelten uns auf Deck, und der Kapitän ließ Bier auffahren. Die Neuigkeiten der Insel wurden gegen die Neuigkeiten der Welt ausgetauscht. Wir brachten Zeitungen und Post.. Wenn wir lange genug blieben, lud uns der Regierungsvertreter zum Dinner ein, und das Schiff unter der Obhut des zweiten Offiziers zurücklassend, zwängten wir uns alle in das Boot (der Kapitän, der Erste Offizier, der Ingenieur, der Superkargo und ich) und gingen an Land. Wir verbrachten einen fröhlichen Abend. Diese kleinen Inseln, von denen eine so aussah wie die andere, reizten meine Phantasie, vielleicht weil ich wußte, daß ich sie nie mehr wiedersehen würde. Das machte sie seltsam unwirklich, und wenn wir abfuhren und sie im Meer und in der Luft verschwanden, bedurfte es einer gewissen Anstrengung meiner Phantasie, um mir vorzustellen, daß sie nach meinem letzten Blick auf sie nicht auch aufhörten zu existieren. Aber es war nichts Unwirkliches, Rätselhaftes oder Phantastisches an dem Kapitän, dem Ersten Offizier, dem Ersten Ingenieur und dem Superkargo. Ihre Erdenhaftigkeit war erstaunlich. Sie waren die vier dicksten Männer, die ich je gesehen hatte. Zuerst hatte ich große Schwierigkeiten, sie auseinanderzuhalten, denn obgleich der eine von ihnen, der Superkargo, dunkel war und die anderen blond, sahen sie einander verblüffend ähnlich. Sie waren alle groß, mit breiten, bartlosen, runden roten Gesichtern, mächtigen dicken Armen, mächtigen dicken Beinen und mächtigen dicken Bäuchen. Wenn sie an Land gingen, knöpften sie sich ihre Röcke zu, und dann quollen ihre breiten Doppelkinne über den Kragen, und sie sahen aus, als müßten sie ersticken. Aber gewöhnlich trugen sie ihre Röcke offen. Sie schwitzten reichlich und wischten sich ihre glänzenden Gesichter mit großen Tüchern ab und fächelten sich mit Fächern aus Palmblättern.

Es war ein Genuß, ihnen beim Essen zuzusehen. Ihr Appetit

war enorm. Sie aßen jeden Tag ›rijs-tafel‹ und schienen miteinander zu wetteifern, wer größere Portionen verschlingen konnte. Sie liebten ihre Speisen heiß und gewürzt.

»In diesem Land muß alles ordentlich gepfeffert sein, sonst kriegt man's nicht herunter«, sagte der Kapitän.

»Wer hier nicht richtig ißt, den bringt das Klima um«, erklärte der Erste Offizier.

Sie waren die größten Freunde, die vier; wie Schuljungen waren sie immer darauf aus, einander alberne Streiche zu spielen. Jeder kannte die Witze der anderen auswendig, und wenn einer sich anschickte, eine von den wohlbekannten Geschichten zum besten zu geben, so fing er sofort so heftig zu lachen an – das schwere, schüttelnde Lachen des dicken Mannes –, daß er nicht weitererzählen konnte, und dann begannen auch die anderen zu lachen. Sie wälzten sich in ihren Stühlen und wurden röter und röter und heißer und heißer, bis der Kapitän nach Bier rief und jeder nach Luft schnappend, aber glücklich, seine Flasche in einem einzigen seligen Zug hinuntertrank. Sie waren schon fünf Jahre beisammen, und als der Erste Offizier eines Tages ein eigenes Schiff angeboten bekam, lehnte er es ab. Wenn einer von ihnen in den Ruhestand trat, wollten sie alle in den Ruhestand treten.

»Lauter Freunde und ein gutes Schiff. Gutes Essen und gutes Bier. Was kann ein vernünftiger Mensch mehr verlangen?«

Anfangs waren sie ein bißchen reserviert mir gegenüber. Obgleich das Schiff ein halbes Dutzend Passagiere faßte, nahmen sie nicht oft welche auf und niemals jemanden, den sie nicht kannten. Ich war ein Fremder und ein Ausländer. Sie liebten ihre Gemütlichkeit und waren nicht willens, sich stören zu lassen. Aber sie spielten alle sehr gerne Bridge, und hie und da hatten der Erste Offizier oder der Ingenieur berufliche Pflichten, die sie vom Spielen abhielten. Und als sie entdeckten, daß ich jederzeit bereit war, einen Vierten abzugeben, entschlossen sie sich, mich gelten zu lassen. Ihr Bridge war genauso phantastisch wie sie selbst. Sie spielten zu unendlich kleinen Sätzen, hundert Punkte zu fünf Cents: sie wollten einander nicht Geld abgewinnen, sagten sie, es lag ihnen bloß am Spiele. Aber was für ein Spiel war das! Jeder war wild entschlossen, die Hand an sich zu reißen, und kaum eine Runde verging, ohne daß wenigstens ein kleiner Schlemm angesagt wurde. Konnte man einen Seitenblick in die

Karten des anderen riskieren, so tat man es ohne weiteres – das war die Regel –, und wenn man das Spiel bloß mit einem Revoke machen konnte, so erzählte man es seinem Partner, wenn keine Gefahr bestand, daß es von der Gegenseite gerügt werde, und beide brüllten vor Lachen, bis ihnen die Tränen über die feisten Wangen liefen. Aber wenn der Gegner darauf bestand, einem die Ansage wegzunehmen und einen großen Schlemm auf fünf Pik bis zur Dame angesagt hatte, während man überzeugt war, daß man es mit seinen sieben kleinen Karo leicht hätte machen können, dann konnte man ihn immer noch unterkriegen, indem man ohne einen einzigen sicheren Stich in der Hand kontrierte. Er verlor zwei- oder dreitausend Points, und die Gläser auf dem Tisch tanzten, so groß war das Gelächter der Gegner.

Ich konnte mir niemals ihre schwierigen holländischen Namen merken, aber daß man sie sozusagen anonym, bloß nach der Funktion, die sie ausübten, kannte, wie man die Personen der alten italienischen Komödie, Pantalon, Harlekin und Pulcinell, kennt, machte sie nur noch drolliger. Ihr bloßer Anblick, wenn man sie alle vier beisammen sah, konnte einen zum Lachen bringen, und sicherlich bereitete es ihnen selber Spaß, das Staunen zu beobachten, das sie unter Fremden hervorriefen. Sie rühmten sich, die vier berühmtesten Holländer in Ostindien zu sein. Das Komische an ihnen waren ihre ernsten Seiten. Manchmal, spät abends, wenn sie bereits auf jeden Anspruch, uniformiert zu wirken, verzichtet hatten und bloß mit einer Pyjamajacke und einem Sarong bekleidet neben mir auf Deck lagen, konnte es geschehen, daß sie sentimental wurden. Der Erste Ingenieur, der bald in Pension gehen mußte, plante eine Heirat mit einer Witwe, die er bei seinem letzten Besuch in Holland kennengelernt hatte, und wollte den Rest seines Lebens in einer kleinen Stadt mit alten roten Ziegelhäusern an den Ufern der Zuidersee zubringen. Der Kapitän wieder war außerordentlich empfänglich für die Reize einheimischer Mädchen, und sein Englisch wurde beinahe unverständlich vor innerer Erregung, wenn er mir die Wirkung beschrieb, die sie auf ihn ausübten. Eines Tages würde er sich ein Haus in den Bergen Javas kaufen und eine hübsche kleine Javanerin heiraten. Sie waren so klein und sanft und leise, diese Mädchen. Er wollte seine Frau in seidene Sarongs kleiden und ihr goldene Ketten für ihren Hals und goldene Reifen für die Arme kaufen. Aber der Erste Offizier neckte ihn:

»Da wärest du schön dumm. Sie würde dich mit allen deinen Freunden und den Hausboys und Gott weiß, mit wem noch, betrügen. Übrigens wirst du eine Krankenpflegerin brauchen und keine Frau, wenn es einmal soweit ist, daß du dich zur Ruhe setzt.«

»Ich?« rief der Kapitän. »Ich werde eine Frau brauchen, und wenn ich achtzig bin!«

Er hatte ein kleines Ding aufgelesen, als das Schiff das letztemal in Makassar gewesen war, und als wir uns diesem Hafen näherten, wurde er ganz aufgeregt. Der Erste Offizier zuckte nachsichtig seine fetten Schultern. Man kannte das. Ein freches Hürlein nach dem anderen verdrehte dem Kapitän den Kopf. Aber seine Leidenschaft überdauerte nie den Zeitraum zwischen einem Aufenthalt in einem Hafen und dem nächsten; und dann mußte der Erste Offizier dazwischentreten, um die Schwierigkeiten beizulegen, die sich aus dieser ergaben. Und so würde es auch diesmal sein.

»Der alte Herr leidet an Herzverfettung. Aber solange ich da bin, um auf ihn aufzupassen, wird ihm nichts passieren. Er wirft sein Geld hinaus, und das ist schade – aber schließlich ist es *sein* Geld; und wenn es ihm Spaß macht!«

Der Erste Offizier war ein Philosoph.

In Makassar schiffte ich mich aus und sagte meinen vier fetten Freunden Lebewohl.

»Machen Sie wieder einmal eine Reise mit uns«, sagten sie. »Kommen Sie im nächsten oder übernächsten Jahr wieder. Sie werden uns alle genauso antreffen, wie Sie uns verlassen haben.«

Eine Reihe von Monaten waren seither vergangen, und ich hatte mehr als ein fremdes Land gesehen. Ich war in Bali und Java und Sumatra gewesen. Ich war in Kambodscha und Annam gewesen; und nun saß ich mit dem Gefühl, wieder heimgekehrt zu sein, im Garten des Van Dorth Hotels. Es war kühl am sehr frühen Morgen, und nachdem ich gefrühstückt hatte, blätterte ich in alten Nummern der *Straits Times*, um zu sehen, was sich in der Welt zugetragen hatte, seitdem ich zuletzt eine Zeitung in Händen gehabt hatte. Nichts Besonderes. Plötzlich blieb mein Blick an einer dicken Schlagzeile haften. »Die Tragödie auf der ›Utrecht‹, Superkargo und Erster Ingenieur: nicht schuldig.« Ich las den Artikel nachlässig, und dann stutzte ich. Die ›Utrecht‹ war doch das Schiff meiner vier dicken Holländer, und offenbar waren der Superkargo und der Erste Ingenieur des Mordes angeklagt gewesen. Es konnten unmöglich meine beiden dicken Freunde sein. Die Namen waren genannt, aber die Namen bedeuteten mir nichts. Der Prozeß hatte in Batavia stattgefunden. In dem Artikel waren keine Details angegeben; es war bloß ein kurzer Bericht, des Inhalts, daß die Richter, nach Prüfung der Anklage und der Verteidigung, das oben angegebene Urteil gefällt hatten. Ich war niedergeschmettert. Es war nicht zu fassen, daß die Männer, die ich kannte, einen Mord begangen haben konnten. Es war nicht ersichtlich, wer ermordet worden war. Ich blätterte alle Nummern der Zeitung durch. Nichts.

Dann stand ich auf und ging zu dem Manager des Hotels, einem munteren Holländer, der ein ausgezeichnetes Englisch sprach, und zeigte ihm den Artikel.

»Es ist nämlich das Schiff, auf dem ich gefahren bin. Ich war beinahe einen Monat auf demselben. Es können unmöglich dieselben Männer sein, die ich gekannt habe. Die, die ich kannte, waren ungeheuer dick.«

»Ja, das stimmt schon«, antwortete er. »Sie waren berühmt in ganz Holländisch-Indien. Die vier dicksten Männer in der ganzen Marine. Es war eine schreckliche Geschichte. Hat ungeheures Aufsehen erregt. Sie waren innig befreundet. Ich kannte sie genau. Die besten Menschen auf der Welt.«

»Aber was ist denn geschehen?«

Er erzählte mir die Geschichte und beantwortete meine Fragen. Aber vieles von dem, was ich wissen wollte, konnte er mir nicht sagen. Das Ganze war verworren. Es schien mir völlig unglaubhaft. Den genauen Hergang hatte man anscheinend nicht ermitteln können. Dann wurde der Manager abberufen, und ich ging in den Garten zurück. Langsam wurde es heiß, und ich begab mich auf mein Zimmer. Ich war seltsam erschüttert.

Es stellte sich heraus, daß der Kapitän auf eine seiner Fahrten ein malaiisches Mädchen mitgenommen hatte, und es fiel mir ein, daß es vielleicht das gleiche war, nach dem er sich in Sehnsucht verzehrt hatte, als ich an Bord gewesen war. Die anderen waren gegen ihre Anwesenheit gewesen. Wozu brauchten sie eine

Frau auf dem Schiff? Es würde die ganze Harmonie verderben – aber der Kapitän gab nicht nach, und sie wurde aufgenommen. Ich glaube, sie waren alle eifersüchtig auf sie. Auf dieser Reise hatten sie nicht so viel Spaß wie sonst immer. Wenn sie Bridge spielen wollten, schäkerte der Kapitän in seiner Kajüte mit dem Mädchen; wenn sie einen Hafen anliefen und an Land gingen, wartete er nur auf den Augenblick, bis er wieder zu ihr zurück konnte. Er war ganz närrisch mit ihr. Mit aller Gemütlichkeit war es nun zu Ende. Der Erste Offizier war am aufgebrachtesten gegen sie. Er war der spezielle Busenfreund des Kapitäns, sie waren seit ihrer ersten Ausfahrt aus Holland immer auf dem gleichen Schiff miteinander gewesen; mehr als einmal gab es heftige Worte zwischen ihnen. Bald kam es so weit, daß die beiden alten Freunde nur noch dienstlich miteinander sprachen. Es war das Ende der guten Kameradschaft zwischen den vieren. Mit der Zeit wurde es immer schlimmer. Die jüngeren Offiziere hatten den Eindruck, daß Unheil in der Luft lag. Unbehagen, Spannung. Dann, eines Nachts, wurde das Schiff durch den Knall eines Schusses und die Schreie des malaiischen Mädchens aufgeschreckt. Der Superkargo und der Erste Ingenieur stürzten aus ihren Betten und fanden den Kapitän, einen Revolver in der Hand, vor der Kajüte des Ersten Offiziers. Er zwängte sich an ihnen vorbei und stieg auf Deck. Sie drangen in die Kajüte ein und fanden den Ersten Offizier tot und das Mädchen zusammengekauert hinter der Tür. Der Kapitän hatte sie im Bett miteinander überrascht und den Ersten Offizier umgebracht. Wie er herausbekommen hatte, was vorging, schien nicht bekannt zu sein, und ebensowenig wußte man, welche Bewandtnis es mit dem Verhältnis zwischen den beiden Schuldigen hatte. Hatte der Erste Offizier das Mädchen bewogen, mit in seine Kajüte zu kommen, um dem Kapitän einen Streich zu spielen, oder hatte sie ihn verführt, in dem Wunsche, seine Feindseligkeit zu besiegen und ihn für sich zu gewinnen? Es war ein Rätsel, das nie gelöst werden würde. Ein Dutzend Erklärungen schossen mir durch den Kopf. Während der Superkargo und der Erste Ingenieur noch in der Kajüte standen, schreckensstarr von dem Anblick, der sich ihnen bot, ertönte ein zweiter Schuß. Sie wußten sofort, was geschehen war, und stürzten die Treppen empor. Der Kapitän war in seine Kajüte gegangen und hatte sich eine Kugel durch den Kopf gejagt. Danach wurde die Geschichte dunkel und rätselhaft. Am nächsten Morgen war das Malaienmädchen nirgends zu finden, und als der Zweite Offizier, der den Befehl über das Schiff übernommen hatte, dem Superkargo Meldung darüber erstattete, meinte dieser: »Sie wird wahrscheinlich über Bord gesprungen sein. Es ist das beste, was sie tun konnte. So sind wir sie wenigstens los.« Aber einer von den wachhabenden Matrosen hatte kurz vor Morgengrauen gesehen, wie der Superkargo und der Erste Ingenieur etwas auf Deck trugen, ein umfangreiches Paket, ungefähr von der Größe einer eingeborenen Frau; sie hatten sich umgeschaut, als wollten sie sich vergewissern, daß sie unbeobachtet waren, und ihre Last dann über Bord geworfen. Und auf dem ganzen Schiff erzählte man sich, daß die beiden, um ihre Freunde zu rächen, das Mädchen in seiner Kajüte heimgesucht, es erwürgt und seinen Leichnam ins Meer geschleudert hatten. Als das Schiff in Makassar ankam, wurden sie verhaftet und unter Mordanklage nach Batavia gebracht. Die vorliegenden Beweise waren fadenscheinig, und man mußte sie freisprechen. Aber in ganz Ostindien wußte man, daß der Superkargo und der Erste Ingenieur das leichtfertige Wesen, das den Tod ihrer geliebten Freunde verschuldet hatte, gerichtet hatten.

Und so endete die komische und berühmte Freundschaft zwischen den vier dicken Holländern.

Entlegene Welten

George Moon saß in seinem Büro. Seine Arbeit war beendet, aber er verweilte noch, weil er nicht das Herz hatte, in den Klub hinunterzugehen. Es wurde Zeit zum Mittagessen, und viele Männer würden an der Bar herumstehen. Ein paar von ihnen würden ihm Getränke anbieten. Er fühlte sich ihrer lauten Herzhaftigkeit nicht gewachsen. Einige kannte er seit dreißig Jahren. Sie hatten ihn angeödet, und im großen und ganzen mochte er sie nicht sonderlich, aber nun, da er sie zum letztenmal sehen sollte, schmerzte es ihn doch. Heute abend gaben sie ihm ein Abschiedsessen. Alle Welt würde da sein, und er würde ein silbernes Teeservice geschenkt bekommen, das er nicht im mindesten brauchte. Sie würden Reden halten, in denen sie lobpreisend seiner Arbeit in der Kolonie gedachten, ihrem Bedauern über sein Scheiden Ausdruck geben und ihm ein langes Leben wünschen, damit er seine wohlverdiente Muße genieße. Er würde die passende Antwort geben. Er hatte eine Rede vorbereitet, in der er die Veränderungen überschaute, die im Malaiischen Staatenbunde stattgefunden hatten, seitdem er als junger, unerfahrener Kadett in Singapur gelandet war. Er würde ihnen für ihre loyale Mitarbeit während der Amtsperiode, die er als Resident in Timbang Belud hatte zubringen dürfen, danken und ein leuchtendes Bild der Zukunft entwerfen, die das Land im allgemeinen und Timbang Belud im besondern erwartete. Er würde daran erinnern, daß er es als elendes, von Armut heimgesuchtes Dorf mit ein paar chinesischen Läden kennengelernt hatte und nun als blühende Stadt mit gepflasterten, von Trambahnen durchlaufenen Straßen, Steinhäusern, einem reichen Chinesenviertel und einem Klubhaus, das an Pracht bloß hinter dem von Singapur zurückstand, verließ. Man würde ›For he's a jolly good fellow‹ und ›Auld Lang Synne‹ singen. Dann würde getanzt werden, und viele von den jüngern Männer würden sich betrinken. Die Malaien hatten ihm bereits ein Abschiedsfest gegeben, und die Chinesen ein nicht endenwollendes Gelage. Morgen würde er von einer großen Menschenmenge zum Bahnhof begleitet werden, und damit würde er erledigt sein. Er fragte sich, was für eine Nachrede man ihm halten würde. Die

Malaien und Chinesen würden sagen, daß er streng, aber dabei unstreitig gerecht gewesen sei. Die Pflanzer hatten ihn nicht gemocht. Sie fanden ihn hart, weil er ihnen nicht erlaubte, rücksichtslos mit ihren Arbeitskräften umzugehen. Seine Untergebenen hatten ihn gefürchtet. Er war hinter ihnen her gewesen. Er hatte keine Geduld mit Untüchtigkeit und Nachlässigkeit gehabt. Er hatte sich niemals geschont und sah nicht ein, warum er andere schonen sollte. Sie fanden ihn unmenschlich. Es war wahr, daß er nichts Verbindliches an sich hatte. Wenn er in den Klub kam, war er nicht imstande, seine amtliche Haltung abzulegen, über zotige Geschichten zu lachen, andere zu necken oder sich selbst necken zu lassen. Er fühlte, daß seine Ankunft lähmend wirkte, und mit ihm Bridge zu spielen (er liebte es, täglich zwischen sechs und acht zu spielen), wurde eher als eine Auszeichnung als ein Vergnügen aufgefaßt. Wenn mit fortschreitender Stunde an einem der andern Tische ein paar junge Leute ein wenig fröhlicher wurden, fing er mahnende Blicke nach seiner Richtung auf, und zuweilen schlenderte dann eines der ältern Mitglieder zu den lärmenden Jünglingen hinüber und riet ihnen, sich stiller zu verhalten. George Moon seufzte leicht auf. Vom dienstlichen Standpunkt war seine Karriere ein Erfolg gewesen; er war der jüngste Resident, den es je im Malaiischen Staatenbund gegeben hatte, und für außerordentliche Dienste war er mit dem Michael- und Georgsorden bedacht worden; aber vom menschlichen Standpunkt war es vielleicht nicht ganz so. Er hatte sich Achtung erworben, Achtung vor seiner Tüchtigkeit, seinem Fleiß und seiner Zuverlässigkeit, aber er war viel zu klarsehend, um sich auch nur einen Augenblick einzubilden, daß man ihm auch Zuneigung entgegengebracht hatte. Niemand würde ihm eine Träne nachweinen. In ein paar Monaten würde er vergessen sein.

Er lächelte grimmig. Er war nicht sentimental. Er hatte sich seiner Autorität gefreut, und es bereitete ihm eine herbe Genugtuung, jeden, der unter ihm gearbeitet hatte, auf der Höhe seiner Leistungsfähigkeit gehalten zu haben. Es mißfiel ihm nicht, eher gefürchtet als geliebt worden zu sein. Er betrachtete sein Leben als ein Exempel der höheren Mathematik, dessen Ausarbeitung den intensivsten Einsatz seiner Fähigkeiten erfordert hatte, dessen Ergebnis jedoch nicht die geringsten praktischen Resultate zeitigte. Seine Kompliziertheit machte es interessant, und seine Schönheit lag in seiner Lösung. Aber wie alle reine Schönheit, führte es zu nichts. George Moons Zukunft war leer. Er war fünfundfünfzig Jahre alt und voll von Energie, und ihm selbst schienen seine Geisteskräfte so lebendig wie je, seine Erfahrung in bezug auf Menschen und Welt war groß: alles, was ihm zu tun übrig blieb, war, sich in irgendeiner ländlichen Stadt in England oder an einem billigen Teil der Riviera niederzulassen und mit ältlichen Damen Bridge und mit pensionierten Obersten Golf zu spielen. Er hatte, wenn er auf Urlaub gefahren war, ehemalige Vorgesetzte getroffen, und es war ihm immer aufgefallen, wie schwer sie sich in die veränderten Umstände hineinfanden. Sie hatten sich auf die Freiheit gefreut, die ihnen winkte, wenn sie in den Ruhestand traten, und sich wunderbare Dinge ausgemalt, mit denen sie ihre Muße ausfüllen wollten. Fata Morgana. Es war nicht sehr angenehm, obskur zu sein, wenn man zuvor in einem prunkvollen Botschaftshaus residiert hatte, mit zwei Dienstmädchen auszukommen, wenn man gewohnt war, über ein halbes Dutzend chinesische Boys zu verfügen; und vor allem war es nicht angenehm, zu sehen, daß sich niemand auch nur im geringsten um einen scherte, nachdem man sich an das schmeichelhafte Bewußtsein gewöhnt hatte, Scharen von Menschen der verschiedensten Schichten und Art durch ein Wort des Lobes beglücken oder durch einen Blick der Mißbilligung demütigen zu können.

George Moon streckte die Hand aus und nahm eine Zigarette aus der Schachtel auf seinem Schreibtisch. Während er das tat, bemerkte er all die kleinen Linien auf seinem Handrücken und die Magerkeit seiner runzeligen Finger. Angewidert zog er die Augenbrauen zusammen. Es war die Hand eines alten Mannes. In seinem Büro hing ein chinesisches Spiegelglasbild, das er vor langer Zeit gekauft hatte und nun zurückließ. Er stand auf und betrachtete sich darin. Er sah ein mageres gelbes Gesicht, verrunzelt, mit dünnen Lippen, spärliches graues Haar und müde graue Augen. Er war ziemlich groß, sehr dünn, mit schmalen Schultern, und er hielt sich gerade. Er hatte immer Polo gespielt und konnte es noch jetzt im Tennis mit den meisten jungen Leuten aufnehmen. Im Gespräch hielt er die Augen fest auf das Gesicht seines Partners gerichtet, aufmerksam zuhörend, aber sein Ausdruck veränderte sich nicht, und man hatte keine Ahnung, was für eine Wirkung das, was man sagte, auf ihn ausübte. Vielleicht wußte er nicht, wie irritierend das war. Er lächelte selten.

Eine Ordonnanz kam und brachte einen Zettel, auf dem ein Name geschrieben stand. George Moon las ihn und gab den Auftrag, den Besucher vorzulassen. Er setzte sich noch einmal hin und schaute mit seinen kalten Augen nach der Tür, durch die im nächsten Augenblick der Besucher eintreten würde. Es war Tom Saffary, und George Moon fragte sich, was er wohl haben wollte. Vermutlich würde es etwas mit der Festlichkeit am Abend zu tun haben. Es hatte ihn belustigt zu hören, daß Tom Saffary an der Spitze des Komitees stand, das mit der Organisation der Feier betraut war, denn seine Beziehungen zu ihm waren im letzten Jahr nichts weniger als herzlich gewesen. Saffary war ein Pflanzer, und einer seiner Tamil-Aufseher hatte eine Beschwerde wegen tätlicher Beleidigung gegen ihn eingebracht. Der Tamil war unverschämt frech gegen ihn gewesen, und Saffary hatte ihm eine Tracht Prügel verabreicht. George Moon sah ein, daß die Herausforderung groß gewesen war, aber er war stets energisch dagegen aufgetreten, daß die Pflanzer die Gerichtsbarkeit selbst in die Hand nahmen, und als der Fall zur Verhandlung kam, verurteilte er den Pflanzer zu einer Geldstrafe. Nach Schluß der Gerichtssitzung jedoch lud er Saffary, um zu zeigen, daß er ihm nichts nachtrug, zum Lunch ein: Saffary, erbost über das Urteil, das er als einen unverdienten Affront ansah, lehnte brüsk ab und hielt sich von nun an von jeder gesellschaftlichen Verbindung mit dem Gesandten fern. Er antwortete leichthin, wenn George Moon, entschlossen, sich nicht beleidigen zu lassen, mit ihm sprach; aber er spielte weder Bridge noch Tennis mit ihm. Er war der Leiter der größten Gummiplantage des Distriktes, und George Moon fragte sich ironisch, ob er das Dinner arrangiert und die Beiträge für das Geschenk eingesammelt hatte, weil er fand, daß er es seiner Würde schuldig war, oder ob er sich nun, da der Gesandte fort ging, aus Sentimentalität zu einer edlen Geste berufen fühlte. Es kitzelte George Moons frostigen Humor, daß es Tom Saffary zufallen würde, die Hauptrede des Abends zu halten, in der er sich über die bewunderungswürdigen Eigenschaften des Residenten ausbreiten und dem Bedauern der Gemeinde über den unersetzlichen Verlust Ausdruck verleihen mußte.

Tom Saffary wurde hereingeführt. Der Gesandte erhob sich von seinem Stuhl, reichte ihm die Hand und lächelte dünn.

»Guten Tag. Nehmen Sie Platz. Darf ich Ihnen eine Zigarette anbieten?«

»Guten Tag.«

Saffary setzte sich auf den Stuhl, den der Resident ihm anbot, und der Resident wartete, was er vorzubringen hatte. Er hatte den Eindruck, daß sein Besucher befangen war. Er war ein großer, vierschrötiger, korpulenter Mensch, mit rotem Gesicht, einem Doppelkinn, krausem schwarzem Haar und blauen Augen. Er war ein schöner, stattlicher Mann, stark wie ein Pferd, aber es war klar, daß er es sich zu gut gehen ließ. Er trank eine Menge und aß zu herzhaft. Aber er war ein fähiger Geschäftsmann und ein unermüdlicher Arbeiter. Er führte seine Plantage mit großer Tüchtigkeit. Er war in der Gemeinde beliebt. Er galt allgemein als guter Kerl. Er war freigebig mit seinem Geld und stets bereit, zu helfen, wenn ein Freund in Not war. Es fiel dem Residenten ein, daß Saffary vielleicht gekommen war, um vor dem Dinner die Differenz beizulegen, die zwischen ihnen bestand. Das Gefühl, das einem solchen Wunsch zugrunde liegen mochte, erweckte in dem Residenten eine sehr schwache, gutmütige Verachtung. Er hatte keine Feinde, weil die Menschen ihm nicht genug bedeuteten, als daß er einen von ihnen gehaßt hätte; hätte er aber Feinde gehabt, so würde er sie bis an sein Ende gehaßt haben.

»Sie werden sicherlich überrascht sein, mich hier zu sehen, und ich nehme an, daß Sie heute, an Ihrem letzten Tag, sehr beschäftigt sind.«

George Moon antwortete nicht, und der andere fuhr fort:

»Ich komme in einer etwas peinlichen Angelegenheit. Die Sache ist nämlich die, daß meine Frau und ich heute abend nicht an dem Dinner werden teilnehmen können, und nach der Verstimmung, die im letzten Jahr zwischen uns geherrscht hat, hielt ich es für angezeigt, herzukommen und Ihnen zu sagen, daß unser Fernbleiben nichts damit zu tun hat. Ich bin der Ansicht, daß Sie sehr rücksichtslos gegen mich vorgegangen sind. Es war nicht das Geld, an dem mir lag, es war die Demütigung, aber wir wollen Vergangenes begraben sein lassen. Sie sollen wissen, daß ich Ihnen nun, da Sie von hier fortgehen, nichts mehr nachtrage.«

»Das wurde mir bereits klar, als ich erfuhr, daß ich in erster Linie Ihnen für die Veranstaltung der Abschiedsfeier, die man mir gibt, zu danken habe«, antwortete der Resident höflich. »Es tut mir leid, daß Sie heute abend nicht kommen können.«

»Ich bedaure es ebenfalls. Es ist wegen Knobby Clarke.« Saffary zögerte. »Sein Tod ist meiner Frau und mir sehr nahegegangen.«

»Ja, es ist eine sehr traurige Sache. Sie waren eng befreundet, nicht?«

»Er war der beste Freund, den ich in der Kolonie hatte.«

Tränen funkelten in Tom Saffarys Augen. ›Wie weichherzig dicke Männer sind‹, dachte Moon.

»Ich kann sehr gut verstehen, daß Sie unter diesen Umständen nicht in der Stimmung sind, an einer rauschenden Festlichkeit teilzunehmen«, sagte er freundlich. »Haben Sie Näheres über den Fall gehört?«

»Nein, nicht mehr, als in der Zeitung stand.«

»Er schien vollkommen wohl, als er von hier fortging.«

»Soviel ich weiß, ist er in seinem ganzen Leben niemals krank gewesen.«

»Herz, nehme ich an. Wie alt war er?«

»Genau so alt wie ich. Achtunddreißig.«

»Das ist jung zum Sterben.«

Knobby Clarke war ein Pflanzer, und die Plantage, die er leitete, grenzte an die Saffarys. George Moon hatte ihn gern gehabt. Er war ein ziemlich häßlicher Mann gewesen, rötlichblond mit hohen Backenknochen und hohlen Schläfen, großen, blassen Augen, die tief in ihren Höhlen lagen, und einem großen Mund. Aber er hatte ein anziehendes Lächeln und ein natürliches, ungezwungenes Wesen. Er war unterhaltend und konnte gut erzählen. Er hatte etwas unbekümmert Fröhliches, das den Leuten gefiel. Er war ein guter Sportsmann und Spieler. Er war kein Dummkopf. George Moon fand ihn vielleicht etwas farblos. Im Laufe seiner Amtszeit hatte er zahlreiche Leute dieser Art kennengelernt. Sie kamen und gingen. Vor vierzehn Tagen hatte Clarke eine Reise nach England angetreten, um seinen Urlaub dort zu verbringen, und die Saffarys hatten an seinem letzten Abend eine große Gesellschaft gegeben. Er war verheiratet, und seine Frau war natürlich mit ihm gefahren.

»Sie tut mir leid«, meinte George Moon. »Es muß ein furchtbarer Schlag für sie gewesen sein. Er wurde ins Meer versenkt, nicht?«

»Ja. So heißt es in der Zeitung.«

Die Nachricht war am Abend zuvor nach Timbang gelangt. Die Zeitungen aus Singapur trafen um sechs Uhr ein, gerade wenn die Leute anfingen, sich im Klub einzufinden, und viele spielten erst ihre Partie Bridge oder Billard, ehe sie einen Blick hineinwarfen.

»Was lese ich da! Knobby ist tot.«

»Welcher Knobby? Doch nicht Knobby Clarke?«

Unter ›Allgemeine Nachrichten‹ stand ein kurzer Absatz von drei Zeilen:

Messrs. Star, Moseley & Co. haben ein Kabel erhalten mit der Mitteilung, daß Mr. Harold Clarke aus Timbang Batu auf seiner Reise nach England plötzlich gestorben ist und auf See begraben wurde.

Einer trat heran, nahm dem Sprechenden die Zeitung aus der Hand und las die Notiz ungläubig mit eigenen Augen. Ein anderer schaute ihm über die Schulter. Die, die gerade Zeitung lasen, schlugen die betreffende Seite auf und lasen die drei gleichgültigen Zeilen.

»So etwas!« rief einer.

»Wie schrecklich«, sagte ein anderer.

»Er war munter wie ein Fisch, als er von hier abfuhr.«

Ein Schauer der Bestürzung durchlief diese biederen, jovialen, unbekümmerten Männer, und jeder wurde sich für einen Augenblick bewußt, daß auch er sterblich war. Andere Mitglieder kamen herein, angeregt durch die Aussicht auf ihren Sechs-Uhr-Trunk und das Wiedersehen mit ihren Freunden, und wurden bei ihrem Eintritt mit der bösen Neuigkeit empfangen.

»Haben Sie schon gehört? Der arme Knobby Clarke ist tot.«

»Ist das möglich?«

»Furchtbar, nicht?«

»Furchtbar.«

»Ein so netter Kerl.«

»Einer der besten.«

»Es ist mir richtig in die Knochen gefahren, als ich es zufällig in der Zeitung las.«

»Kein Wunder.«

Einer ging mit der Zeitung in der Hand ins Billardzimmer, die Nachricht weiterzugeben. Man spielte gerade das Handikap um den Becher des Prinzen von Wales. Diese erlauchte Persönlichkeit hatte dem Klub den Becher anläßlich seines Besuches in Timbang Belud gespendet. Tom Saffary spielte gegen einen Mann namens Douglas, und der Resident, der in der vorhergehenden Runde geschlagen worden war, saß mit einem Dutzend anderer Leute daneben und schaute zu. Der Aufschreiber rief monoton die Punkte aus. Der Ankömmling wartete, bis Saffary seine Tour zu Ende gespielt hatte und rief ihm dann zu: »Weißt du schon, Tom, daß Knobby tot ist?«

»Knobby? Das ist nicht wahr.«

Der andere reichte ihm die Zeitung. Drei oder vier traten hinzu, um mitzulesen.

»Mein Gott.«

Einen Augenblick herrschte beklommene Stille. Die Zeitung ging von Hand zu Hand. Es war merkwürdig, daß niemand die Nachricht glauben wollte, ehe er sie nicht mit eigenen Augen schwarz auf weiß gesehen hatte.

»Das tut mir aber leid!«

»Es ist furchtbar für seine Frau«, sagte Tom Saffary. »Sie erwartet ein Kind. Meine Frau wird außer sich sein.«

»Es ist doch erst vierzehn Tage her, daß er von hier fortgefahren ist.«

»Damals fehlte ihm nicht das geringste.«

Saffarys rotes Gesicht verfiel ein wenig, und an einen kleinen Tisch tretend, nahm er sein Glas und tat einen tiefen Trunk.

»Höre, Tom«, sagte sein Partner. »Möchtest du das Spiel nicht lieber abbrechen?«

»Nein, das kann ich nicht gut tun.« Saffarys Augen suchten die Tafel, und er sah, daß er im Vorteil war. »Laß uns zu Ende spielen. Danach werde ich nach Hause gehen und es Violet schonend beibringen.«

Douglas kam an die Reihe und machte vierzehn Points. Tom Saffary verfehlte einen leichten Direkten, blieb aber nicht im Rückstand. Douglas spielte abermals, machte jedoch keinen Punkt, und Saffary verfehlte wieder einen Stoß, der ihm für gewöhnlich bestimmt gelungen wäre. Er runzelte ärgerlich die Stirne. Er wußte, daß seine Freunde ziemlich hoch auf ihn gewettet hatten, und es war ihm peinlich, sie zu enttäuschen. Douglas machte zweiundzwanzig Points. Saffary leerte sein Glas, und mit einer Willensanstrengung, die seinen teilnahmsvollen Zuschauern nicht entging, zwang er sich zur Konzentration. Er machte eine Serie von achtzehn, und als es ihm knapp vorbeiglückte, eine ›long Jenny‹ zu machen, erntete er allgemeinen Applaus. Er hatte nun seine Sicherheit wiedergewonnen und kam rasch vorwärts. Auch Douglas spielte gut, und es wurde ein aufregendes Match. Die wenigen Minuten, in denen Saffarys Aufmerksamkeit abgeschweift war, hatten seinem Gegner gestattet, ihn einzuholen, und nun wurde es ein Spiel für alle.

»Spot zweihundertfünfunddreißig«, rief der Malaie in seinem eigentümlichen, radebrecherischen Englisch. »Plain zweihundertachtundzwanzig. Plain kommt zum Stoß.«

Douglas machte acht, und Saffary brachte es auf zweihundertvierzig. Er hinterließ seinem Gegner eine schwierige Konstellation.

Douglas traf keinen Ball und verschaffte dadurch Saffary einen weiteren Punkt.

»Spot zweihundertdreiundvierzig«, rief der Aufschreiber. »Plain zweihunderteinundvierzig. Plain kommt zum Stoß.«

Saffary machte drei wunderschöne Stöße und beendete damit das Spiel.

»Ein populärer Sieg«, riefen die Herumstehenden.

»Gratuliere, alter Junge«, sagte Douglas.

»Boy!« rief Saffary, »frage die Herren, was sie trinken wollen. Armer Knobby.«

Er seufzte schwer. Die Getränke wurden gebracht, und Saffary unterschrieb den Coupon. Dann verabschiedete er sich. Zwei andere hatten bereits wieder zu spielen begonnen.

»Famos von ihm, so weiterzuspielen«, sagte einer, als sich die Tür hinter Saffary schloß.

»Ja, er ist ein ganzer Kerl.«

»Eine Weile dachte ich schon, das Spiel wäre erledigt.«

»Er wußte, daß viele Wetten auf ihn abgeschlossen worden waren, und wollte durchhalten.«

»Die Nachricht muß ihn furchtbar getroffen haben.«

»Ja, sie waren doch so befreundet. Woran er bloß gestorben sein mag?«

»Guter Stoß, Sir.«

George Moon erinnerte sich dieser Szene, und es schien ihm merkwürdig, daß Tom Saffary, der dabei soviel Selbstbeherrschung gezeigt hatte, sich den Tod seines Freundes nun so sehr zu Herzen zu nehmen schien. Im Kriege war es häufig vorgekommen, daß Soldaten, wenn sie verwundet wurden, es im ersten Moment gar nicht spürten, und so mochte auch Saffary im Anfang gar nicht erfaßt haben, was für ein Schlag Knobby Clarkes Tod für ihn war. Immerhin hielt George Moon es für wahrscheinlich, daß Saffary, sich selbst überlassen, darüber hinweggegangen wäre und in Gesellschaft seiner Kameraden Trost gefunden hätte; aber seine Frau mit ihren konventionellen Anschauungen hatte vermutlich darauf bestanden, daß es unschicklich wäre, zu einer Gesellschaft zu gehen, wenn man von einem solchen Kummer heimgesucht wurde, und daß man sich für eine Weile von allen Festlichkeiten fernhalten müsse. Violet Saffary war eine nette kleine Frau, drei oder vier Jahre jünger als ihr Mann; nicht sehr hübsch, aber angenehm anzusehen und immer sehr geschmackvoll gekleidet; liebenswürdig, damenhaft und anspruchslos. In den Tagen, als er mit den Saffarys noch auf freundschaftlichem Fuß gestanden hatte, hatte der Resident von Zeit zu Zeit bei ihnen diniert; er hatte Violet sympathisch, aber nicht sehr unterhaltsam gefunden. Sie hatten immer bloß von alltäglichen Dingen gesprochen. In letzter Zeit hatte er sie nur selten gesehen. Wenn sie einander begegneten, lächelte sie ihm freundlich zu, und gelegentlich sagte er ein paar höfliche Worte zu ihr. Aber er mußte sein Gedächtnis anstrengen, um sie von einem halben Dutzend anderer Damen der Kolonie zu unterscheiden, mit denen er durch seine Stellung in Berührung kam.

Saffary hatte offenbar vorgebracht, was er zu sagen hatte, und der Gesandte wunderte sich, warum er nicht aufstand und ging. Er saß seltsam zusammengesunken in seinem Stuhl, so daß man den Eindruck hatte, sein Knochengerüst hätte aufgehört ihn zu tragen, und seine beträchtlichen Fleischmassen sackten an ihm zusammen. Er starrte düster auf den Schreibtisch, der ihn von dem Residenten trennte. Er seufzte tief.

»Sie dürfen es nicht zu schwer nehmen, Saffary«, sagte George Moon. »Sie wissen, wie ungewiß das Leben im Orient ist. Man muß stets darauf gefaßt sein, Menschen zu verlieren, an denen man hängt.«

Saffarys Augen hoben sich langsam von dem Schreibtisch, und er heftete sie fest auf George Moon. Sie starrten ohne zu zucken. George Moon hatte es gern, wenn Menschen ihm in die Augen sahen. Vielleicht hatte er das Gefühl, sie, wenn er ihren Blick festhielt, in seiner Macht zu halten. Plötzlich bildeten sich zwei Tränen in Saffarys blauen Augen und rannen ihm langsam über die Wangen. Er hatte einen seltsam ratlosen Ausdruck. Etwas hatte ihn erschreckt. War es der Tod? Nein. Etwas, das ihm schlimmer schien. Er sah verschüchtert aus, geduckt, so daß man an einen Hund erinnert wurde, der ungerecht geprügelt worden war.

»Es ist nicht das«, stammelte er. »Das hätte ich ertragen können.«

George Moon antwortete nicht. Er hielt den großen kräftigen Mann mit seinem kalten, unbeweglichen Blick fest und wartete. Er war sich angenehm seiner vollkommenen Gleichgültigkeit bewußt. Saffary warf einen gequälten Blick auf die Papiere auf dem Schreibtisch.

»Ich fürchte, daß ich Ihre Zeit zu sehr in Anspruch nehme.«

»Nein, ich habe im Augenblick nichts zu tun.«

Saffary schaute zum Fenster hinaus. Ein Schauder lief ihm über den Rücken. Er schien zu zögern.

»Ob ich Sie wohl um einen Rat bitten dürfte?« fragte er endlich.

»Aber natürlich«, sagte der Gouverneur mit dem Schatten eines Lächelns. »Dazu bin ich ja da.«

»Es ist eine rein private Sache.«

»Sie können vollkommen sicher sein, daß ich Ihr Vertrauen in keiner Weise mißbrauchen werde.«

»Nein, das weiß ich, aber es ist eine Angelegenheit, über die man nur schwer sprechen kann; und es wäre mir peinlich, Sie nachher wiederzusehen. Nun gehen Sie aber morgen von hier fort, und das erleichtert mir das Reden. Können Sie das verstehen?«

»Vollkommen.«

Saffary fing zu sprechen an, mit leiser Stimme, widerstrebend, als schäme er sich, und er sprach mit der Ungeschicktheit eines Menschen, der an Worte nicht gewöhnt ist. Er erzählte die gleichen Dinge zweimal. Er verwirrte sich. Er fing einen langen, kunstvollen Satz an und brach dann unvermittelt ab, weil er nicht wußte, wie er ihn zu Ende führen sollte. George Moon hörte ihm schweigend zu, mit undurchdringlichem Gesicht, rauchend, und ließ die Augen nur dann von Saffarys Gesicht, wenn er sich eine neue Zigarette aus der Schachtel auf dem Schreibtisch holte und sie an der eben beendeten anzündete. Und während er zuhörte, sah er wie einen Hintergrund die monotone Einförmigkeit des Lebens, das ein Pflanzer führt. Es war wie eine gedämpfte Begleitung, die die wohlberechneten Dissonanzen einer unerwarteten Melodie schärfer hervortreten ließ.

Bei dem niedrigen Stand der Gummipreise mußte große Sparsamkeit geübt werden, und Tom Saffary sah sich trotz der Größe seiner Plantage gezwungen, Arbeiten zu verrichten, die er in frühern Zeiten einem Gehilfen überlassen hatte. Er stand vor Tagesanbruch auf und ging hinunter zu den Plätzen, wo die Kulis versammelt waren. Wenn es gerade erst hell genug war, sehen zu können, las er die Namen herunter, strich sie je nach der Antwort ab und wies den verschiedenen Trupps ihre Arbeit zu. Manche zapften Gummi ab, manche jäteten, und manche besorgten die Gräben. Saffary kehrte ins Haus zurück, frühstückte ausgiebig, zündete sich eine Pfeife an und ging dann wieder hinaus, um die Quartiere der Kulis zu inspizieren. Kinder spielten, und Babies krochen auf dem Boden herum. In den Seitengäßchen kochten Tamil-Weiber ihren Reis. Ihre schwarze Haut glänzte vor Öl. Sie waren mit dunkelrotem Baumwollzeug drapiert und trugen goldenen Schmuck in ihren Haaren. Es gab schöne Geschöpfe unter ihnen, aufrecht in der Haltung, mit zarten Zügen und kleinen, wunderbaren Händen; aber Saffary betrachtete sie bloß mit Abscheu. Er trat seine Rundgänge an. Die Bäume in seiner wohlbestellten Plantage, in sauberen Reihen gepflanzt, erinnerten an den schmucken Wald des deutschen Märchens. Der Boden war dicht bedeckt von welken Blättern. Saffary wurde begleitet von einem Tamil-Aufseher mit bloßen Füßen, langem schwarzem Haar, das in einem Knoten zusammengebunden war, in Sarong und Baju und einen prunkvollen Ring am Finger.

Saffary schritt tüchtig aus, sprang über Gräben, wenn sie ihm in den Weg kamen, und troff bald von Schweiß. Er untersuchte die Bäume, um zu sehen, ob sie richtig angezapft waren, und wenn er einen Kuli bei der Arbeit antraf, untersuchte er die Abfallspäne, und wenn sie ihm zu dick waren, fluchte er und kürzte den Kuli um einen halben Taglohn. Wenn ein Baum nicht mehr angezapft werden sollte, befahl er dem Aufseher, den Becher und den Draht, mit dem dieser am Stamm befestigt war, zu entfernen. Die jätenden Kulis arbeiteten in Trupps.

Zu Mittag kehrte Saffary in seinen Bungalow zurück und trank ein Glas Bier, das, weil es kein Eis gab, lauwarm war. Er zog die Khakihosen, das Flanellhemd, die schweren Stiefel und Strümpfe aus, in denen er seine Gänge gemacht hatte, rasierte sich und badete. Er aß in Sarong und Baju zu Mittag. Nachher legte er sich für eine halbe Stunde hin und begab sich dann in sein Büro, wo er bis fünf Uhr arbeitete; er trank Tee und ging in den Klub. Gegen acht Uhr brach er wieder auf, aß, sobald er nach Hause kam, und ging eine halbe Stunde später zu Bett.

Aber am vergangenen Abend war er gleich, nachdem er sein Match zu Ende gespielt hatte, nach Hause gegangen. Violet hatte ihn an diesem Tage nicht begleitet. Als die Clarkes noch dagewesen waren, hatten sie sich jeden Nachmittag im Klub getroffen, aber nun kam sie seltener mit. Sie sagte, es wäre niemand da, der sie interessierte, sie wisse alles auswendig, was jeder zu sagen habe. Sie spielte nicht Bridge, und es war langweilig für sie, herumzuwarten. Sie sagte Tom, er könne sie ruhig allein lassen. Sie hatte eine Menge im Haus zu tun.

Als sie ihn so früh zurückkommen sah, nahm sie an, er hätte sein Match gewonnen und wollte es ihr mitteilen. Er war wie ein Kind in seinem Stolz über derartige kleine Triumphe. Er war ein gutmütiger, einfacher Mensch, und sie wußte, daß er sich nicht nur für sich selbst über seinen Sieg freute, sondern weil er annahm, daß es auch ihr Freude bereiten würde. Es war reizend von ihm, so eilig nach Hause zu kommen, um es ihr brühwarm zu berichten.

»Nun, wie ist das Match ausgegangen?« fragte sie ihn, als er ins Zimmer trat.

»Ich habe gewonnen.«

»Leicht?«

»Nein, nicht so leicht, wie ich gedacht hätte. Erst war ich im Vorteil, und dann blieb ich stecken, nicht ein Stoß gelang mir; du kennst doch Douglas, er brilliert nicht, aber er ist zäh, und er holte mich ein. Endlich sagte ich mir, wenn du dich jetzt nicht zusammennimmst, schlägt er dich. Ich hatte ein bißchen Glück und schließlich – um es kurz zu machen – schlug ich ihn mit sieben Punkten.«

»Das ist ja großartig! Eigentlich müßtest du jetzt den Becher gewinnen, nicht?«

»Nun, ich habe noch drei Matche zu bestehen. Wenn es mir gelingt, in die Semi-Finals hineinzukommen, könnte ich es vielleicht schaffen.«

Violet lächelte. Sie war bemüht, ihm ihr Interesse zu zeigen.

»Wieso hast du plötzlich nachgelassen?«

Sein Gesicht verdüsterte sich.

»Aus dem gleichen Grund, aus dem ich so schnell nach Hause gekommen bin. Ich wäre sofort ausgerissen, wenn ich nicht auf die, die auf mich gewettet hatten, Rücksicht hätte nehmen müssen. Ich weiß nicht, wie ich es dir sagen soll, Violet.«

Sie blickte ihn fragend an.

»Wieso? Was ist los? Doch nichts Schlimmes?«

»Doch. Etwas Schreckliches. Knobby ist tot.«

Eine volle Minute starrte sie ihn an, und ihr Gesicht, ihr nettes, freundliches, kleines Gesicht wurde grau vor Entsetzen. Zuerst schien es, als verstünde sie ihn nicht.

»Was soll das heißen?« rief sie.

»Es stand in der Zeitung. Er starb an Bord. Man hat ihn ins Meer versenkt.«

Mit einemmal stieß sie einen durchdringenden Schrei aus und fiel der Länge nach hin. Sie war ohnmächtig geworden.

»Violet«, rief er, warf sich auf die Knie und nahm ihren Kopf in seine Arme. »Boy, Boy!«

Ein Boy, aufgeschreckt durch die Angst in der Stimme seines Herrn, kam herbeigestürzt, und Saffary schrie ihm zu, er sollte Brandy bringen. Er bemühte sich, Violet ein paar Tropfen einzuflößen. Sie öffnete die Augen, und als sie sich erinnerte, wurden sie dunkel vor Qual. Ihr Gesicht verzog sich wie das eines kleinen Kindes, das im Begriffe ist, in Tränen auszubrechen. Er hob sie auf und bettete sie aufs Sofa. Sie wandte den Kopf ab.

»Oh, Tom, es ist nicht wahr. Es kann nicht wahr sein.«

»Doch, leider ist es wahr.«

»Nein, nein, nein!«

Sie brach in Tränen aus. Sie weinte krampfhaft. Es war furchtbar anzuhören. Saffary wußte nicht, was er tun sollte. Er kniete neben ihr und versuchte, sie zu beruhigen. Er versuchte, sie in die Arme zu nehmen, aber mit einer plötzlichen Geste stieß sie ihn zurück.

»Rühre mich nicht an«, rief sie, und sie sagte es so scharf, daß er erschrak.

Er stand auf.

»Beruhige dich doch, Liebling, nimm's nicht so schwer«, sagte er. »Ich weiß, es ist ein furchtbarer Schock. Er war einer von den Besten.«

Sie vergrub ihr Gesicht in den Kissen und weinte verzweifelt. Es peinigte ihn, zu sehen, wie ihr Körper von unbeherrschbarem Schluchzen geschüttelt war. Sie war außer sich. Er legte seine Hand sanft auf ihre Schulter.

»Liebling, nimm dich doch zusammen. Du wirst noch krank werden.«

Sie schüttelte seine Hand ab.

»Um Gottes willen, laß mich allein«, rief sie. »Oh, Hal, Hal.« Er hatte sie noch nie diesen Namen gebrauchen hören. Wohl hieß der Verstorbene Harold. Aber alle hatten ihn Knobby genannt. »Was soll ich tun?« klagte sie. »Ich kann es nicht ertragen. Ich kann es nicht ertragen.«

Saffary fing an, ein wenig ungeduldig zu werden. Soviel Kummer schien ihm denn wirklich übertrieben. Violet war für gewöhnlich nicht so erregbar; das verdammte Klima mußte schuld daran sein. Es machte die Frauen nervös und reizbar. Violet war seit vier Jahren nicht mehr in England gewesen. Sie verbarg ihr Gesicht nun nicht mehr. Sie lag da, fast vom Sofa fallend, den Mund weit geöffnet vor maßlosem Schmerz, und Tränen strömten aus ihren aufgerissenen Augen. Sie war wie von Sinnen.

»Nimm noch einen Schluck Brandy«, sagte er. »Und fasse dich, mein Herz. Es nützt Knobby doch nichts mehr, wenn du dich so aufregst.«

Mit einem plötzlichen Ruck sprang sie in die Höhe und schob ihn beiseite. Sie warf ihm einen haßerfüllten Blick zu.

»Geh weg, Tom. Ich will deine Teilnahme nicht. Ich will allein sein.«

Sie ging schnell zu einem Lehnstuhl hinüber und warf sich hinein. Sie schleuderte den Kopf zurück, und ihr armes weißes Gesicht war verzerrt zu einer Grimasse der Qual.

»Oh, wie kann so etwas geschehen?« stöhnte sie. »Was soll nun aus mir werden? O Gott, ich wollte, ich wäre tot.«

»Violet!«

Seine Stimme bebte vor Schmerz. Fast weinte er auch. Sie stampfte ungeduldig mit dem Fuß.

»Geh weg, sage ich dir! Geh weg!«

Er schrak zusammen. Er starrte sie an und keuchte plötzlich auf. Ein Schauer durchlief seinen schweren Leib. Er machte einen Schritt auf sie zu und hielt inne, aber seine Augen blieben unverwandt auf ihrem weißen, gequälten Gesicht haften. Er starrte, als sehe er etwas darin, was ihn entsetzte. Dann ließ er den Kopf sinken und verließ wortlos das Zimmer. Er ging in ein kleines Hinterzimmer, das nur wenig benützt wurde und sank schwer auf einen Stuhl. Er sann. Nach einer kleinen Weile ertönte der Gong zum Dinner. Er hatte nicht gebadet. Er schaute seine Hände an. Er konnte sich jetzt nicht die Mühe nehmen, sie zu waschen. Langsam begab er sich ins Eßzimmer. Er trug dem Boy auf, Violet zu sagen, daß das Essen angerichtet wäre. Der Boy kam zurück und meldete, sie wolle nichts haben.

»Schön, dann serviere mir allein«, sagte Saffary.

Er schickte Violet einen Teller Suppe und ein Stück Toast, und als der Fisch kam, legte er ein wenig davon auf einen Teller und ließ es ihr bringen. Aber der Boy kam sofort wieder zurück.

»Madame sagen, sie will keinen«, sagte er.

Saffary aß allein. Er aß aus Gewohnheit, kräftig, die gewohnten Gänge. Er trank eine Flasche Bier. Danach brachte ihm der Boy eine Tasse Kaffee, und er zündete sich eine Zigarre an. Saffary saß still, bis er zu Ende geraucht hatte. Er dachte nach. Endlich stand er auf und ging in die große Veranda zurück, die den eigentlichen Wohnraum bildete. Violet saß immer noch in dem Lehnstuhl, in dem er sie verlassen hatte. Ihre Augen waren geschlossen, aber sie öffnete sie, als sie ihn hereinkommen hörte. Er nahm einen leichten Stuhl und setzte sich zu ihr.

»Was war dir Knobby, Violet?« fragte er.

Sie fuhr leicht zusammen. Sie wandte die Augen ab, sprach aber nicht.

»Ich verstehe nicht ganz, warum dich die Nachricht von seinem Tode dermaßen aus der Fassung bringt.«

»Es war ein furchtbarer Schock.«

»Natürlich. Aber es ist dennoch merkwürdig, daß man über den Tod eines Freundes so völlig außer sich gerät.«

»Ich verstehe nicht, was du meinst.«

Sie konnte die Worte kaum hervorbringen, und er sah, daß ihre Lippen zitterten.

»Ich hatte nie gewußt, daß du ihn Hal nennst. Selbst seine Frau nannte ihn Knobby.«

Sie sagte nichts. Ihre Augen, schwer von Kummer, waren ins Leere gerichtet.

»Schau mich an, Violet.«

Sie wandte leicht den Kopf und blickte ihn gleichgültig an.

»War er dein Liebhaber?«

Sie schloß die Augen, und Tränen entströmten ihnen. Ihr Mund war seltsam verzerrt.

»Hast du mir nichts zu sagen?«

Sie schüttelte den Kopf.

»Du mußt mir antworten, Violet.«

»Ich kann jetzt nicht mit dir sprechen«, stöhnte sie. »Wie kannst du so herzlos sein?«

»Ich muß gestehen, daß ich nicht sehr teilnahmsvoll gestimmt bin, im Augenblick. Ich verlange Klarheit, und zwar sofort. Willst du ein Glas Wasser?«

»Nichts, nein.«

»Dann beantworte mir meine Frage.«

»Du hast kein Recht, sie zu stellen. Sie ist beleidigend.«

»Wie kann ich glauben, daß eine Frau wie du, wenn sie von dem Tod eines Bekannten erfährt, ohnmächtig hinsinkt und sich nachher, wenn sie wieder zu sich kommt, gebärdet wie eine Verzweifelte. Nicht einmal der Tod eines Kindes würde eine solche Wirkung auslösen. Als wir erfuhren, daß deine Mutter gestorben sei, weintest du natürlich, und ich weiß, daß du sehr unglücklich warst – aber du kamst zu mir, um dir Trost zu holen, und sagtest, du wüßtest nicht, was du ohne mich anfangen solltest.«

»Dies kam so schrecklich unvorbereitet.«

»Nicht unvorbereiteter als der Tod deiner Mutter.«

»Ich hatte Knobby sehr gern.«

»Wie gern? So gern, daß du bei der Nachricht von seinem Tod nicht wußtest und auch nicht wissen wolltest, was du sprachst. Warum hast du gesagt: Wie konnte so etwas geschehen? Warum hast du gesagt: Was soll nun aus mir werden?«

Sie seufzte tief. Sie wandte ihren Kopf dahin und dorthin, wie ein Schaf, das sich bemüht, den Händen des Schlächters zu entkommen.

»Du darfst mich nicht für dümmer halten, als ich bin, Violet. Ich sage dir, daß dich diese Nachricht unmöglich so tief hätte treffen können, wenn nicht etwas zwischen euch gewesen wäre.«

»Wenn du das glaubst, warum quälst du mich dann mit Fragen?«

»Meine Liebe, es hat keinen Sinn, Verstecken zu spielen. So kommen wir nicht vom Fleck. Glaubst du, daß mir besonders wohl zumute ist?«

Sie blickte ihn an, als er das sagte. Sie hatte an ihn bisher überhaupt nicht gedacht. Sie war viel zu sehr erfüllt von ihrem eigenen Unglück gewesen, um sich auch um das seine zu kümmern.

»Ich bin so müde«, seufzte sie.

Er beugte sich vor und packte sie rauh am Handgelenk.

»Sprich!« schrie er.

»Du tust mir weh.«

»Und du mir? Glaubst du, du tust mir nicht weh? Wie kannst du das Herz haben, mich so zu peinigen?«

Er ließ ihren Arm los und sprang auf. Er ging bis ans Ende des Zimmers und wieder zurück; es sah aus, als erwache plötzlich die Wut in ihm. Er packte sie an den Schultern und riß sie in die Höhe. Er rüttelte sie.

»Wenn du mir nicht die Wahrheit sagst, bringe ich dich um«, schrie er.

»Ich wollte, du tätest es«, sagte sie.

»Er war dein Liebhaber?«

»Ja.«

»Du Hure.«

Die eine Hand immer noch auf ihrer Schulter, so daß sie sich nicht rühren konnte, holte er mit der andern aus und schlug ihr wiederholt mit aller Kraft ins Gesicht. Sie bebte unter seinen Schlägen, aber sie versuchte nicht, ihnen auszuweichen, und sie schrie auch nicht. Er schlug zu, immer wieder. Mit einem Male fühlte er, daß sie seltsam schlaff wurde, er ließ sie los, und bewußtlos glitt sie zu Boden. Angst erfaßte ihn. Er beugte sich über sie, betastete sie, rief sie beim Namen. Sie rührte sich nicht. Er hob sie auf und trug sie in den Lehnstuhl zurück, von dem er sie eine Weile zuvor heruntergezerrt hatte. Der Branntwein, den er hatte kommen lassen, als sie zum ersten Male ohnmächtig geworden war, war immer noch im Zimmer, und er versuchte, ihr ein wenig einzuflößen. Sie würgte, und die Flüssigkeit rann ihr über Kinn und Hals. Eine Seite ihres blassen Gesichtes war rot und blau von den Schlägen seiner schweren Hand. Sie seufzte ein wenig und öffnete die Augen. Er hielt das Glas abermals an ihre Lippen, indem er ihren Kopf stützte, und sie nippte ein wenig an dem starken Getränk. Mit reuevollen, besorgten Blicken schaute er sie an.

»Verzeih mir, Violet. Ich wollte es nicht tun. Ich schäme mich so schrecklich. Nie hätte ich gedacht, daß ich so tief sinken könnte, eine Frau zu schlagen.«

Obgleich sie sich sehr schwach fühlte und ihr Gesicht schmerzte, huschte der Schatten eines Lächelns über ihre Lippen. Armer Tom. Er war imstande, solche Dinge zu sagen. Er empfand sie. Und wie entrüstet er sein würde, wenn ihn jemand fragte, warum ein Mann eine Frau nicht schlagen dürfe. Aber Saffary führte ihr blasses Lächeln auf ihren unbesiegbaren Mut zurück. ›Bei Gott, eine tapfere kleine Frau‹, dachte er.

»Gib mir eine Zigarette«, sagte sie.

Er nahm eine aus der Schachtel und steckte sie ihr in den Mund. Er machte zwei, drei vergebliche Versuche, sein Feuerzeug anzuzünden. Es wollte ihm nicht gelingen.

»Solltest du nicht lieber ein Streichholz nehmen?« sagte sie. Für einen Augenblick hatte sie ihren herzzerreißenden Kummer vergessen und war leicht belustigt über die Situation. Er nahm eine Schachtel vom Tisch und hielt ihr das angezündete

Streichholz vor die Zigarette. Sie atmete den ersten Zug mit einem Gefühl unendlicher Erleichterung ein.

»Ich kann dir nicht sagen, wie sehr ich mich schäme, Violet«, sagte er. »Ich verabscheue mich. Ich weiß nicht, was über mich gekommen ist.«

»Ach, laß es gut sein. Es war sehr begreiflich. Warum trinkst du nicht etwas? Es wird dir guttun.«

Wortlos, mit gebeugten Schultern, als wäre es eine körperliche Last, die ihn bedrücke, holte er sich ein Glas Brandy und Soda. Dann setzte er sich still wieder hin. Sie sah den blauen Rauchwolken nach, die sich in der Luft auflösten.

»Was willst du nun tun?« fragte sie endlich.

Er antwortete mit einer müden Geste der Verzweiflung.

»Wir werden morgen weiterreden. Heute bist du nicht in der Verfassung dazu. Sobald du deine Zigarette ausgeraucht hast, mußt du zu Bett gehen.«

»Du weißt nun schon so viel, daß es besser ist, wenn du alles erfährst.«

»Nicht jetzt, Violet.«

»Doch. Jetzt.«

Sie begann zu sprechen. Er hörte ihre Worte, aber er war kaum imstande, sie aufzunehmen. Ihm war zumute wie einem Mann, der sich eben mit liebevoller Sorgfalt ein Haus gebaut hat, und mit einem Male – er weiß nicht warum – kommen Leute herbei, die es mit Hacken und schweren Hämmern Zimmer um Zimmer niederreißen und zerstören, bis das, was einst eine schöne Behausung war, ein Haufen Schutt geworden ist. Das Furchtbarste daran war, daß gerade Knobby Clarke ihm dies angetan hatte. Sie waren mit dem gleichen Schiff nach dem Malaiischen Staatenbund gekommen und hatten zuerst auf der gleichen Plantage gearbeitet. Man nennt die jungen Pflanzer ›Creepers‹, und man kann sie in den Straßen von Singapur an ihren doppelrandigen Filzhüten und ihren Khakiröcken mit den am Handgelenk umgeschlagenen Ärmeln erkennen. Unerfahrene Jungen, die mit aufgerissenen Augen herumziehen und sich von Chinesen überreden lassen, wertlosen Kram aus Birmingham zu kaufen, den sie dann als orientalische Kuriositäten nach Hause schicken, die in den Hallen billiger Hotels sitzen und unzählige Stengahs trinken und nach einem Abend im Kino in Rikschas steigen und den

Abend im Chinesenviertel beenden. Tom und Knobby waren unzertrennlich, Tom, ein großer, kräftiger Bursche, einfach, sehr ehrlich, arbeitsam; und Knobby, unschön, aber merkwürdig anziehend, mit seinen tiefsitzenden Augen, seinen hohlen Wangen und seinem großen, launigen Mund. Knobby war derjenige, der die Späße machte, und Tom der, der über sie lachte. Tom heiratete zuerst. Er lernte Violet kennen, als er auf Urlaub war. Tochter eines im Krieg gefallenen Arztes, war sie Gouvernante im Hause einer Familie, die in dem gleichen Ort lebte wie sein Vater. Tom verliebte sich in sie, weil sie allein auf der Welt stand und weil der Gedanke an das freudlose Dasein, das vor ihr lag, sein mitleidiges Herz rührte. Aber Knobby heiratete, weil Tom es getan hatte, und weil er sich ohne ihn verloren fühlte, ein Mädchen, das nach dem Orient gekommen war, um den Winter bei Verwandten zuzubringen. Enid Clarke war damals sehr hübsch gewesen mit ihrer Blondheit und ihrem vollen Gesicht, und sie war immer noch hübsch, obgleich ihre einst so klare und frische Haut schon welk war; aber sie hatte ein sehr schwaches, kleines, unbedeutendes Kinn und erinnerte im Profil an ein Schaf. Sie hatte hübsches flachsblondes Haar, schlicht, da es sich in der Hitze nicht locken wollte, und porzellanblaue Augen. Obgleich sie erst sechsundzwanzig Jahre alt war, hatte sie bereits etwas Müdes an sich. Ein Jahr nach der Hochzeit bekam sie ein Kind, aber es starb, als es erst zwei Jahre alt war. Bald darauf gelang es Tom Saffary, Knobby die Leitung der Plantage, die an die seine grenzte, zu verschaffen. Die beiden Männer freuten sich, ihre alte Vertrautheit wieder aufnehmen zu können, und ihre Frauen, die einander bis dahin nicht sehr gut gekannt hatten, wurden bald Freundinnen. Sie kopierten gegenseitig ihre Kleider und liehen einander Dienstboten und Geschirr, wenn sie Gesellschaften gaben. Die vier trafen sich jeden Tag; sie gingen überall gemeinsam hin. Tom Saffary fand es wunderbar.

Das Merkwürdige war, daß Violet und Knobby drei oder vier Jahre in dieser eng freundschaftlichen Beziehung gestanden hatten, ohne sich ineinander zu verlieben. Keines von ihnen fühlte die Liebe herannahen. Keines argwöhnte, daß in dem Vergnügen, das eines in der Gesellschaft des andern fand, mehr lag als die zufällige Freundschaft zweier durch die

Umstände des Lebens zusammengeführter Menschen. Beisammen zu sein, rief kein besonderes Glück in ihnen hervor, sondern lediglich ein stilles Gefühl von Zufriedenheit. Wenn zufällig ein Tag verging, ohne daß sie sich sahen, empfanden sie eine sonderbare Langeweile. Das schien ihnen bloß natürlich. Sie trieben Sport miteinander. Sie tanzten miteinander. Sie neckten einander. Die Offenbarung kam ihnen durch etwas, das wie der reinste Zufall aussah. Sie waren alle auf einem Ball im Klub gewesen und fuhren in Saffarys Wagen nach Hause. Die Plantage der Clarkes lag auf dem Weg, und Saffary wollte sie bei ihrem Bungalow absetzen. Violet und Knobby saßen hinten im Wagen. Er hatte eine Menge Alkohol zu sich genommen, war aber nicht betrunken; ihre Hände berührten sich zufällig, und er nahm die ihre und hielt sie. Sie sprachen nicht. Sie waren todmüde. Aber mit einem Male verließ ihn die Champagnerheiterkeit, und er wurde eisig nüchtern. In einer blitzhaften Erleuchtung wurde ihnen beiden klar, daß sie wahnsinnig ineinander verliebt waren, und gleichzeitig erkannten sie, daß vorher keine Rede von Liebe zwischen ihnen gewesen war. Als sie den Bungalow der Clarkes erreichten, sagte Tom:

»Willst du dich jetzt neben mich setzen, Violet?«

»Ich bin zu müde, um mich zu rühren«, sagte sie.

Ihre Beine waren so schwach, daß sie meinte, sie würde nicht imstande sein, zu stehen.

Als sie sich am nächsten Tage trafen, erwähnte keines das Vorgefallene, aber beide wußten sie, daß etwas Unvermeidliches geschehen war. Sie benahmen sich zueinander wie immer, durch Wochen benahmen sie sich so, aber sie fühlten, daß alles verändert war. Endlich konnten Fleisch und Blut nicht länger standhalten, und sie wurden ein Liebespaar. Aber das physische Band schien ihnen das Unwichtigste an ihrer Beziehung, und die Umstände gestatteten ihnen ja auch nur sehr selten ein intimes Beisammensein. Es genügte ihnen, daß sie einander täglich sahen, und wenn es auch in Gesellschaft anderer war; ein Blick, eine Berührung der Hände versicherte sie ihrer gegenseitigen Liebe, und das genügte. Der Geschlechtsakt war ihnen bloß eine Bestätigung der Vereinigung ihrer Seelen.

Sie sprachen nur selten von Tom und Enid. Wenn sie manchmal miteinander über ihre Schwächen scherzten, so geschah es ohne die geringste Schärfe. Es wäre ihnen vielleicht sonderbar erschienen, wie vollkommen belanglos diese beiden Menschen, die sie doch ständig um sich sahen, für sie geworden waren, wenn sie darüber überhaupt jemals nachgedacht hätten. Ihre Beziehung zu ihnen fiel in die Alltäglichkeiten des Lebens, wie sich rasieren, sich anziehen, drei Mahlzeiten am Tage essen. Sie waren ihnen zärtlich zugetan. Sie bemühten sich sogar, ihnen alles mögliche zu Gefallen zu tun, wie Kranken, weil ihr eigenes Glück so groß war, daß sie andern, weniger Begnadeten, erbarmungsvoll soviel Freude bereiten mußten, als sie nur konnten. Sie hatten keine Skrupel. Sie waren viel zu sehr voneinander erfüllt, als daß ihnen auch nur ein Moment der Reue gekommen wäre. Schönheit erhellte nun erregend das belanglos angenehme Leben, das sie bisher geführt hatten.

Aber dann geschah etwas, was sie in Bestürzung versetzte. Die Gesellschaft, für die Tom arbeitete, war im Begriff, ausgedehnte Gummiplantagen in Britisch Nordborneo zu erwerben und machte Tom das Angebot, deren Leitung zu übernehmen. Es war ein besserer Posten als sein gegenwärtiger, mit einem höhern Gehalt, und da er Assistenten unter sich haben würde, würde er nicht so schwer arbeiten müssen. Saffary begrüßte das Anerbieten. Sowohl Clarke wie Saffary standen knapp vor ihrem Urlaub, und die beiden Paare hatten beschlossen, gemeinsam nach England zu fahren. Sie hatten schon ihre Schiffskarten bestellt. Nun änderte sich alles. Tom würde nicht vor einem Jahr abkommen können. Und wenn die Clarkes zurückkehrten, würden die Saffarys bereits in Borneo sein. Violet und Knobby brauchten nicht lange, um zu entscheiden, daß es für sie nur einen Weg gab. Sie waren durchaus bereit gewesen, trotz der Hindernisse, die sich ihrer Liebe entgegenstellten, alles beim alten zu lassen, solange sie sicher waren, einander ständig sehen zu können; sie hatten das Gefühl, unendlich viel Zeit vor sich zu haben, und die Zukunft schien ihnen verklärt von einer Glückseligkeit, die keine Grenzen kannte; aber den Gedanken an eine Trennung konnten sie nicht einen Augenblick ertragen. Sie beschlossen, miteinander durchzubrennen, und von diesem Moment an schien ihnen jeder Tag, der verging, ohne daß sie ständig beisammen waren, verloren. Ihre Liebe nahm eine neue Form an. Sie flammte zu einer verzehrenden Leidenschaft auf, die keinen Raum ließ für Rücksichten auf andere. Sie waren gleichgültig dagegen, daß sie Tom und Enid Kummer bereiten mußten. Es war traurig, aber unvermeidlich. Sie machten ihre Pläne mit großer Überlegung. Knobby wollte unter dem Vorwand einer Geschäftsreise nach Singapur fahren, und Violet sollte Tom sagen, daß sie auf eine Woche zu Freunden ging, nach einer Plantage, die etwas weiter südlich an der Eisenbahnstrecke lag; in Wirklichkeit sollte sie Knobby in Singapur treffen. Sie würden nach Java gehen und von da ein Schiff nach Sydney nehmen. In Sydney würde Knobby sich nach Arbeit umsehen. Als Violet Tom erzählte, daß die Mackenzies sie aufgefordert hatten, ein paar Tage bei ihnen zu verbringen, freute er sich.

»Das ist ja wunderbar, Liebling, du brauchst Luftveränderung«, sagte er. »Du schienst mir etwas blaß in der letzten Zeit.«

Er streichelte liebevoll ihre Wangen. Die Liebkosung schnitt ihr ins Herz.

»Du bist immer so gut zu mir gewesen, Tom«, sagte sie, und ihre Augen füllten sich plötzlich mit Tränen.

»Nun, das ist doch das Geringste, was ich dir schuldig war. Du bist die beste kleine Frau von der Welt.«

»Warst du glücklich mit mir in diesen acht Jahren?«

»Furchtbar.«

Sie blickte ihn an. »Niemand kann dir das wegnehmen.«

Sie hatte sich gesagt, daß er zu den Männern gehörte, die sich leicht trösten. Er liebte die Frauen im allgemeinen, und es würde nicht lange dauern, bis er wieder eine gefunden hätte, die er heiraten wollte. Und mit seiner neuen Frau würde er genauso glücklich sein wie mit ihr. Vielleicht würde er Enid heiraten. Enid war eines jener unselbständigen kleinen Wesen, die ein bißchen auf die Nerven fielen, und sie glaubte nicht, daß sie eines tiefen Gefühls fähig war. Ihre Eitelkeit würde verletzt sein; das Herz würde es ihr nicht brechen. Aber nun, da die Würfel gefallen waren und der Tag feststand, hatte sie eine Anwandlung von Schwäche. Reue befiel sie. Sie wünschte sehnlich, daß es möglich wäre, diesen beiden Menschen nicht so furchtbaren Kummer zufügen zu müssen. Sie schwankte.

»Es ist uns sehr gut gegangen, Tom«, sagte sie. »Ich weiß nicht, ob es richtig ist, daß wir von hier fortgehen. Wir tauschen eine Sicherheit gegen etwas, was wir nicht kennen, ein.«

»Mein liebes Kind, es ist eine Möglichkeit, wie sie sich nur ganz selten bietet. Und es schaut viel mehr Geld dabei heraus.«

»Geld ist nicht alles. Glück ist wichtiger.«

»Das weiß ich, aber ich sehe nicht ein, warum wir in Borneo nicht genauso glücklich sein sollten. Überdies blieb mir ja keine Wahl. Ich bin nicht mein eigener Herr. Die Direktoren wollen, daß ich gehe, und ich muß mich fügen.«

Sie seufzte. Auch ihr blieb keine Wahl. Sie zuckte die Achseln. Es war ihr schrecklich, anderen Kummer zu bereiten; manchmal war es unvermeidlich. Tom bedeutete ihr nicht mehr als jeder x-beliebige Reisegefährte, der sich nett zu einem benommen hat: es war absurd, von ihr zu verlangen, daß sie ihr Leben für ihn opfern sollte.

Die Clarkes sollten in vierzehn Tagen ihre Reise nach England antreten, und dies bestimmte das Datum der Flucht. Die Tage gingen dahin. Violet war ruhelos und aufgeregt. Sie blickte mit einer Freude, die fast schmerzhaft war, dem Frieden entgegen, der ihr winkte, wenn sie erst einmal mit Knobby an Bord des Schiffes war und das Leben beginnen konnte, das ihr, wie sie mit Sicherheit fühlte, endlich vollkommenes Glück bringen würde.

Sie fing zu packen an. Die Freunde, die sie zu besuchen vorgab, führten ein sehr geselliges Dasein, und dies lieferte ihr den Vorwand, eine Menge Gepäck mitzunehmen. Es war elf Uhr vormittags, und Tom befand sich auf seinem Rundgang durch die Plantage. Einer der Boys kam in ihr Zimmer und meldete, daß Mrs. Clarke da wäre, und im gleichen Augenblick hörte sie auch schon Enids Stimme. Schnell den Kofferdeckel schließend, trat sie auf die Veranda. Zu ihrem Erstaunen eilte Enid auf sie zu, warf die Arme um ihren Hals und küßte sie innig. Sie blickte Enid an und sah, daß ihre sonst blassen Wangen gerötet waren, und ihre Augen leuchteten. Enid brach in Tränen aus.

»Was ist denn los, um Gottes willen, Liebling?« rief sie.

Einen Augenblick kam ihr die Angst, Enid wüßte vielleicht

alles. Aber Enids Wangen waren gerötet vor Glück und nicht vor Eifersucht oder Zorn.

»Ich komme eben von Doktor Harrow«, sagte sie. »Ich wollte nichts davon sagen. Zwei- oder dreimal hat es sich als falscher Alarm erwiesen, aber diesmal, sagt er, ist es sicher.«

Eine plötzliche Kälte durchfuhr Violets Herz.

»Was meinst du? Du bist doch nicht ...«

Sie blickte Enid an, und Enid nickte.

»Doch«, sagte sie. »Es kann keinen Zweifel mehr geben. Er meint, daß ich mindestens im dritten Monat bin. Oh, Violet, ich bin ja so selig!«

Sie warf sich abermals in Violets Arme und hing weinend an ihrem Hals.

»Aber Liebling, beruhige dich doch.«

Violet wurde blaß wie der Tod. Sie fühlte, wenn sie nicht alle Kraft zusammennahm, würde sie ohnmächtig werden.

»Weiß es Knobby?«

»Nein, ich habe ihm noch kein Wort gesagt. Er war so enttäuscht, die vorigen Male. Es war ein furchtbarer Schlag für ihn, als das Kind starb. Und er hat sich so sehr ein anderes gewünscht.«

Violet zwang sich, die Dinge zu sagen, die von ihr erwartet wurden, aber Enid hörte gar nicht zu. Sie hatte das Bedürfnis, die ganze Geschichte ihrer Hoffnungen und Ängste, ihrer Symptome und schließlich der ärztlichen Untersuchung zu erzählen. Sie war nicht aufzuhalten.

»Wann wirst du es Knobby sagen?« fragte Violet endlich. »Jetzt, wenn er nach Hause kommt?«

»Oh, nein, er ist müde und hungrig, wenn er von seinen Gängen zurückkommt. Ich werde warten bis heute abend nach dem Dinner.«

Violet unterdrückte eine Bewegung der Ungeduld; Enid wollte eine rührende Szene aufführen und sich ihren Moment aussuchen; aber schließlich war das ja nur natürlich. Es traf sich sogar ganz gut, denn es verschaffte ihr die Möglichkeit, Knobby vorher zu sprechen. Sobald sie Enid los war, rief sie ihn an. Sie wußte, daß er auf dem Heimweg immer noch auf einen Sprung in sein Büro ging, und sie hinterließ ihm die Botschaft, er möchte sie anrufen. Sie hatte bloß Angst, daß er es nicht vor Toms Rückkehr tun könnte, aber dieses Risiko mußte sie auf sich nehmen. Der Apparat klingelte, und Tom war noch nicht zu Hause.

»Hal?«

»Ja.«

»Kannst du um drei Uhr bei der Hütte sein?«

»Ja. Ist etwas geschehen?«

»Ich werde es dir erzählen, wenn ich dich sehe. Ängstige dich nicht.«

Sie hängte ab. Die Hütte war ein kleiner Schuppen auf Knobbys Plantage, den sie ohne Schwierigkeiten erreichen konnte und wo sie sich gelegentlich trafen. Die Kulis kamen während ihrer Arbeit dort vorbei, und man war keineswegs ungestört, aber es war ein Platz, wo sie, ohne Aufsehen zu erregen, ein paar Minuten miteinander sprechen konnten. Um drei Uhr würde Enid ruhen und Tom im Büro arbeiten.

Als Violet hinkam, war Knobby bereits da. Er erschrak.

»Violet, wie weiß du bist!«

Sie gab ihm die Hand. Sie wußten nicht, was für Augen sie beobachteten und benahmen sich deshalb immer so, daß jeder zusehen konnte.

»Enid war heute vormittag bei mir. Sie wird es dir heute abend erzählen. Ich wollte dich vorbereiten. Sie bekommt ein Kind.«

»Violet.«

Er blickte sie bestürzt an. Sie fing zu weinen an. Sie hatten nie über die Beziehung gesprochen, die zwischen ihm und seiner Frau, und ihr und ihrem Mann herrschte. Sie umgingen dieses Thema, weil es für beide allzu heikel und schmerzlich war. Violet wußte, wie es um sie selbst stand; sie befriedigte das Verlangen ihres Mannes; doch mit der seltsamen Sorglosigkeit der Frau, und weil es ihr so angenehm war, maß sie diesem Umstand keine Wichtigkeit bei; aber irgendwie hatte sie sich eingeredet, daß es bei Hal anders wäre. Er fühlte nun instinktiv, wie bitter die Wahrheit sie getroffen hatte. Er versuchte, sich zu entschuldigen.

»Liebling, ich konnte nicht anders.«

Sie weinte still, und er betrachtete sie mit unglücklichen Augen.

»Ich weiß, es ist abscheulich«, sagte er. »Aber was konnte ich tun? Ich hatte ja keinen Grund ...«

Sie unterbrach ihn.

»Ich mache dir keine Vorwürfe. Es war unvermeidlich. Und nur, weil ich dumm bin, tut es mir so schrecklich weh.«

»Liebling!«

»Wir hätten vor zwei Jahren miteinander weggehen sollen. Es war Wahnsinn, zu glauben, wir könnten so weiterleben.«

»Bist du sicher, daß Enid sich nicht irrt? Sie hat schon zwei- oder dreimal geglaubt, in andern Umständen zu sein.«

»Nein, nein, diesmal ist es wahr. Sie ist schrecklich glücklich. Sie sagt, du hättest dir so sehr ein Kind gewünscht.«

»Es kommt mir so furchtbar überraschend. Ich habe es noch gar nicht richtig erfaßt.«

Sie blickte ihn an. Er starrte mit gequälten Augen auf den blätterbestreuten Boden. Sie lächelte ein wenig.

»Armer Hal.« Sie seufzte tief. »Es ist unabänderlich. Zwischen uns muß es zu Ende sein.«

»Was willst du damit sagen?« rief er.

»Oh, mein Lieber, jetzt kannst du sie doch nicht verlassen. Vorher wäre es gegangen. Sie wäre unglücklich gewesen, aber sie hätte es überwunden. Das ist jetzt anders. Diese Zeit ist an sich schon schwierig für eine Frau. Monatelang fühlt sie sich mehr oder weniger krank. Sie braucht Liebe. Sie braucht Pflege. Es wäre furchtbar, sie all das allein tragen zu lassen. Wir können nicht so unmenschlich sein.«

»Du meinst, daß ich mit ihr nach England fahren soll?«

Sie nickte ernst.

»Es ist ein Glück, daß du fortgehst. Es wird leichter sein, wenn wir uns nicht jeden Tag sehen.«

»Aber ich kann ohne dich nicht mehr leben.«

»Doch, du kannst. Du mußt. Ich kann es. Und für mich wird es schlimmer sein, weil ich zurückbleibe und nichts haben werde.«

»Oh, Violet, es ist unmöglich.«

»Lieber, es hat keinen Sinn, darüber zu diskutieren. In demselben Augenblick, als sie es mir erzählte, wußte ich, was es bedeutete. Aus diesem Grunde wollte ich zuvor mit dir reden. Ich dachte, der Schreck könnte dich verleiten, mit der Wahrheit herauszuplatzen. Du weißt, ich liebe dich mehr als alles auf der Welt. Aber sie hat mir nie etwas zuleide getan. Ich könnte dich ihr jetzt nicht wegnehmen. Es ist traurig für uns beide, aber es ist nun einmal so – ich hätte einfach nicht den Mut, etwas so Gemeines zu tun.«

»Ich wollte, ich wäre tot«, stöhnte er.

»Das würde weder ihr noch mir nützen«, lächelte sie.

»Und wie stellst du dir die Zukunft vor? Müssen wir unser ganzes Leben opfern?«

»Jawohl, Liebling. Es klingt böse, aber früher oder später werden wir darüber hinwegkommen. Man kommt über alles hinweg.«

Sie schaute auf ihre Armbanduhr.

»Ich muß jetzt zurück, nach Hause. Tom wird gleich da sein. Wir treffen uns alle um fünf Uhr im Klub.«

»Tom und ich haben eine Tennispartie verabredet.« Er blickte sie kläglich an. »Oh, Violet, ich bin so furchtbar unglücklich.«

»Ich weiß. Ich auch. Aber es nützt nichts, darüber zu sprechen.«

Sie gab ihm die Hand, aber er nahm sie in die Arme und küßte sie, und als er sie wieder losließ, waren ihre Wangen naß von seinen Tränen. Aber sie selbst war so verzweifelt, sie konnte nicht weinen.

Zehn Tage später fuhren die Clarkes ab.

Während George Moon sich diese Geschichte oder so viel von dieser Geschichte, als Tom Saffary imstande war, ihm zu erzählen, anhörte, überlegte er in seiner kühlen, distanzierten Art, wie seltsam es war, daß diese alltäglichen Menschen mit ihrem monotonen Dasein von einer solchen Tragödie heimgesucht worden waren. Wer hätte gedacht, daß Violet Saffary, diese nette und manierliche Frau, die man im Klub sitzen sah, illustrierte Zeitungen lesend oder über einer Limonade mit Freunden plaudernd, ihr Herz in Liebe zu diesem gewöhnlichen Mann verzehrte? George Moon erinnerte sich, Knobby am Abend vor seiner Abreise im Klub gesehen zu haben. Er schien strahlender Laune. Seine Kameraden beneideten ihn, weil er nach Hause fahren durfte. Die, die kürzlich zurückgekommen waren, schärften ihm ein, nur ja die Ausstellung im Pavillon nicht zu versäumen. Der Alkohol floß reichlich. Der Resident war zu der Abschiedsgesellschaft, die die Saffarys den Clarkes gegeben hatten, nicht eingeladen worden, aber er wußte ganz genau, wie sie sich abgespielt hatte, die gute Bewirtung, die Herzlichkeit, die Späße und dann, nach dem Dinner, das Grammophon und allgemeiner Tanz. Ein merkwürdiges Gefühl der Bestürzung erfaßte ihn, als er an die Verzweiflung dachte, die ihre Herzen erfüllt haben mußte, während sie vorgaben, so fröhlich zu sein.

Und mit einem andern Teil seines Bewußtseins gedachte George Moon seiner eigenen Vergangenheit. Nur sehr wenige kannten diese Geschichte. Schließlich waren es fünfundzwanzig Jahre her, seitdem sie sich zugetragen hatte.

»Was werden Sie nun tun, Saffary?« fragte er.

»Gerade das wollte ich mit Ihnen besprechen. Ich wollte Sie um Ihren Rat fragen. Nun, da Knobby tot ist, weiß ich nicht, was mit Violet geschehen soll, wenn ich mich von ihr scheiden lasse.«

»Ja, wollen Sie sich denn von ihr scheiden lassen?«

»Das muß ich doch wohl.«

George Moon zündete sich eine neue Zigarette an und schaute dem Rauch nach, der in der Luft zerging.

»Wissen Sie eigentlich, daß auch ich verheiratet war?«

»Ja, ich habe es einmal gehört. Sie sind Witwer, nicht?«

»Nein, ich bin geschieden. Ich habe einen siebenundzwanzigjährigen Sohn. Er treibt Landwirtschaft in Neuseeland. Ich sah meine Frau das letztemal, als ich auf Urlaub in England war. Wir trafen uns im Theater. Zuerst erkannten wir einander nicht. Sie sprach mich an. Ich lud sie zum Lunch ins Berkeley ein.«

George Moon lachte in sich hinein. Er war allein gewesen. Man gab eine Operette. Er saß neben einer großen, korpulenten dunklen Dame, die ihm vage bekannt vorkam, aber das Stück fing eben an, und er sah sie sich nicht näher an. Als der Vorhang nach dem ersten Akt fiel, wandte sie sich ihm mit strahlenden Augen zu.

»Guten Abend, George.«

Es war seine Frau. Sie hatte eine burschikose, freundliche Art und war völlig unbefangen.

»Es ist lange her, daß wir uns nicht mehr gesehen haben.«

»Ja.«

»Wie ist das Leben mit dir umgegangen?«

»Ach, ganz gut.«

»Ich nehme an, daß du es inzwischen zum Residenten gebracht hast. Du bist doch noch im Dienst?«

»Ja, aber ich werde bald in den Ruhestand treten. Leider.«

»Warum? Du siehst sehr frisch aus.«

»Ich nähere mich der Altersgrenze und werde mich damit abfinden müssen, ein alter Mummelgreis zu sein, der zu nichts mehr taugt.«

»Du hast Glück, daß du so dünn geblieben bist. Ich bin schauderhaft, wie?«

»Gott, du siehst nicht gerade ätherisch aus.«

»Ich weiß. Ich bin dick und werde jeden Tag dicker. Ich kann nichts machen. Ich esse so gern. Ich bringe es einfach nicht über mich, auf Sahne und Brot und Kartoffeln zu verzichten.«

George Moon lachte, aber nicht über das, was sie sagte, sondern über seine eigenen Gedanken. In vergangenen Jahren hatte er manchmal daran gedacht, daß er ihr begegnen könnte, aber nie hatte er sich die Begegnung so vorgestellt, wie sie sich nun abspielte. Als das Stück zu Ende war und sie sich mit einem Lächeln von ihm verabschiedete, sagte er:

»Hättest du Lust, einmal mit mir zu essen?«

»Wenn du willst.«

Und sie verabredeten einen Tag und trafen sich. Er wußte, daß sie den Mann geheiratet hatte, um dessentwillen er sich von ihr hatte scheiden lassen, und er schloß aus ihrer Kleidung, daß sie in guten Verhältnissen lebte. Sie tranken einen Cocktail. Sie aß mit Appetit ihre Horsd'œuvres. Sie war mindestens fünfzig, aber sie ließ sich von ihren Jahren nicht unterkriegen. Sie hatte etwas Fröhliches, Unbekümmertes, sie war schnell von Begriff, gesprächig und hatte das herzliche ansteckende Lachen der dicken Frau, die sich gehenläßt. Wenn er nicht gewußt hätte, daß sie einer Familie entstammte, die seit einem Jahrhundert im indischen Zivildienst stand, so hätte er sie für ein ehemaliges Chormädchen halten können. Sie war nicht ordinär, aber sie hatte eine angeborene Flamboyance, die an die Bühne denken ließ. Sie war nicht im geringsten befangen.

»Du hast nicht wieder geheiratet?« fragte sie ihn.

»Nein.«

»Schade. Daß es das erstemal nicht gut ausgegangen ist, besagt nicht, daß es das zweitemal ebenso gekommen wäre.«

»Ich brauche dich nicht zu fragen, ob du glücklich geworden bist.«

»Gott, ich habe nicht zu klagen. Ich glaube, ich habe eine glückliche Natur. Jim ist immer gut zu mir gewesen; er ist jetzt in Pension, und wir leben auf dem Lande, und ich bete Betty an.«

»Wer ist Betty?«

»Ach, meine Tochter. Sie hat vor zwei Jahren geheiratet. Ich erwarte jeden Tag, Großmutter zu werden.«

»So werden wir von unsern Kindern zum alten Eisen geworfen.«

Sie lachte auf.

»Betty ist zweiundzwanzig. Es war nett von dir, mich zum Lunch einzuladen, George. Es wäre ja auch dumm, sich heute noch wegen einer Sache aufzuregen, die so viele Jahre zurückliegt.«

»Idiotisch.«

»Wir haben nicht zueinander gepaßt, und das war gut, daß wir das eingesehen haben, ehe es zu spät wurde. Ich war albern, natürlich, aber schließlich war ich damals noch sehr jung. Bist auch du glücklich geworden?«

»Ach ja, ich kann sagen, daß ich Erfolg gehabt habe im Leben.«

»Und das ist das, was du unter Glück verstehst.«

Er lächelte anerkennend über ihre Schlagfertigkeit. Dann wechselte sie das Thema mit großer Leichtigkeit und fing an, von andern Dingen zu reden. Obgleich der Sohn, den sie miteinander hatten, ihm zugesprochen worden war, hatte er ihn, da er nicht imstande war, sich um ihn zu kümmern, der Obhut der Mutter überlassen. Der Junge war mit achtzehn Jahren ausgewandert und war nun bereits verheiratet. Er war ein Fremder für George Moon; wenn er ihm auf der Straße begegnet wäre, hätte er ihn nicht erkannt. Er war zu aufrichtig, um ein besonderes Interesse für ihn zu heucheln. Sie sprachen jedoch eine Weile über ihn und fingen dann von Schauspielern und Theaterstücken zu reden an.

»Jetzt«, sagte sie endlich, »muß ich gehen. Es war reizend, daß du mich zum Lunch eingeladen hast, und ich habe mich sehr gefreut, dich wiederzusehen. Ich danke dir, George.«

Er setzte sie in ein Taxi, lüftete den Hut und ging allein die Piccadilly Street hinunter. Eine ganz angenehme, amüsante Frau, fand er. Aber er mußte lachen bei dem Gedanken, daß er einst wahnsinnig verliebt in sie gewesen war. Auf seinen Lippen lag ein Lächeln, als er sich wieder Tom Saffary zuwandte.

»Sie war ein verdammt hübsches Mädchen, als ich sie heiratete. Das war das Unglück. Obgleich ich sie sonst natürlich nie geheiratet hätte. Die Männer waren hinter ihr her wie die Fliegen um einen Honigtopf. Es gab schreckliche Szenen zwischen uns. Schließlich erwischte ich sie. Selbstverständlich ließ ich mich von ihr scheiden.«

»Selbstverständlich.«

»Ja, aber ich weiß heute, daß es die größte Eselei von mir war.« Er beugte sich vor. »Mein lieber Saffary, ich weiß heute, daß ich damals mit ein bißchen Verstand einfach die Augen hätte zumachen müssen. Sie hätte sich die Hörner abgestoßen und wäre mir eine ausgezeichnete Frau geworden.«

Er wünschte seinem Besucher begreiflich zu machen, wie grotesk ihm sein Verhalten vorgekommen war, als er nach so vielen Jahren mit dieser amüsanten, gemütlichen, gutartigen Frau beisammen gesessen und geplaudert hatte. Welcher Lärm um eine Sache, die ihm nun so belanglos erschien!

»Aber man hat doch seine Ehre zu bedenken«, sagte Saffary.

»Ach was, Ehre! Man hat sein Glück zu bedenken. Ist denn meine Ehre wirklich verletzt, weil meine Frau mit einem andern Mann zu Bett geht? Wir sind doch keine Kreuzfahrer, Sie und ich, oder spanische Granden. Meine Frau gefiel mir. Ich sage nicht, daß ich keine andern Frauen gehabt habe. Ich habe andere Frauen gehabt. Aber sie hatte das Gewisse, das keine von den andern mir geben konnte. Was für ein Narr war ich, das wegzuwerfen, was ich mehr begehrte als alles andere auf der Welt, bloß weil es nicht ausschließlich mir gehörte.«

»Sie sind der letzte, von dem ich derartige Ansichten erwartet hätte.«

George Moon lächelte dünn über die Verlegenheit, die sich so deutlich auf Saffarys dickem, bekümmertem Gesicht ausprägte.

»Ich bin wahrscheinlich der erste, den Sie die nackte Wahrheit aussprechen hören«, entgegnete er.

»Wollen Sie damit sagen, daß Sie, noch einmal vor die gleiche Entscheidung gestellt, anders handeln würden?«

»Wenn ich noch einmal siebenundzwanzig Jahre alt wäre, wäre ich wahrscheinlich der gleiche Schafskopf wie damals.

Hätte ich aber den Verstand, den ich heute habe, so will ich Ihnen sagen, was ich tun würde, wenn ich meine Frau auf einer Untreue ertappte. Ich würde tun, was Sie gestern abend getan haben. Ich würde sie tüchtig durchprügeln, und dabei ließe ich es bewenden.«

»Muten Sie mir zu, Violet zu verzeihen?«

Der Gesandte schüttelte langsam den Kopf und lächelte.

»Nein, denn Sie haben ihr bereits verziehen. Ich rate Ihnen bloß, sich nicht die Nase abzuschneiden, um Ihr Gesicht zu strafen.«

Saffary warf ihm einen gequälten Blick zu. Er war konsterniert, daß dieser kalte, genaue Mensch in seinem Herzen Empfindungen sah, die ihm selber dermaßen unnatürlich schienen, daß er sie aus seinem Bewußtsein verbannte.

»Sie kennen die nähern Umstände nicht«, sagte er. »Knobby und ich waren wie Brüder. Ich hatte ihm seinen Posten verschafft. Er verdankte mir alles. Und wenn ich nicht gewesen wäre, hätte Violet ihr Leben lang Gouvernante bleiben können. Ich fand es so traurig. Eigentlich war es Mitleid, das mich zuerst veranlaßte, mich mit ihr zu beschäftigen. Finden Sie es nicht arg, daß Menschen, denen man immer nur Gutes getan hat, es einem in dieser Weise lohnen? Es ist so schrecklich undankbar.«

»Ach, mein lieber Junge, Dankbarkeit darf man nicht erwarten. Darauf hat niemand ein Recht. Schließlich tut man Gutes, weil es einem Freude macht. Es ist die reinste Form von Glück, die existiert. Dankbarkeit dafür zu erwarten, wäre wirklich zuviel. Wird sie einem zuteil, dann ist sie wie eine Extra-Dividende auf Aktien, für die man seinen Gewinnanteil bereits erhalten hat; es ist wunderbar, aber man darf nicht glauben, daß es einem gebührt.«

Saffary runzelte die Stirn. Er war bestürzt. Es verwirrte ihn, daß George Moon so merkwürdig über Dinge dachte, über die ihm bisher nur eine Ansicht möglich erschienen war. Schließlich hatte alles seine Grenzen. Ein Mensch mit Anstandsgefühl hatte sich zu benehmen wie ein Tuan. Das war man seiner Selbstachtung schuldig. Wie komisch, daß George Moon so plausible Gründe für ein Verhalten anführte – zu dem man sich – nun, man mußte es zugeben – nur allzu gern entschließen würde, wenn man nur wüßte, ob man es auch wirklich durfte. George Moon war wirklich ein sonderbarer Kauz! Niemand konnte ihn richtig verstehen.

»Knobby Clarke ist tot, Saffary. Sie können nicht mehr eifersüchtig auf ihn sein. Niemand weiß etwas, außer Ihnen und mir und Ihrer Frau, und morgen gehe ich für immer fort. Warum machen Sie nicht einen Strich unter die ganze Angelegenheit?«

»Violet würde mich verachten.«

George Moon lächelte, und sein Lächeln hatte etwas eigenartig Mildes, das man auf diesem steifen, unzugänglichen Gesicht nicht erwartet hätte.

»Ich kenne sie sehr wenig. Ich fand sie immer sehr nett. Ist es möglich, daß sie so abscheulich sein könnte?«

Saffary errötete bis über die Ohren.

»Nein, sie ist ein Engel an Güte. Ich bin der Abscheuliche, weil ich so etwas von ihr sage.« Seine Stimme brach, und er schluchzte auf. »Gott weiß, daß ich nur das Richtige tun möchte.«

»Das Richtige ist das Gute.«

Saffary bedeckte das Gesicht mit den Händen. Er konnte der Erregung nicht Herr werden, die ihn durchbebte.

»Ich gebe und gebe immerzu, und niemand tut auch nur das Geringste für mich. Es schadet nichts, wenn mir das Herz bricht – ich muß weiter geben.« Er fuhr sich mit dem Handrücken über die Augen und seufzte tief auf. »Ich will ihr verzeihen.«

George Moon blickte ihn eine Weile nachdenklich an.

»Ich würde keine zu große Affäre daraus machen, wenn ich an Ihrer Stelle wäre«, sagte er. »Sie werden sehr behutsam vorgehen müssen. Denn auch sie hat Ihnen eine Menge zu verzeihen.«

»Weil ich sie geschlagen habe, meinen Sie? Ich weiß, das war scheußlich von mir.«

»Nicht im geringsten. Es hat ihr sehr gutgetan. Das habe ich nicht gemeint. Sie benehmen sich sehr großmütig, mein Junge, und sehen Sie, man braucht verteufelt viel Takt, um zu erreichen, daß einem seine Großmut verziehen wird. Zum Glück sind Frauen oberflächlich und vergessen sehr schnell die Wohltaten, die man ihnen erwiesen hat. Sonst wäre ja auch nicht mit ihnen zu leben.«

Saffary starrte ihn mit offenem Munde an.

»Auf mein Wort, Sie sind ein wunderlicher Kerl, Moon«, sagte er. »Manchmal scheinen Sie so hart wie Stein, und dann wieder sprechen Sie so, daß man Sie fast für menschlich halten könnte; und gerade, wenn man anfängt, zu glauben, man hätte Ihnen unrecht getan, und Sie wären doch nicht ganz herzlos, platzen Sie mit einer Sache heraus, die einem die Haare zu Berg stehen läßt. Ich glaube, Sie sind, was man einen Zyniker nennt.«

»Ich habe mich nicht eingehend mit der Frage beschäftigt«, lächelte George Moon, »aber wenn es zynisch ist, der Wahrheit ins Gesicht zu sehen und sich nicht gegen sie aufzulehnen, falls sie einem nicht zusagt, wenn es zynisch ist, die menschliche Natur hinzunehmen, wie man sie findet, lächelnd, wo sie absurd, und betrübt – aber nicht übertrieben betrübt –, wo sie beklagenswert ist – dann bin ich wohl ein Zyniker. Zumeist ist die menschliche Natur absurd und beklagenswert zugleich, aber wenn einen das Leben Toleranz gelehrt hat, so wird man mehr Anlaß zum Lächeln als zum Weinen finden.«

Als Tom Saffary das Zimmer verließ, zündete sich der Gesandte bedächtig die letzte Zigarette an, die er vor dem Lunch zu rauchen gedachte. Es war eine neue Rolle für ihn, einen erzürnten Gatten mit seiner auf Abwege geratenen Gattin zu versöhnen, und sie bereitete ihm ein diskretes Vergnügen. Er fuhr fort, über die menschliche Natur nachzudenken. Ein bitteres Lächeln umspielte seine dünnen, blassen Lippen. Er erinnerte sich, mit welchem Interesse er an den ausgetrockneten Wassertümpeln gewisser Küstenorte gestanden und den Jumping Johnnies zugesehen hatte. Es gab ihrer manchmal Hunderte, von kleinen, ein paar Zoll langen Dingern angefangen, bis zu den großen, fetten Kerlen, die so lang waren wie ein Männerfuß. Sie hatten die Farbe des Schlammes, in dem sie lebten. Sie saßen da und schauten einen mit ihren runden Augen an, um plötzlich loszuschießen und sich in ihren Löchern zu vergraben. Es war erstaunlich, sie auf ihren Flossen über die Oberfläche des Schlammes dahinwatscheln zu sehen. Es wimmelte von ihnen. Man hatte den unheimlichen Eindruck, der Schlamm wäre auf mysteriöse Weise lebendig geworden, und ein atavistischer Schreck ließ einem das Herz erstarren, wenn man bedachte, daß Lebewesen dieser Art, bloß gigantisch und furchtbar, einst die einzigen Bewohner dieser Erde gewesen waren. Es war etwas Unheimliches an ihnen, aber gleichzeitig Amüsantes. Sie erinnerten sehr an menschliche Wesen. Es war unterhaltsam, eine halbe Stunde dazustehen und ihren Sprüngen zuzusehen.

George Moon nahm seinen Tropenhut vom Haken und trat, nicht unzufrieden mit dem Leben, in den Sonnenschein hinaus.

P. & O.*

Mrs. Hamlyn sah von ihrem Liegestuhl aus die Passagiere den Laufsteg heraufsteigen. Das Schiff war in der Nacht in Singapur angekommen und hatte seit Tagesanbruch Fracht eingeladen. Die Kräne und Winden hatten den ganzen Tag gequietscht und geächzt, doch waren ihre Ohren mittlerweile an dieses andauernde Geräusch gewöhnt. Sie hatte im ›Hôtel de l'Europe‹ zu Mittag gegessen und war dann, weil sie nichts Besseres zu tun hatte, in einer Rikscha durch die bunt belebten Straßen der Stadt gefahren. In Singapur treffen viele Rassen aufeinander. Die Malaien fühlen sich, obschon sie auf heimischem Boden sind, in Städten nicht wohl und sind nur in geringer Anzahl vertreten. Auf den Straßen wimmelt es von geschmeidigen, geschäftstüchtigen und fleißigen Chinesen. Die dunkelhäutigen Tamilen gehen unhörbar auf nackten Sohlen, als wären sie nur zu kurzem Aufenthalt in einem fremden Land; aber die wohlhabenden Bengalen ordnen sich leicht in ihre neue Umwelt ein. Die verschlagenen und unterwürfigen Japaner scheinen mit dringenden geheimen Angelegenheiten beschäftigt zu sein. Die Engländer im Tropenhelm und in weißen Anzügen bewegen sich schnell in Autos oder gemächlich in ihren Rikschas durch die Straßen und tragen ein lässiges und sorgloses Wesen zur Schau. Die Herrscher über diese an Zahl ihnen weit überlegene Bevölkerung üben ihre Autorität lächelnd und scheinbar unbeteiligt aus. Und nun wartete Mrs. Hamlyn müde und von der Hitze erschöpft auf die Abfahrt des Schiffes und die lange Reise durch den Indischen Ozean.

Sie winkte mit einer ziemlich großen Hand – denn sie war eine große, kräftige Frau – dem Arzt und Mrs. Linsell zu, als diese an Bord kamen. Sie war schon in Yokohama zugestiegen und hatte mit süßsaurer Miene die zwischen den beiden entstandene Intimität beobachtet. Linsell war Marineoffizier und der britischen Botschaft in Tokio zugeteilt gewesen, und Mrs. Hamlyn hatte sich gewundert, mit welcher Gleichgültigkeit er die Aufmerksamkeiten hinnahm, die der Arzt seiner Frau

* Abkürzung für *Peninsular and Oriental Steamship Line* – Malaiisch-Fernöstliche Dampfschiffahrtslinie

erwies. Zwei Männer kamen jetzt über den Steg, neue Passagiere. Sie versuchte zum Zeitvertreib aus ihrem Auftreten zu schließen, ob sie Junggesellen oder verheiratet waren. Ganz in der Nähe saß eine Gruppe Männer auf Rohrstühlen. Mrs. Hamlyn hielt sie ihren Khakianzügen und breitrandigen Filzhüten nach für Pflanzer. Der Decksteward war vollauf beschäftigt, alle Bestellungen zu erledigen. Sie sprachen und lachten laut, denn sie hatten alle reichlich getrunken und waren deshalb unbekümmert lustig. Sie sagten offenbar einem aus ihrer Schar Lebewohl, aber Mrs. Hamlyn konnte nicht entdecken, wer von ihnen als Passagier zurückbleiben würde. Die Zeit bis zur Abfahrt wurde immer kürzer. Weitere Passagiere trafen ein, und dann kam Mr. Jephson würdevoll den Steg heraufgestiegen. Er war Konsul und fuhr auf Heimaturlaub. Er war in Schanghai an Bord gekommen und hatte sofort begonnen, sich um Mrs. Hamlyn zu bemühen. Aber sie war sehr wenig zum Flirten aufgelegt. Wenn sie an den Grund dachte, der sie nach England zurückführte, wurde ihr Gesicht finster. Sie würde Weihnachten noch an Bord sein, meilenweit von allen fort – aber wem lag überhaupt noch etwas an ihr? Sie fühlte so etwas wie einen Stich durchs Herz, aber es dauerte nur einen Augenblick. Es ärgerte sie, daß eine Sache, die sie mit solcher Entschlossenheit aus ihrem Bewußtsein verbannen wollte, immer wieder ihren Geist beschäftigte.

Die Schiffsglocke klang laut über Deck. Es war die Ankündigung, daß der Dampfer bald abfahren würde. Die Männer, die in ihrer Nähe saßen, schickten sich zum Aufbruch an.

»Nun, wenn wir nicht mitfahren wollen, machen wir uns besser auf die Socken«, sagte einer von ihnen.

Sie erhoben sich und gingen auf die Schiffstreppe zu. Jetzt, da das Händeschütteln im Gange war, sah Mrs. Hamlyn auch, von wem sie sich verabschiedeten. Der Mann, den sie ins Auge faßte, hatte nichts Interessantes an sich, aber weil sie nichts Besseres zu tun hatte, sah sie ihn nicht nur oberflächlich an. Er war kräftig und breitschultrig und über einen Meter achtzig groß. Sein Khakianzug war schon reichlich abgetragen, sein Hut zerbeult und verwittert. Seine Freunde, die nun das Schiff verlassen hatten, setzten die Unterhaltung vom Kai aus fort. Mrs. Hamlyn hörte, daß er mit einem stark irischen Akzent sprach. Seine Stimme war volltönend, laut und herzhaft.

Mrs. Linsell war nach unten gegangen. Der Arzt begrüßte Mrs. Hamlyn und setzte sich neben sie. Sie erzählten einander ihre kleinen Tageserlebnisse. Die Glocke erklang wieder, und bald darauf glitt das Schiff vom Kai fort. Der Ire winkte seinen Freunden ein letztes Lebewohl zu und schlenderte dann zurück zu dem Stuhl, auf dem er Zeitungen und Zeitschriften hatte liegen lassen. Er grüßte den Arzt mit einem kurzen Nicken.

»Kennen Sie ihn?« fragte Mrs. Hamlyn.

»Ich bin ihm im Klub vor dem Tiffin vorgestellt worden. Er heißt Gallagher und ist Pflanzer.«

Nach dem Lärm bei der Abfahrt und dem Hin- und Herrennen auf dem Schiff wirkte die Stille jetzt um so stärker und wohltuender. Sie dampften langsam an schroffen, mit grünem Buschwerk bewachsenen Felsenklippen vorüber (der Ankerplatz der Malaiisch-Fernöstlichen Dampfschiffahrtsgesellschaft befand sich in einer kleinen geschützten Bucht) und fuhren nun in den Haupthafen ein. Schiffe aller Nationen lagen hier in großer Anzahl vor Anker – Passagierschiffe, Schlepper, Leichter und Trampschiffe. Darüber hinaus hinter der Brandungslinie sah man die Masten und Rahen, einen richtigen Stangenwald, der einheimischen Dschunken. In der sanften Abendsonne hatte die ganze Szenerie etwas seltsam Geheimnisvolles. Man fühlte, alle diese Schiffe, die jetzt stillagen, warteten auf den Augenblick, wo sie ihre Tätigkeit wieder aufnehmen konnten.

Mrs. Hamlyn schlief nicht besonders gut und hatte sich angewöhnt, bei Tagesanbruch an Deck zu gehen. Es beruhigte ihr wundes Herz, die letzten, nur noch schwach schimmernden Sterne vor dem immer heller werdenden Licht des Morgens verbleichen zu sehen. Zu so früher Stunde ließ das unbewegt daliegende glasklare Meer alle irdischen Sorgen unbedeutend erscheinen. Das Licht war noch blaß und die Luft angenehm kühl. Als sie am nächsten Morgen ans Ende des Promenadendecks kam, stellte sie fest, daß jemand schon vor ihr aufgestanden war. Es war Mr. Gallagher. Er spähte nach der niedrigen Küste Sumatras hinüber, die der Sonnenaufgang wie durch Zauberhand aus dem dunklen Meer gehoben hatte. Sie war überrascht und ein wenig ärgerlich, aber bevor sie umkehren konnte, hatte er sie gesehen und nickte ihr zu.

»Schon so früh auf?« sagte er. »Zigarette gefällig?«

Er war im Schlafanzug und Pantoffeln. Er nahm die Zigarettendose aus der Jackentasche und reichte sie ihr. Sie zögerte. Sie hatte nur ihren Morgenrock an und eine kleine Spitzenmütze über ihr zerzaustes Haar gezogen. Ihrer Meinung nach mußte sie wie eine Vogelscheuche aussehen, aber sie hatte ihre Gründe, ihre Seele zu peinigen und ihre Unvollkommenheiten nicht zu vertuschen.

»Ich denke, mit vierzig Jahren hat eine Frau kein Recht mehr, besonderen Wert auf ihr Aussehen zu legen«, sagte sie lächelnd, als müsse der Mann wissen, welch eitle Gedanken sie beschäftigten. Sie nahm die Zigarette an. »Aber Sie sind auch schon so früh auf.«

»Ich bin Pflanzer. Ich mußte viele Jahre lang jeden Morgen um fünf Uhr aufstehen und weiß noch nicht, wie ich diese Gewohnheit ablegen soll.«

Sie konnte sein Gesicht jetzt, da es nicht von einem Hut beschattet war, besser sehen. Es war angenehm, ohne hübsch zu sein. Er war natürlich überhaupt zu dick, und so waren auch seine Gesichtszüge, die in seiner Jugend nicht übel gewesen sein mochten, verschwommen. Jetzt war sein Gesicht rot und aufgedunsen. Aber seine dunklen Augen blickten fröhlich drein. Er war mindestens fünfundvierzig; trotzdem war sein Haar schwarz und dicht. Er war ein schwerer, wenig anmutiger, gewöhnlicher Mann, und Mrs. Hamlyn wäre es wohl kaum eingefallen, mit ihm zu sprechen, wenn nicht die auf Schiffsreisen übliche größere Freiheit des Umgangs sie dazu verführt hätte.

»Fahren Sie auf Urlaub?« fragte sie ohne viel Umschweife.

»Nein, ich gehe für immer heim.«

Seine schwarzen Augen zwinkerten. Er war eine mitteilsame Natur, und ehe Mrs. Hamlyn nach unten ging, um ihr Bad zu nehmen, hatte er ihr bereits ziemlich viel von seinem Leben erzählt. Er war fünfundzwanzig Jahre im Malaiischen Staatenbund gewesen und hatte in den letzten zehn Jahren eine Plantage in Selantan geleitet. Sie war hundertundfünfzig Kilometer von jeder einigermaßen zivilisierten Gegend entfernt; das Leben war also dort ziemlich einsam für ihn gewesen, aber er hatte während der Gummihausse viel Geld verdient und mit schlauer Überlegung, die man einem so unbekümmert aussehenden Mann gar nicht zugetraut hätte, seine Ersparnisse in Staatspapieren angelegt. Jetzt, da Gummi immer niedrigere Preise erzielte, wollte er sich ins Privatleben zurückziehen.

»Aus welchem Teil Irlands stammen Sie?« fragte Mrs. Hamlyn.

»Aus Galway.«

Mrs. Hamlyn hatte einmal eine Autotour durch Irland gemacht und eine schwache Erinnerung an eine traurige und düstere Stadt mit verlassenen und zerfallenden großen steinernen Lagerhäusern an der melancholischen Küste zurückbehalten. Sie hatte damals den Eindruck von viel Grün und leisem Regen, von Stille und Entsagung gehabt. Dort wollte Mr. Gallagher den Rest seines Lebens verbringen? Er sprach mit knabenhafter Begeisterung von seiner Heimat. Die Vorstellung, ein so vitaler Mann wolle sein Leben in einer so grauen Welt von Schatten verbringen, bereitete Mrs. Hamlyn Mißbehagen.

»Wohnt Ihre Familie dort?« erkundigte sie sich.

»Ich habe keine Familie. Meine Eltern sind tot. Soviel ich weiß, habe ich keinen Verwandten in der Welt.«

Ein Vierteljahrhundert lang hatte er Pläne geschmiedet, aber er hatte sie nur mit sich selbst erörtern können, und jetzt war er froh, jemanden zu haben, mit dem er darüber reden konnte. Er wollte ein Haus kaufen und sich ein Auto anschaffen. Er wollte Pferde züchten. Aus der Jagd machte er sich nicht mehr viel. Er habe in der ersten Zeit seines Aufenthalts auf der malaiischen Halbinsel genug Großwild geschossen; jetzt habe er seine Jagdleidenschaft verloren. Er habe, nachdem er selbst lange genug im Dschungel gelebt hätte, seine Ansichten darüber geändert und sehe nicht ein, warum man die Tiere des Dschungels erschießen sollte. Er sei ein guter Jäger gewesen.

»Meinen Sie, ich bin zu dick?« fragte er.

Mrs. Hamlyn sah ihn abschätzend von oben bis unten an.

»Sie müssen eine Tonne wiegen«, sagte sie lächelnd.

Die irischen Pferde, so fuhr er lachend fort, seien die besten der Welt. Er habe sich trotz seiner Schwere seine Beweglichkeit bewahrt. Auf einer Gummiplantage müsse man den ganzen Tag auf den Beinen sein, und dann habe er auch viel Tennis gespielt. In Irland würde er bald abnehmen. Dann werde er heiraten. Mrs. Hamlyn blickte schweigend auf das Meer, das sich jetzt mit dem zarten Gold des Sonnenaufgangs färbte. Sie seufzte.

»War es so leicht, Ihr Leben hier mit allen Wurzeln auszureißen? Ist denn niemand da, den Sie ungern zurücklassen? Ich könnte mir denken, daß es Ihnen nach so vielen Jahren, als die Zeit des Scheidens schließlich herbeikam, doch etwas schmerzlich war, mögen Sie sich auch noch so sehr auf das Heimkommen gefreut haben.«

»Nein, ich freute mich, daß es zu Ende war. Ich hatte die Nase voll. Ich habe nicht das geringste Verlangen, dieses Land oder irgend jemanden in ihm jemals wiederzusehen.«

Jetzt kamen auch einige andere Passagiere aufs Deck. Mrs. Hamlyn erinnerte sich an ihre spärliche Kleidung und ging nach unten in ihre Kabine.

Während der nächsten zwei Tage sah sie Mr. Gallagher kaum. Er verbrachte seine Zeit im Rauchsalon. Wegen eines Streikes legte das Schiff nicht in Colombo an. Die Passagiere hofften auf eine angenehme Fahrt über den Indischen Ozean. Sie trieben Sport auf Deck, sie unterhielten sich über die guten Eigenschaften der lieben Nächsten, sie flirteten. Weihnachten nahte heran, und der Gedanke an das Fest bot allen eine angenehme Abwechslung. Jemand hatte den Vorschlag gemacht, man solle zu Weihnachten einen Kostümball geben. Die Damen begannen schon, sich mit ihren Kleidern zu beschäftigen. Es wurde eine Versammlung der Passagiere erster Klasse einberufen, die entscheiden sollte, ob auch die Passagiere zweiter Klasse einzuladen seien. Trotz der Hitze war die Diskussion lebhaft. Die Damen waren der Meinung, die Passagiere der zweiten Klasse würden sich sehr unbehaglich fühlen. Es sei zu erwarten, daß sie auf Weihnachten mehr tränken als sonst, und das könne unangenehme Folgen haben. Jeder, der sich zum Wort meldete, betonte, er (oder sie) habe keinerlei Klassenvorurteile, niemand sei so hochmütig und eingebildet, behaupten zu wollen, es bestehe irgendein Unterschied zwischen den Passagieren der ersten und der zweiten Klasse, aber man täte besser, die Passagiere der zweiten Klasse nicht in eine schiefe Lage zu bringen. Sie würden sich ungehemmter amüsieren, wenn sie eine eigene Veranstaltung durchführten. Andererseits wolle niemand sie verletzen, und heute müsse man natürlich demokratischer sein (dies in Erwiderung der Bemerkung einer Missionarsfrau aus China, die gesagt hatte, sie reise jetzt fünfunddreißig Jahre mit den Schiffen der Malaiisch-Fernöstlichen Dampfschiffahrtsgesellschaft, aber sie habe noch nie gehört, daß Passagiere der zweiten Klasse in den Salon der ersten zum Tanzen eingeladen worden seien), und selbst wenn sie keinen Gefallen daran fänden, so würden sie doch vielleicht gern erscheinen. Mr. Gallagher hatte sich nur unter Sträuben vom Kartentisch wegschleppen lassen, aber man hatte ihn geholt, weil man voraussah, daß bei der Abstimmung nur eine knappe Mehrheit herauskommen würde, und der Konsul ihn auf jeden Fall um seine Meinung befragen wollte. Mr. Gallagher hielt mit ihr auch nicht zurück. In der zweiten Klasse, so sagte er, fahre ein Mann mit, der auf seiner Plantage gearbeitet habe. Er hob seinen massiven Körper von der Couch, auf der er sich niedergelassen hatte.

»Ich für meine Person habe nur dies zu bemerken: der Mann, der mit mir fährt, hat unseren Maschinenpark beaufsichtigt. Er ist ein ganz famoser Kerl und könnte ebensogut auf Ihrer Gesellschaft erscheinen wie ich selbst. Aber er wird nicht kommen, weil ich ihn an dem Tage bis sechs Uhr abends so betrunken machen werde, daß ihm nichts anderes übrig bleibt, als ins Bett zu kriechen.«

Mr. Jephson, der Konsul, lächelte säuerlich. Man hatte ihn wegen seiner amtlichen Stellung zum Vorsitzenden der Versammlung gewählt, und so wollte er die Angelegenheit ernsthaft behandelt sehen. Er sagte gern, wenn es sich lohne, eine Sache anzufassen, so müsse man sie auch richtig anfassen und sie zu einem guten Ende führen.

»Ich entnehme aus Ihrer Bemerkung«, sagte er nicht ohne Schärfe, »daß die Angelegenheit, mit der sich die Versammlung beschäftigt, Ihnen nicht von großer Bedeutung zu sein scheint.«

»Ich halte sie in der Tat für so unbedeutend, daß es sich nicht lohnt, einen Finger deswegen zu rühren«, erwiderte Gallagher augenzwinkernd.

Mrs. Hamlyn lachte. Man beschloß dann, auf folgende Weise vorzugehen: die Passagiere der zweiten Klasse sollten eingeladen werden, aber privat wollte man an den Kapitän herantreten, um ihn zu bestimmen, dem Plan, die Passagiere der zweiten Klasse zu einem Ball in den Salon der ersten zu bitten, seine Genehmigung zu versagen. Am Abend dieses Tages kam Mrs. Hamlyn, bereits zum Essen angekleidet, zur selben Zeit aufs Deck wie Mr. Gallagher.

»Gerade noch Zeit, einen Cocktail zu trinken, Mrs. Hamlyn«, rief er in bester Laune.

»Gern. Ich sage Ihnen ganz offen, ich brauche einen, um mich ein wenig aufzuheitern.«

»Warum?« fragte er lächelnd.

Mrs. Hamlyn fand sein Lächeln verführerisch, aber sie hielt es doch für besser, seine Frage nicht zu beantworten.

»Ich habe es Ihnen schon einmal in der Frühe gesagt, ich bin vierzig.«

»Ich habe noch nie eine Frau gesehen, die diese Tatsache so hartnäckig betonte.«

Sie gingen in die Wandelhalle, und der Ire bestellte einen trockenen Martini für sie und einen Gin Pahit für sich. Er hatte zu lange im Osten gelebt, um an anderen Getränken noch Geschmack zu finden.

»Sie haben ja einen Schluckauf«, sagte Mrs. Hamlyn.

»Ja, er hat mich schon den ganzen Nachmittag geplagt«, erwiderte er unbekümmert. »Sonderbar, er setzte ein, als wir das Land aus den Augen verloren.«

»Nun, nach dem Essen wird er wohl aufhören.«

Sie tranken aus. Es läutete zum zweitenmal, und sie gingen in den Speisesaal.

»Spielen Sie Bridge?« fragte er, als sie sich trennten.

»Nein.«

Mrs. Hamlyn fiel es nicht auf, daß sie Mr. Gallagher einige Tage nicht sah. Sie war mit ihren eigenen Gedanken beschäftigt. Sie beschlichen sie, wenn sie eine Näharbeit vornahm, sie traten mit Macht zwischen sie und den Roman, durch den sie sich abzulenken suchte. Sie hatte sich der Hoffnung hingegeben, ihre innere Qual würde sich mindern, je weiter das Schiff sie von dem Schauplatz ihres Unglücks wegführte, aber im Gegenteil, jeder Tag, der sie England näher brachte, vermehrte ihr Leid. Mit Entsetzen sah sie dem trostlosen Leben entgegen, das sie erwartete, und wenn sie ihre erschöpften Gedanken von der wenig erfreulichen Aussicht auf die Zukunft ablenkte, trat ihr, wie schon so oft, die noch weit schlimmere Lage vor Augen, vor der sie geflohen war.

Sie war seit zwanzig Jahren verheiratet. Das war eine lange Zeit, und sie konnte natürlich nicht erwarten, daß ihr Mann noch immer blind verliebt in sie war; sie war es auch nicht in ihn, aber sie waren gute Freunde gewesen und hatten einander verstanden. Ihre Ehe konnte, soweit das bei Ehen überhaupt möglich war, als glücklich angesehen werden. Plötzlich entdeckte sie, daß er sich in eine andere verliebt hatte. Sie hätte gegen einen kleinen Flirt nichts einzuwenden gehabt; solche Abweichungen vom geraden Weg waren schon oft bei ihm vorgekommen. Sie hatte ihn deswegen aufgezogen. Er hatte ihr das nicht übelgenommen, ja sich sogar geschmeichelt gefühlt. Gemeinsam hatten sie über eine Neigung gelacht, die weder tief noch ernst war. Aber diesmal war es anders. Er war so leidenschaftlich verliebt wie ein junger Mann von achtzehn Jahren. Er war zweiundfünfzig. Es war lächerlich, es war anstößig. Und er gab diese Liebe ganz offen zu erkennen, ohne Gefühl für sie, ohne kluge Zurückhaltung. Als sie die häßliche Geschichte erfuhr, wußten bereits alle Ausländer in Yokohama davon. Nachdem sie sich von ihrer Überraschung, ihrem Erstaunen und ihrem Ärger einigermaßen erholt hatte – denn er war der letzte Mann, von dem eine solche Torheit zu erwarten gewesen wäre –, versuchte sie, sich zu der Überzeugung durchzuringen, sie hätte ihn verstehen und ihm daher verzeihen können, wenn er sich in ein junges Mädchen verliebt hätte. Männer in reiferem Alter machten sich oft mit Backfischen lächerlich. Nach einem Aufenthalt von zwanzig Jahren im Fernen Osten wußte sie, daß die Fünfzigerjahre das gefährliche Alter für Männer sind. Aber für ihn traf eine solche Entschuldigung nicht zu. Er hatte sich in eine Frau verliebt, die acht Jahre älter war als sie selbst. Es war grotesk. Wie konnte man seine Frau so der Lächerlichkeit preisgeben! Dorothy Lacom war nahe an fünfzig. Er kannte sie bereits achtzehn Jahre, denn Lacom war wie ihr eigener Mann Textilkaufmann in Yokohama. Jahrein, jahraus hatten sie sich wöchentlich drei- oder viermal gesehen und sogar einmal, als sie zufällig zusammen in England waren, gemeinsam ein Haus am Meer bewohnt. Aber nichts war passiert. Bis vor einem Jahr hatte nur eine oberflächliche freundschaftliche Verbindung zwischen ihnen bestanden. Es war einfach nicht zu glauben. Dorothy war zwar hübsch, sie hatte eine gute Figur, ein wenig zu üppig vielleicht, aber noch passabel. Ihre schwarzen Augen blickten keck in die Welt, ihr Mund war rot und voll, ihr Haar weich und glänzend. Aber so war sie auch schon Jahre zuvor gewesen. Sie war jetzt achtundvierzig. Achtundvierzig!

Mrs. Hamlyn stellte ihren Mann sofort zur Rede. Zuerst schwor er, es sei an der Sache nicht ein wahres Wort, aber sie hatte ihre Beweise. Er grollte. Schließlich gab er zu, was er nicht mehr leugnen konnte. Dann machte er eine erstaunliche Bemerkung. »Warum regst du dich darüber auf?« fragte er.

Das brachte sie aus der Fassung. Sie wurde wütend und tobte. Verletzende Worte sprudelten ihr nur so heraus, weil ihr Herz mit Bitterkeit erfüllt war. Er hörte ihr ruhig zu.

»In den zwanzig Jahren unserer Ehe bin ich, wie ich glaube, kein so schlechter Gatte gewesen. Seit langer Zeit sind wir nur noch Freunde. Ich habe eine große Zuneigung zu dir, und diese hat sich nicht im geringsten geändert. Ich gebe Dorothy nichts, was ich dir fortnehme.«

»Aber worüber hast du dich bei mir zu beklagen?«

»Über nichts. Eine bessere Frau könnte es gar nicht geben.«

»Wie kannst du das sagen, wenn du das Herz hast, mich so grausam zu behandeln?«

»Ich will dir nicht weh tun. Ich kann nicht anders handeln.«

»Aber wie und warum hast du dich denn nur in sie verliebt?«

»Wie kann ich das wissen? Du nimmst doch wohl nicht an, ich hätte es absichtlich getan?«

»Hättest du keinen Widerstand leisten können?«

»Ich habe es versucht. Wir haben es beide versucht.«

»Du sprichst, als wärest du zwanzig. Ihr seid doch schon beide über die Mitte des Lebens hinaus. Sie ist acht Jahre älter als ich. Ich gerate dadurch in eine lächerliche Lage.«

Er antwortete nichts mehr. Sie wußte nicht, welche Gefühle in ihrem Herzen aufwallten. War es Eifersucht, die ihr die Kehle zuschnürte, war es Wut oder nur verletzter Stolz?

»Ich bin nicht bereit, die Sache so weitergehen zu lassen; wenn es sich nur um dich und sie handelte, würde ich mich scheiden lassen, aber ihr Mann und die Kinder sind auch noch da. Du lieber Gott, ist dir schon einmal der Gedanke gekommen, daß sie bereits Großmutter sein könnte, wenn die Kinder Mädchen statt Knaben wären?«

»Ja, das wäre leicht möglich.«

»Was für ein Glück, daß wir keine Kinder haben!«

Er streckte die Hand nach ihr aus, als ob er sie streicheln wollte, aber sie wich entsetzt zurück.

»Du hast mich bei allen meinen Bekannten lächerlich gemacht. Zum Besten aller Beteiligten will ich meinen Mund halten, aber nur unter der Bedingung, daß alles sofort und für immer aufhört.«

Er schlug die Augen nieder und spielte nachdenklich mit einer japanischen Nippsache, die auf dem Tisch stand.

»Ich will Dorothy sagen, was du mir vorschlägst«, seufzte er schließlich.

Sie nickte leicht mit dem Kopf und ging, ohne noch ein Wort zu sagen, an ihm vorüber aus dem Zimmer. Sie war wütend und bemerkte deshalb nicht, daß sie sich etwas melodramatisch aufführte.

Sie wartete auf das Ergebnis seiner Unterredung mit Dorothy Lacom, aber er schien sich nicht mehr an sein Versprechen zu erinnern. Er war ruhig und höflich, aber er schwieg, und so sah sie sich schließlich gezwungen, ihn zu fragen.

»Hast du vergessen, was ich dir neulich gesagt habe?« fragte sie kühl.

»Nein. Ich habe mit Dorothy gesprochen. Ich soll dir von ihr bestellen, es tue ihr schrecklich leid, daß sie dir solchen Kummer gemacht habe. Sie möchte gern mit dir reden, aber sie fürchtet, du würdest sie nicht empfangen.«

»Und zu welchem Entschluß bist du nun gekommen?«

Er zögerte. Er war sehr ernst, aber seine Stimme zitterte ein wenig.

»Es hat keinen Zweck, daß wir ein Versprechen geben, das wir dann doch nicht halten können.«

»Damit ist wohl alles gesagt«, antwortete sie.

»Ich möchte dich darauf aufmerksam machen, daß du mit einer Ehescheidungsklage nicht durchkämst, da wir nicht in sie einwilligen werden. Du würdest nie das notwendige Beweismaterial zusammenbringen und darum deinen Prozeß verlieren.«

»Daran habe ich auch nicht gedacht. Ich werde nach England fahren und dort einen Anwalt zu Rate ziehen. Heute können solche Dinge leicht geregelt werden, und ich erwarte von dir, daß du mir keine Hindernisse in den Weg legst. Du wirst mir bestimmt helfen, meine Freiheit zu erlangen, ohne daß ich Dorothy Lacom ins Spiel bringen muß.«

Er seufzte.

»Es ist eine schreckliche Situation. Ich möchte nicht, daß du dich scheiden läßt, aber natürlich werde ich deinen Wünschen auf jede Weise entgegenkommen.«

»Was erwartest du denn von mir?« Wieder stieg der Zorn in ihr auf. »Denkst du, ich solle mir das alles ruhig mit ansehen und mich lächerlich machen lassen?«

»Es tut mir schrecklich leid, dich in eine so scheußliche Lage gebracht zu haben.« Er sah sie gequält an. »Du kannst dich darauf verlassen, wir haben uns wahrhaftig nicht absichtlich verliebt. Wir waren uns beide unseres Alters sehr bewußt. Dorothy ist, wie du sagst, alt genug, um Großmutter sein zu können, und ich bin ein kahlköpfiger, dicklicher Mann von zweiundfünfzig. Wenn man sich mit zwanzig verliebt, glaubt man, die Liebe werde ewig dauern, aber mit fünfzig weiß man zuviel vom Leben und von der Liebe, vor allem, daß sie nur kurze Zeit währt.« Er sprach leise und zerknirscht. Es war, als sähe er mit seinem geistigen Auge die Traurigkeit des Herbstes und das Rieseln der welken Blätter. Er blickte sie flehend an. »In diesem Alter fühlt man, daß man es sich nicht leisten kann, die Aussicht auf ein bißchen Glück, die uns ein launisches Schicksal beschert, einfach wegzuwerfen. In fünf Jahren, vielleicht schon in einem halben Jahr, wird alles vorüber sein. Das Leben ist so trübe und grau, und Glück ist so selten. Der Tod ist so lang.«

Mrs. Hamlyn empfand ein bitteres Gefühl, einen so realistisch und praktisch denkenden Mann wie ihren Gatten in einem Ton sprechen zu hören, der ihr ganz neu war. Er war plötzlich zu einer tragischen Person geworden, von der sie nichts wußte. Die zwanzig Jahre, die sie zusammen verlebt hatten, besaßen keine Macht über ihn, und angesichts seiner Entschlossenheit war sie hilflos. Es blieb ihr nichts anderes übrig, als fortzugehen, und jetzt hatte sie in ihrem Groll den Entschluß gefaßt, die Scheidung herbeizuführen, mit der sie ihm gedroht hatte. Sie war unterwegs nach England.

Das glatte Meer, das unter der Sonnenglut wie eine Glasscheibe glitzerte, war so leer und feindlich wie das Leben, in dem kein Platz für sie war. Drei Tage lang hatte kein anderes Schiff die Einsamkeit dieser weiten Fläche durchbrochen. Nur die kurz auftauchenden und hastig über das Wasser eilenden fliegenden Fische kräuselten für eine Weile die bleierne Glätte. Die Hitze war so groß, daß selbst die unternehmungslustigsten

Passagiere ihren Decksport eingestellt hatten und jetzt – es war nach dem Mittagessen – auf Stühlen ausgestreckt lagen, wenn sie nicht in ihren Kabinen schlummerten. Mr. Linsell kam auf sie zu und setzte sich zu ihr.

»Wo ist Ihre Frau?« fragte Mrs. Hamlyn.

»Ich weiß nicht, irgendwo wird sie schon sein.«

Seine Gleichgültigkeit ärgerte sie. Sah er denn nicht, daß seine Frau mit dem Arzt ein Techtelmechtel begonnen hatte? Vor nicht allzu langer Zeit hätte er das sicher gemerkt. Ihre Ehe hatte einen romantischen Anstrich gehabt. Sie hatten sich verliebt, als seine zukünftige Frau noch auf der Schule und er selbst kaum mehr als ein Jüngling war. Sie mußten ein reizendes, hübsches Paar gewesen sein. Ihre Jugend und ihre gegenseitige Liebe mußten die Herzen gerührt haben. Und nun, nach so kurzer Zeit, waren sie schon einander überdrüssig geworden. Das Herz tat einem weh, wenn man das sah. Was hatte ihr Mann gesagt?

»Werden Sie in London bleiben, wenn Sie heimkommen?« fragte Linsell, nur um etwas zu sagen

»Ich nehme es an«, erwiderte Mrs. Hamlyn.

Sie konnte sich schwer mit der Tatsache abfinden, daß sie nicht wußte, wohin sie gehen sollte, und daß es niemanden kümmerte, wo sie sich aufhielt. Diese Gedanken führten sie wieder zu Gallagher. Sie beneidete ihn, weil er sich so auf die Rückkehr in die Heimat freute. Zugleich gerührt und belustigt dachte sie an die überschäumende Phantasie, mit der er das Haus beschrieben hatte, in dem er wohnen wollte, und die Frau, die er zu heiraten gedachte. Ihre Bekannten in Yokohama, denen sie sich anvertraut hatte, billigten ihren Entschluß, sich von ihrem Manne scheiden zu lassen, und hatten ihr tröstend versichert, sie werde wieder heiraten. Es verlangte sie nicht sehr, zum zweiten Male einen Zustand herbeizuführen, der sie schon einmal so enttäuscht hatte, und übrigens würden es sich die meisten Männer zweimal überlegen, bevor sie einer vierzigjährigen Frau einen Heiratsantrag machten. Mr. Gallagher zum Beispiel wünschte sich eine junge, dralle Person.

»Wo ist Mr. Gallagher?« fragte sie den in sein Schicksal so ergebenen Linsell. »Ich habe ihn schon ein paar Tage nicht mehr gesehen.«

»Er ist krank. Wußten Sie das nicht?«

»Armer Kerl! Was fehlt ihm denn?«

»Er hat den Schluckauf.«

Mrs. Hamlyn lachte.

»Nun, das kann man doch wohl keine Krankheit nennen.«

»Der Arzt ist ziemlich besorgt. Er hat alles mögliche versucht, aber er kann kein Heilmittel finden.«

»Wie sonderbar!«

Sie dachte nicht weiter darüber nach, aber als sie am andern Morgen dem Arzt begegnete, fragte sie ihn, wie es Mr. Gallagher gehe. Sie war überrascht, als sein knabenhaftes, fröhliches Gesicht plötzlich ernst wurde und einen verwirrten Ausdruck annahm.

»Ich fürchte, der arme Kerl ist ziemlich schlecht dran«, sagte er.

»Wegen des Schluckaufs?« fragte sie erstaunt. »Eine solche kleine Unpäßlichkeit kann man doch unmöglich ernst nehmen.«

»Sie müssen bedenken, er kann keine Nahrung bei sich behalten, er kann auch nicht schlafen. Er ist gänzlich erschöpft. Ich habe alles Erdenkliche versucht.« Er zögerte, dann setzte er hinzu: »Wenn ich den Schluckauf nicht bald beseitigen kann, weiß ich wirklich nicht, was eintreten wird.«

Mrs. Hamlyn war plötzlich beunruhigt.

»Er ist doch so stark. Er schien voll Lebenskraft zu sein.«

»Ich wollte, Sie könnten ihn jetzt sehen.«

»Hätten Sie etwas dagegen, wenn ich ihn besuchte?«

»Kommen Sie mit.«

Gallagher war von seiner Kabine ins Krankenzimmer gebracht worden, und als sie näher kam, hörte sie einen lauten Schluckauf. Der Ton hatte, vielleicht weil man ihn in Gedanken mit Unmäßigkeit verbindet, etwas Lächerliches an sich. Aber sobald Mrs. Hamlyn Gallagher erblickte, verging ihr das Lachen. Er war abgemagert und sein Hals dürr und faltig geworden. Unter der braunen Tönung der Haut sah man die Blässe seines Gesichts. Die Augen, die vorher so voll Heiterkeit und Lachen gewesen waren, lagen tief in den Höhlen, matt und angstvoll. Sein mächtiger Körper wurde unausgesetzt vom Schluckauf geschüttelt, und jetzt hatte der Laut nichts Lächerliches mehr an sich. Mrs. Hamlyn erschien er, sie wußte nicht aus welchem Grunde, sonderbar beängstigend. Sie lächelte, als sie eintrat.

»Es tut mir leid, Sie in diesem Zustand zu sehen«, sagte sie.
»Ich werde nicht daran sterben«, keuchte er mit Mühe hervor. »Ich werde schon noch die grünen Küsten Erins sehen.«

Ein Mann saß neben ihm. Er stand auf, als sie hereinkamen.

»Dies ist Mr. Pryce«, stellte der Arzt vor. »Er hatte den Maschinenpark auf Mr. Gallaghers Plantage in Ordnung zu halten.«

Mrs. Hamlyn nickte. Das war der Passagier der zweiten Klasse, auf den sich Gallagher bezogen hatte, als man über die Einladung zum Ball verhandelte. Er war ein sehr kleiner, aber kräftiger Mann mit einem angenehm lausbübischen Gesicht und selbstbewußtem Auftreten.

»Freuen Sie sich auf die Heimkehr?« fragte ihn Mrs. Hamlyn.

»Das kann man wohl behaupten, Ma'am«, antwortete er keck.

An den wenigen Worten und dem Ton, in dem sie gesprochen wurden, erkannte Mrs. Hamlyn den gebürtigen Londoner. Sie konnte Leute seiner Art gut leiden. Sie hatten etwas Fröhliches, Frisches und Sorgloses an sich.

»Sie sind kein Ire, nicht wahr?« sagte sie lächelnd.

»Ich? Nee, Miss, ich bin Londoner, und ich werde keinen Trauerflor anstecken, wenn ich wieder hinkomme, das kann ich Ihnen sagen.«

Mrs. Hamlyn nahm ihm das ›Miss‹ nicht übel, es gefiel ihr sogar sehr gut.

»Nun, Sir, ich will mich mal wieder auf die Socken machen«, sagte er zu Gallagher und machte eine Geste, als wolle er sich an die Mütze fassen, die er nicht aufhatte.

Mrs. Hamlyn fragte den Kranken, ob sie etwas für ihn tun könne, und verließ dann ebenfalls mit dem Arzt das Krankenzimmer. Der kleine Londoner wartete draußen vor der Tür.

»Kann ich Sie einen Augenblick sprechen, Miss?« fragte er.

»Natürlich.«

Das Krankenzimmer des Schiffs war achtern. Sie standen an der Reling und blickten in den Lichtschacht hinab, wo ostindische Matrosen und Stewards, die dienstfrei waren, auf den geschlossenen Lukentüren des Kühlraums ihre Muße genossen.

»Wenn ich nur wüßte, wo ich anfangen soll«, sagte Pryce unsicher, wobei seine ernste Miene das lebhafte, runzelige Gesicht sonderbar veränderte. »Ich bin jetzt vier Jahre bei Mr.

Gallagher, und einen besseren Herrn wird man wohl so leicht nicht finden.« Er zögerte wieder. »Die Sache gefällt mir nicht, wirklich ganz und gar nicht.«

»Was gefällt Ihnen nicht?«

»Nun, wenn Sie mich fragen – er ist geliefert. Der Arzt weiß das nicht. Ich wollte es ihm klarmachen, aber er will einfach auf mich nicht hören.«

»Sie dürfen nicht so schwarz sehen, Mr. Pryce. Der Doktor ist zwar noch jung, aber doch sehr geschickt, und an einem Schluckauf stirbt man nicht. In ein paar Tagen wird Mr. Gallagher sich wieder erholt haben.«

»Wissen Sie, wann es losging? Gerade als wir das Land aus den Augen verloren. Sie sagte, er würde nie mehr Land sehen.«

Mrs. Hamlyn drehte sich ihm vollends zu und sah ihn an. Sie war um eine gute Handbreite größer als er.

»Was soll das heißen?«

»Ich glaube, er ist verhext, wenn Sie verstehen, was ich damit meine. Medizin hilft ihm da nichts. Sie kennen die Malaiinnen nicht so wie ich.«

Einen Augenblick war Mrs. Hamlyn sehr betroffen, aber gerade weil ein Schauer sie durchlief, zuckte sie die Schultern und lachte.

»Oh, Mr. Pryce, reden Sie doch nicht solchen Unsinn!«

»Das sagt auch der Doktor. Aber denken Sie an meine Worte: er wird sterben, bevor wir wieder Land sehen.«

Der Mann sprach in solchem Ernst, daß er auf Mrs. Hamlyn gegen ihren Willen Eindruck machte und es ihr ein wenig unheimlich zumute wurde.

»Warum soll ihn denn jemand verhext haben?« fragte sie.

»Es ist ein bißchen peinlich, mit einer Dame darüber zu reden.«

»Bitte, sagen Sie es mir.«

Pryce wurde so verlegen, daß Mrs. Hamlyn bei einer anderen Gelegenheit nur schwer das Lachen hätte unterdrücken können.

»Mr. Gallagher hat lange im Inneren gelebt, wenn Sie verstehen, was ich meine. Es ist sehr einsam dort, wissen Sie, und wie Männer nun einmal sind, Miss . . .«

»Ich bin seit zwanzig Jahren verheiratet«, sagte sie lächelnd.

»Verzeihen Sie, Ma'am. Also – er lebte mit einer Malaiin zusammen. Wie lange, weiß ich nicht, aber es könnten schon so zehn oder zwölf Jahre gewesen sein. Als er sich nun entschloß, für immer in die Heimat zu fahren, sagte er nichts davon. Sie saß stumm da und beobachtete ihn. Er dachte, sie würde nie wieder den Mund auftun, aber darin irrte er sich. Natürlich hatte er sie nicht einfach sitzenlassen. Er stattete sie gut aus, schenkte ihr ein eigenes kleines Haus und setzte ihr monatlich eine bestimmte Summe aus. Das muß ich sagen, gemein hat er nicht an ihr gehandelt, und sie wußte ja, daß er einmal fortgehen würde. Sie maulte nicht und weinte nicht. Als er seine Sachen zusammenpackte und wegschickte, saß sie da und guckte hinter ihnen her. Sie sagte auch kein Wort, als er seine Möbel an die Chinesen verkaufte. Er gab ihr alles, was sie haben wollte. Und als es nun Zeit war, aufzubrechen, saß sie noch immer auf der Treppe des Bungalows, machte große Augen, sagte aber nichts. Er wollte ihr Lebewohl sagen, wie man das so tut, aber, es ist nicht zu glauben, sie rührte sich nicht einmal. ›Willst du mir nicht Lebewohl sagen?‹ fragte er. Da trat ein sonderbarer Ausdruck in ihr Gesicht. ›Du gehst‹, sagte sie. Wissen Sie, diese Eingeborenen drücken sich komisch aus, nicht wie wir. ›Du gehst‹, sagte sie, ›aber du wirst nie in deine Heimat kommen. Wenn das Land ins Meer sinkt, wird dich der Tod berühren, und ehe noch die anderen, die mit dir gehen, wieder Land sehen, wirst du schon tot sein.‹ Mir lief es ganz kalt den Rücken runter, als ich das hörte.«

»Und was sagte Mr. Gallagher?« fragte Mrs. Hamlyn.

»Sie wissen ja, wie er ist. Er lachte nur. ›Immer frisch und munter‹, sagte er, sprang ins Auto – und weg waren wir.«

Mrs. Hamlyn sah die helle, sonnige Straße, die durch die Gummipflanzungen mit ihren zierlichen, im gleichen Abstand still dastehenden Bäumen führte und sich dann auf und ab durch den dichten Dschungel wand. Das Auto mit den zwei Weißen, gelenkt von einem verwegen fahrenden Malaien, flitzte an malaiischen Häusern vorbei, die voneinander abgesondert am Wege standen, durch Dörfer, deren Märkte von dunkelhäutigen Menschen in bunten Sarongs wimmelten. Dann erreichte es gegen Abend die reinliche moderne Stadt mit ihren Klubs und Golfplätzen, ihrem gut eingerichteten Rasthaus, den vielen Weißen und der Eisenbahnstation, von wo die zwei Männer mit dem Zug nach Singapur fahren konnten. Und die Frau saß auf der Treppe des Bungalows, der nun leer stand, bis der neue Verwalter einzog, und sah die Straße hinab, dem verschwindenden Auto nach, saß dort, bis es Nacht war.

»Wie sah sie aus?« fragte Mrs. Hamlyn.

»Wissen Sie, für meinen Geschmack sehen alle Malaiinnen gleich aus. So jung war sie natürlich nicht mehr, und diese eingeborenen Weiber werden ja auch mit der Zeit schrecklich fett.«

»Fett?«

Die Vorstellung erfüllte Mrs. Hamlyn merkwürdigerweise mit Entsetzen.

»Mr. Gallagher war immer ein Mann, der es sich gutgehen ließ, wenn Sie verstehen, was ich meine.«

Das Bild einer korpulenten Frau brachte Mrs. Hamlyn sofort auf den Boden der Wirklichkeit zurück. Es hatte ja beinahe ausgesehen, als ob sie, wenn auch nur für einen Augenblick, derselben Meinung gewesen wäre wie der kleine Londoner.

»Ihre Annahme ist vollständig lächerlich, Mr. Pryce. Dicke Frauen könnten Leute nicht auf eine Entfernung von tausend Meilen verhexen.«

»Sie können ruhig lachen, Miss. Aber wenn nichts geschieht, so ist Mr. Gallagher verloren. Sie werden noch an meine Worte denken. Medizin kann ihm nicht helfen, nicht die Medizin, die Weiße verabreichen.«

»Aber nehmen Sie doch Vernunft an, Mr. Pryce. Diese dicke Dame kann sich über Mr. Gallagher nicht beklagen. So wie diese Dinge hier im Osten gehandhabt werden, hat er sie sehr gut behandelt. Warum sollte sie ihm Böses wünschen?«

»Wir wissen nicht, wie die Eingeborenen darüber denken. Ich sage Ihnen, ein Mann kann zwanzig Jahre mit so einer Frau zusammengelebt haben, aber meinen Sie, er wüßte, was in ihr vorgeht? Nicht die Spur!«

Diesmal konnte sie über seine melodramatische Ausdrucksweise nicht lachen, denn er schien in vollem Ernst und aus Überzeugung zu sprechen, und sie wußte ja selbst besser als irgend jemand, wie unberechenbar das Menschenherz ist, mag es unter einer gelben, weißen oder braunen Haut schlagen.

»Aber selbst wenn sie böse auf ihn war, selbst wenn sie ihn haßte und ihn töten wollte, was konnte sie denn ausrichten?« Sonderbarerweise versuchte Mrs. Hamlyn jetzt unbewußt, sich mit ihren Fragen selbst zu beruhigen. »Es gibt kein Gift, das erst nach sechs oder sieben Tagen zu wirken beginnt.«

»Von Gift habe ich nichts gesagt.«

»Es tut mir leid, Mr. Pryce«, erwiderte sie lächelnd, »aber an Zauberei glaube ich nicht.«

»Sie haben doch im Osten gelebt.«

»Zwanzig Jahre lang.«

»Nun, wenn Sie zu sagen vermögen, was die Leute imstande sind zuwege zu bringen und was nicht, dann sind Sie gescheiter als ich.« Er schlug plötzlich heftig und ärgerlich mit der geballten Faust auf die Reling. »Ich habe dieses verdammte Land satt. Es geht mir auf die Nerven. Wir kommen mit ihnen nicht mit, wir Weiße, das ist mal sicher. Entschuldigen Sie mich bitte, ich muß mir jetzt einen hinter die Binde gießen. Mir ist speiübel.«

Er machte eine steife Verbeugung und ging fort. Mrs. Hamlyn sah ihm nach. Er war ein kleiner, rundlicher Mann und ging mit schlurfenden Schritten. Er stieg die Kajütentreppe hinab und verschwand mittschiffs im Salon zweiter Klasse. Sie wußte nicht recht, warum er sie in so unbehaglicher Stimmung zurückgelassen hatte. Sie konnte das Bild der dicken Frau nicht mehr verscheuchen. Die Frau war nicht mehr jung, trug einen Sarong, eine bunte Jacke und goldene Ohrringe. Sie saß auf der Treppe eines Bungalows und blickte eine leere Straße hinab. Ihr grobes Gesicht war geschminkt, aber ihre großen tränenlosen Augen waren ausdruckslos. Am frühen Morgen unter dem heiteren Himmel war Gallagher in bester Laune, die Zukunft lag wie eine sonnige Straße vor ihm, die sich durch eine weite, bewaldete Ebene schlängelt ...

Später am Tage traf Mrs. Hamlyn den Arzt und fragte ihn, wie es seinem Patienten gehe. Der Doktor schüttelte den Kopf.

»Ich weiß nicht mehr, was ich tun soll, ich bin am Ende meines Lateins.« Er runzelte die Stirn und machte ein unglückliches Gesicht. »Das nennt man Pech, wenn man mit einem solchen Fall wie diesem zu tun hat. Es wäre schon schlimm genug, wenn wir an Land in einem Krankenhaus wären, aber an Bord eines Schiffes ...«

Er hatte in Edinburgh studiert und erst kürzlich seine Abschlußprüfung gemacht. Er unternahm diese Reise mehr zur Erholung; er wollte erst ein bißchen von der Welt sehen, ehe er eine Praxis eröffnete. Er fühlte sich um seinen Urlaub betrogen. Er hatte sich ein paar gute Wochen machen wollen und sah sich nun dieser geheimnisvollen Krankheit gegenüber, mit der er nicht fertig werden konnte. Er hatte natürlich wenig Erfahrung, aber er tat alles, was er konnte. Es war ihm vor allem peinlich, daß ihn die Passagiere womöglich für einen unwissenden Quacksalber hielten.

»Haben Sie gehört, was Mr. Pryce denkt?« warf Mrs. Hamlyn ein.

»So ein Unsinn ist mir noch nicht vorgekommen. Ich habe dem Kapitän davon Mitteilung gemacht. Er war ganz aufgebracht. Er möchte nicht, daß dieses Gerücht sich verbreitet. Er befürchtet, unter den Passagieren könnte eine Panik ausbrechen.«

»Ich werde mich in Grabesschweigen hüllen.«

Der Arzt sah sie scharf an.

»Sie glauben doch wohl nicht, daß an solchem Unsinn etwas Wahres sein könnte?« fragte er.

»Natürlich nicht.« Sie sah auf das Meer, das blau, ölig und unermeßlich dalag.

»Ich habe lange im Osten gelebt. Es geschehen dort merkwürdige Dinge«, sagte sie dann.

»Die Sache geht mir auf die Nerven«, erwiderte der Arzt.

In ihrer Nähe spielten zwei kleine Japaner mit Wurfringen. Sie sahen in ihren Tennishemden, weißen Hosen und Leinenschuhen sehr elegant und europäisch aus und riefen sich sogar die Punkte auf englisch zu, und doch fühlte Mrs. Hamlyn in diesem Augenblick ihnen gegenüber ein leises Unbehagen, weil ihnen die Verkleidung so leichtzufallen schien. Auch Mrs. Hamlyn war mit ihren Nerven am Ende.

Bald, niemand wußte wie, verbreitete sich auf dem Schiff das Gerücht, Mr. Gallagher sei verhext. Während die Damen auf Deck saßen und emsig an ihren Kostümen nähten, die sie auf dem Weihnachtsball tragen wollten, sprachen sie leise darüber, und auch die Männer im Rauchsalon redeten von dieser geheimnisvollen Angelegenheit, während sie ihre Cocktails tranken. Manche Passagiere hatten lange im Osten gelebt und holten nun aus dem Schacht ihrer Erinnerung sonderbare und merkwürdige Geschichten hervor. Die Annahme, Gallagher könnte wirklich verhext sein, war natürlich lächerlich. Solche Dinge waren unmöglich. Und doch führte der eine diese, der andere jene Tatsache an, die niemand erklären konnte. Der Arzt mußte bekennen, er könne keine natürliche Ursache für Gallaghers Zustand angeben. Er hatte zwar eine physiologische

Erklärung zur Hand, aber warum diese schrecklichen Magenkrämpfe so plötzlich aufgetreten waren, konnte er nicht sagen. Da er sich der Kritik ausgesetzt fühlte, versuchte er, sich zu verteidigen.

»Es ist dies ein Fall, wie er sonst vielleicht in der Praxis nie vorkommt«, sagte er. »Es ist mein persönliches Pech.«

Er stand in drahtloser Verbindung mit anderen Schiffen und erhielt von ihnen Behandlungsanweisungen.

»Ich habe alles versucht, was sie mir vorgeschlagen haben«, sagte er ärgerlich. »Der japanische Schiffsarzt empfahl mir Adrenalin. Aber woher soll ich mitten auf dem Indischen Ozean Adrenalin bekommen?«

Das Schiff fuhr durch eine leere Wasserwüste und erhielt doch von allen Seiten unsichtbare Botschaften. Auf die Passagiere machte das einen großen Eindruck. Das Schiff war fast allein auf dem ungeheuren Meer und schien doch der Mittelpunkt der Welt zu sein. Im Lazarett rang der Kranke, von heftigen Anfällen geschüttelt, um sein Leben.

Auf einmal merkte man, daß das Schiff einen anderen Kurs genommen hatte. Man hörte, der Kapitän habe sich entschlossen, Aden anzulaufen. Gallagher sollte dort ans Land und in ein Krankenhaus gebracht werden, wo er eine Pflege erhalten konnte, wie sie an Bord nicht möglich war. Der Erste Ingenieur bekam die Anweisung, die Fahrt des Schiffes zu beschleunigen. Das Schiff war schon ein alter Kasten und ächzte unter der Anstrengung. Die Passagiere hatten sich an den gleichmäßigen Gang der Maschinen gewöhnt, und jetzt machte sie das Zittern des Schiffes nervös. Sie empfanden etwas, was sie vorher nicht gespürt hatten. Das mochte nicht allen bewußt sein, aber jeder fühlte doch, daß es auch ihn persönlich betraf. Noch immer war kein Fahrzeug auf dem weiten Meer zu sehen; es war, als führen sie durch eine leere Welt. Allmählich wurde das Unbehagen, das alle fühlten und das niemand hatte zugeben wollen, so stark, daß sie es nicht mehr verbergen konnten. Die Passagiere wurden reizbar, sie stritten sich um Kleinigkeiten, die sonst niemanden aus der Ruhe gebracht hätten. Mr. Jephson ließ weiter seine abgedroschenen Witze vom Stapel, aber niemand lachte mehr über sie. Die Linsells hatten eine Auseinandersetzung; spät am Abend hörte man, wie Mrs. Linsell bei einem Spaziergang an Deck ihrem Mann bittere Vorwürfe machte. Im Rauchsalon kam es eines Abends beim Bridge zu einer heftigen Szene. Der Streit wurde zwar bald beigelegt, aber die Versöhnung hatte einen allgemeinen Alkoholrausch zur Folge. Die Passagiere erwähnten Mr. Gallagher kaum, und doch war er in ihren Gedanken stets gegenwärtig. Sie studierten die Route, die das Schiff fuhr. Der Arzt sagte jetzt, Mr. Gallagher habe nur noch einen Tag zu leben. Alle erörterten unruhig, wann das Schiff wohl Aden erreichen könnte. Wie es dem Patienten nach der Landung ergehen würde, das bekümmerte sie nicht, sie wünschten nur, daß er nicht an Bord stürbe.

Mrs. Hamlyn besuchte Gallagher jeden Tag. Es war bei ihm der umgekehrte Vorgang wie beim tropischen Frühling, wenn der Regen nach einer langen Trockenperiode das Grün vor unseren Augen aus dem Boden treibt – Gallagher verfiel sichtlich von Tag zu Tag. Die Haut hing ihm schon lose an den Knochen. Das Doppelkinn sah aus wie die runzligen Fleischlappen am Halse eines Truthahns. Seine Wangen waren eingefallen. Man sah jetzt erst, wie mächtig sein Körper war; unter der Decke erschien sein Knochengerüst wie das Skelett eines urweltlichen Riesen. Die meiste Zeit lag er mit geschlossenen Augen da, vom Morphium im Dämmerschlaf gehalten, aber dabei von einem unaufhörlichen Schluckauf geschüttelt, und wenn er einmal die Augen öffnete, waren sie unnatürlich groß. Aus der Tiefe seiner knochigen Augenhöhlen schauten sie einen trübe, verdutzt und verstört an. Aber wenn er aus seinem Dämmerzustand erwachte und Mrs. Hamlyn erkannte, zwang er sich zu einem galanten Lächeln.

»Wie geht es Ihnen, Mr. Gallagher?« sagte sie.

»Geht so, geht so. Wenn wir aus dieser verdammten Hitze heraus sind, ist alles wieder gut. Gott, wie sehne ich mich danach, in den Atlantischen Ozean zu tauchen und weit hinauszuschwimmen. Ich möchte fühlen, wie das kalte graue Meer von Galway mir gegen die Brust schlägt.«

Dann schüttelte ihn der Schluckauf vom Kopf bis zu den Fußsohlen. Mr. Pryce und der Steward teilten sich in seine Pflege. Das Gesicht des kleinen Londoners hatte nicht mehr die unbekümmerte Fröhlichkeit, es hatte einen verdrossenen Zug.

»Gestern hat mich der Kapitän kommen lassen«, erzählte er Mrs. Hamlyn, »und mir einen schönen Marsch geblasen.«

»Worüber?«

»Er sagte, es müsse jetzt endlich Schluß mit diesem Zauberkram gemacht werden. Die Passagiere seien davon angesteckt. Ich solle meinen Mund halten oder ich würde es mit ihm zu tun bekommen.«

»Das ganze Schiff weiß davon.«

»Ja, ja, aber meinen Sie, ich sagte es allein? Alle Matrosen und Chinesen wissen, was mit ihm los ist. Sie wissen alle, daß es keine natürliche Krankheit ist.«

Mrs. Hamlyn schwieg. Außer den Weißen zweifelte niemand daran, daß die Frau, die Gallagher im fernen Selantan zurückgelassen hatte, ihn mit ihrer Zauberei tötete. Sie wußte das von den Ahmas* einiger Passagiere. Alle waren überzeugt, seine Seele würde sich vom Körper trennen, sobald die kahlen Felsen Arabiens aus dem Meer tauchten.

»Der Kapitän will mich für den Rest der Reise in meine Kabine sperren, wenn ich, wie er sich ausdrückte, Hokuspokus mache«, sagte Pryce und legte dabei sein runzeliges Gesicht in Falten.

»Was für ein Hokuspokus soll das sein?«

»Zauberei bringt ihn um, und nur Zauberei kann ihn retten. Sagen Sie nicht, das sei nicht möglich. Ich habe es mit eigenen Augen gesehen.« Er sprach plötzlich mit schriller Stimme und in gereiztem Ton. »Ich habe gesehen, wie man einen Mann sozusagen aus dem Rachen des Todes zog. Man brachte einen Pawang zu ihm, einen Zauberer, wie wir sagen. Der machte so 'n bißchen Hokuspokus, und der Mann war gesund. Ich habe es mit eigenen Augen gesehen, versichere ich Ihnen.«

Mrs. Hamlyn sagte nichts dazu. Pryce sah sie forschend an.

»Einer der ostindischen Matrosen an Bord versteht was von diesen Dingen und kann zaubern wie ein Pawang. Er will es auch versuchen. Nur muß er ein lebendes Tier haben. Er meint, ein Hahn würde genügen.«

»Was will er denn mit dem lebenden Tier machen?« fragte Mrs. Hamlyn stirnrunzelnd.

Der kleine Londoner wurde sofort argwöhnisch.

»Wenn ich Ihnen einen Rat geben darf, sagen Sie kein Wort darüber. Ich werde nichts unversucht lassen, um meinen Chef zu retten. Und wenn der Kapitän davon hört und mich in meine Kabine sperren läßt, soll er das tun.«

* chinesische Kinderfrau

In diesem Augenblick kam Mrs. Linsell hinzu, und Mr. Pryce verabschiedete sich mit seiner sonderbaren Verbeugung, die mehr einem Nicken glich. Mrs. Linsell bat Mrs. Hamlyn, ihr bei der Anprobe des Kleides zu helfen, das sie sich selbst für den Kostümball zurechtgeschneidert hatte. Auf dem Wege zur Kabine sprach sie besorgt von der Möglichkeit, Gallagher könnte gerade zu Weihnachten sterben. Dann müsse der Ball leider ausfallen. Sie habe dem Arzt gesagt, sie würde nie wieder ein Wort mit ihm reden, falls Gallagher vorher sterbe, und er habe ihr hoch und heilig versprochen, er würde ihn auf jeden Fall über Weihnachten am Leben halten.

»Das wäre ja auch für ihn das beste«, meinte Mrs. Linsell.

»Für wen?« fragte Mrs. Hamlyn.

»Für den armen Mr. Gallagher. Niemand stirbt ja gern zu Weihnachten, nicht wahr?«

»Das weiß ich wirklich nicht«, sagte Mrs. Hamlyn.

In der Nacht erwachte sie, nachdem sie ein wenig geschlafen hatte, mit Tränen in den Augen. Sie war beunruhigt, weil sie im Schlaf weinte. Die Schwäche des Fleisches schien sie überwältigt zu haben, ihr Wille war gebrochen, und sie war wehrlos gegen ihren Kummer. Sie dachte wieder über die Einzelheiten der Katastrophe nach, die einen so tiefen Eindruck in ihr hinterlassen hatte. Sie ging noch einmal die Gespräche, die sie mit ihrem Mann geführt hatte, durch und dachte, hätte ich doch dies gesagt und jenes lieber nicht. Sie wünschte von Herzen, von der Verirrung ihres Mannes nichts erfahren zu haben, es wäre viel bequemer gewesen, und sie fragte sich, ob sie nicht klüger gehandelt hätte, wenn sie ihren Stolz beiseite gestellt und die Augen vor der unwillkommenen Wahrheit geschlossen hätte. Sie war eine Frau von Welt und wußte zu gut, wieviel mehr sie durch die Trennung von ihrem Mann verlor als nur seine Liebe. Sie verlor ihre sichere gesellschaftliche Stellung, die reichlichen Geldmittel und die Stütze der sozialen Einordnung. Sie kannte viele geschiedene Frauen, die in zweideutiger Stellung von kleinen Einkommen lebten, und wußte, wie schnell ihre Freunde ihrer überdrüssig wurden. Sie stand jetzt ganz allein. Sie war so allein wie das Schiff, das sich schnaubend einen Weg durch ein leeres Meer bahnte, so allein wie der verlassene Mann, der sterbend in dem Lazarett des Schiffes lag. Mrs. Hamlyn wußte, daß sie diesen Gedanken jetzt nicht mehr entrinnen und so leicht nicht wieder einschlafen würde. Es war sehr heiß in der Kajüte. Sie sah auf die Uhr. Es war zwischen vier und halb fünf. Noch zwei furchtbare Stunden bis Tagesanbruch!

Sie schlüpfte in einen Kimono und ging an Deck. Die Nacht war finster. Obschon der Himmel nicht bewölkt war, funkelten keine Sterne. Keuchend und zitternd stampfte das Schiff unter Volldampf durch die Dunkelheit. Die Stille war unheimlich. Es war so pechschwarz, daß sie nicht die Hand vor den Augen sehen konnte. Sie kam ans Ende des Promenadendecks und lehnte sich an die Reling. Plötzlich fuhr sie auf. Etwas hatte ihre Aufmerksamkeit erregt. Denn auf dem Zwischendeck sah sie einen Feuerschein, und vorsichtig beugte sie sich vor. Sie sah nur das Glühen, weil die nackten Rücken der am Boden hockenden Männer die Flammen verdeckten. Am Rande des Kreises erkannte sie undeutlich eine untersetzte Gestalt im Schlafanzug. Dies war ein Europäer, die anderen waren Malaien. Es mußte Pryce sein, und sie vermutete sofort, daß dort so etwas wie eine Teufelsbeschwörung im Gange war. Wenn sie angestrengt lauschte, konnte sie eine leise Stimme hören, die geheimnisvolle Formeln murmelte. Sie fing an zu zittern. Obschon die Männer offenbar zu sehr mit ihrem Unternehmen beschäftigt waren, um daran zu denken, jemand könnte sie beobachten, wagte sie es nicht, sich zu bewegen. Plötzlich erklang das Krähen eines Hahnes. Es durchdrang die Stille der Nacht, als risse man ein Stück Seide heftig entzwei. Mrs. Hamlyn hätte beinahe aufgeschrien. Mr. Pryce brachte den seltsamen Göttern des Ostens ein Opfer dar und versuchte dadurch, das Leben seines Chefs zu retten. Leise und unaufhörlich murmelte die fremde Stimme, dann entstand in dem dunklen Kreis eine Bewegung. Es geschah etwas, sie wußte aber nicht, was. Erschreckt und zornig machte der Hahn gluck-gluck, und dann kam ein sonderbarer, unbeschreiblicher Laut. Der Zauberer durchschnitt dem Hahn die Kehle. Darauf wurde es still. Anscheinend gingen verschiedene Zeremonien vor sich, die sie nicht verfolgen konnte. Nach einer Weile sah es so aus, als ob jemand das Feuer ausstampfte. Die Gestalten, die sie nur undeutlich hatte sehen können, verschwanden im Dunkel, und wieder war alles still. Nur das regelmäßige Dröhnen der Maschinen war noch zu hören.

Mrs. Hamlyn blieb, seltsam berührt, noch eine Weile stehen. Dann ging sie langsam über das Deck. Sie fand einen Liegestuhl und ließ sich auf ihm nieder. Sie zitterte noch immer. Sie konnte nur ahnen, was geschehen war. Schließlich wurde es langsam hell. Es war noch nicht Tag, aber es war auch nicht mehr Nacht. Gegen den dunklen Himmel konnte sie nun die Reling des Schiffes sehen. Dann bemerkte sie, daß jemand auf sie zukam. Es war ein Mann im Schlafanzug.

»Wer ist da?« rief sie nervös.

»Nur der Doktor«, antwortete eine freundliche Stimme.

»Was tun denn Sie hier um diese Zeit?«

»Ich war bei Gallagher.« Er setzte sich neben sie und zündete sich eine Zigarette an. »Ich habe ihm eine gute, starke Spritze gegeben. Er ist jetzt ruhig.«

»War es so schlimm mit ihm?«

»Ich dachte, das Ende sei nahe. Ich beobachtete ihn, und plötzlich setzte er sich auf und begann malaiisch zu reden. Ich konnte natürlich nichts verstehen. Besonders ein Wort wiederholte er immer wieder.«

»Vielleicht war es ein Name, ein Frauenname.«

»Er wollte aus dem Bett steigen. Er hatte selbst jetzt noch eine verteufelte Kraft in sich. Ich mußte mich sehr anstrengen, ihn zurückzuhalten. Ich fürchtete, er würde über Bord springen. Er schien zu glauben, jemand rufe ihn.«

»Wann war das?« fragte Mrs. Hamlyn leise.

»Zwischen vier und halb fünf. Warum?«

»Oh, nichts.«

Es schauderte sie.

Später am Tage, als das Leben auf dem Schiff wieder normal verlief, kam Mrs. Hamlyn auf Deck an Pryce vorüber, aber er grüßte nur kurz, wandte dann seine Augen schnell ab und ging weiter. Er sah müde und überanstrengt aus. Mrs. Hamlyn dachte wieder an die dicke Frau mit den goldenen Ohrringen unter dem schwarzen Haar, die auf der Treppe des verlassenen Bungalows saß und auf die leere Straße sah.

Es war schrecklich heiß. Sie wußte jetzt, warum die Nacht so dunkel gewesen war. Der Himmel war nicht mehr blau, sondern gleichmäßig mit einem aschfahlen Weiß überzogen. Die Hitze war in den oberen Luftschichten wie ein Leichentuch ausgebreitet. Die Fläche war zu ebenmäßig, als daß man hätte an Wolken denken können. Es ging kein Windhauch. Das Meer, genauso fahl wie der Himmel, war glatt und glänzend wie die

Flüssigkeit in einem Färberbottich. Die Passagiere hatten zu nichts Lust. Wenn sie an Deck spazierengingen, keuchten sie. Bei jeder Bewegung traten Schweißtropfen auf die Stirn. Man unterhielt sich nur leise. Eine unheimliche, unruhige Stimmung lag über dem ganzen Schiff. Niemand konnte mehr fröhlich lachen. Die Herzen waren voll Groll. Die Menschen auf dem Schiff hingen am Leben, und es reizte sie, daß ganz in ihrer Nähe ein Mensch im Sterben lag und sie dadurch (denn es ging sie eigentlich nichts an) auf sonderbare Weise in Mitleidenschaft zog. Im Rauchzimmer gab ein Pflanzer bei eisgekühltem Gin in brutaler Art den Gefühlen Ausdruck, die alle hegten, die aber bis jetzt niemand geäußert hatte.

»Wenn er schon abkratzen muß«, sagte er, »soll er schnell machen; er verdirbt einem die Stimmung.«

Der Tag wollte nicht zu Ende gehen. Mrs. Hamlyn war froh, als es Zeit zum Abendessen war. Soweit hatte man den Tag wenigstens hinter sich gebracht. Sie saß am Tisch des Arztes.

»Wann kommen wir nach Aden?« fragte sie.

»Morgen früh. Wie der Kapitän sagte, sollen wir zwischen fünf und sechs Uhr morgens Land sichten.«

Sie sah ihn scharf an. Er hielt ihrem Blick nur kurz stand, senkte dann die Lider und wurde rot. Er dachte daran, daß die Frau – die Frau, die auf der Treppe des Bungalows saß – gesagt hatte, Gallagher werde nie mehr Land sehen. Mrs. Hamlyn fragte sich, ob nun auch er, der skeptische, nüchterne junge Arzt, von diesem Aberglauben angesteckt worden war. Er zog die Brauen zusammen, als wolle er seine Schwäche überwinden, und sah sie dann wieder an.

»Ich werde es nicht bedauern, wenn ich meinen Patienten dem Krankenhaus übergebe, das kann ich Ihnen sagen.«

Der nächste Tag war der vierundzwanzigste Dezember. Als Mrs. Hamlyn aus unruhigem Schlaf erwachte, dämmerte der Morgen. Sie blickte aus dem Lukenfenster und sah, daß der Himmel klar und silbrig hell war. Während der Nacht war der Dunst vergangen. Mit leichterem Herzen ging sie an Deck. Sie eilte so weit nach vorn, wie es nur möglich war. Ein später Stern funkelte noch schwach am Horizont. Das Meer schimmerte, als streiche eine Brise, die sich noch nicht aufraffen konnte, mit spielenden Fingern über die Fläche. Das Licht war ungemein fein und zart wie ein knospender Wald im Frühling und kristallrein, daß man das Plätschern eines Bergbaches zu hören glaubte. Sie wandte sich der im Osten rosig aufgehenden Sonne zu. Da sah sie den Arzt auf sich zukommen. Er trug seine Uniform. Er war die ganze Nacht nicht im Bett gewesen. Er ging mit gebeugten Schultern wie ein Mensch, der zum Umfallen müde ist. Sie wußte sofort, daß Gallagher gestorben war. Als er näher kam, sah sie, daß er weinte. Er war so jung und hilflos, daß er ihr von Herzen leid tat. Sie ergriff seine Hand.

»Sie Armer!« sagte sie. »Sie sind vollständig erschöpft.«

»Ich habe alles getan, was ich konnte«, erwiderte er. »Ich hätte ihn so gern gerettet.«

Seine Stimme zitterte. Er konnte jeden Augenblick die Beherrschung verlieren.

»Wann ist er gestorben?«

»Vor einigen Minuten.«

Mrs. Hamlyn seufzte nur. Sie fand keine Worte. Ihr Blick wanderte über das ruhige, friedliche, ewige Meer. Es schien grenzenlos zu sein wie der Kummer der Menschen. Doch plötzlich blieben ihre Augen an etwas haften, das aussah wie eine steil abfallende große Wolke. Aber die Umrisse waren für eine Wolke zu scharf. Sie berührte den Arzt am Arm.

»Was ist das?«

Er sah kurz hin, und sie bemerkte, wie er unter seiner braungebrannten Haut weiß wurde.

»Land.«

Wieder dachte Mrs. Hamlyn an die Malaiin, die still auf der Treppe des Bungalows saß. Wußte sie in diesem Augenblick, was geschehen war?

Sie senkten ihn ins nasse Grab, als die Sonne hoch am Himmel stand. Sie waren alle auf dem Zwischendeck versammelt, die Passagiere der ersten und zweiten Klasse, die weißen Stewards und die europäischen Offiziere. Der Missionar hielt den Trauergottesdienst.

»Der Mensch, vom Weibe geboren, hat nur kurze Zeit zu leben und ist voll Elend. Er entsteht und wird niedergemäht wie eine Blume, er flieht dahin wie ein Schatten und dauert nicht lange.«

Pryce sah mit zusammengezogenen Brauen zu Boden. Er hatte die Zähne fest aufeinandergepreßt. Er fühlte nur Zorn im Herzen. Der Arzt und der Konsul standen nebeneinander. Der Konsul mit der Miene offiziellen Bedauerns; der Arzt jedoch, jetzt glattrasiert, sah in seiner gutsitzenden, mit goldenen Tressen besetzten Uniform bleich und mitgenommen aus. Von ihm wanderten Mrs. Hamlyns Augen zu Mrs. Linsell. Sie stand dicht neben ihrem Mann und weinte; er hatte sie zärtlich an der Hand gefaßt. Mrs. Hamlyn wußte nicht, warum dieser Anblick sie so seltsam berührte. In diesem Augenblick der Trauer, in dem ihre Nerven versagten, suchte die kleine Frau instinktiv den Schutz ihres Mannes. Da fühlte Mrs. Hamlyn einen Schauer durch ihren Körper gehen; sie heftete ihre Augen auf die Ritzen des Deckbodens, denn sie wollte nicht sehen, was jetzt vor sich ging. Der Missionar hörte auf zu sprechen. Sie hörte verschiedene Bewegungen. Ein Offizier gab einen Befehl. Der Missionar fuhr fort:

»Da es dem Herrn über Leben und Tod in seiner großen Gnade gefallen hat, die Seele unseres lieben verschiedenen Bruders zu sich zu nehmen, übergeben wir seinen Leib der Tiefe, damit er in Verwesung übergehe und der Auferstehung des Fleisches entgegenharre, da das Meer seine Toten zurückgibt.«

Mrs. Hamlyn rannen die heißen Tränen die Wangen hinab. Man hörte ein dumpfes Aufklatschen. Die Stimme des Missionars klang weiter.

Nach Beendigung des Gottesdienstes zerstreuten sich die Passagiere. Die der zweiten Klasse kehrten in ihre Quartiere zurück. Die Glocke rief sie zum Mittagessen. Aber die Passagiere der ersten Klasse schlenderten ziellos über das Promenadendeck. Die meisten Männer gingen ins Rauchzimmer und suchten sich mit Whisky und Soda oder mit eisgekühltem Gin aufzuheitern. Der Konsul heftete eine Notiz an das Mitteilungsbrett vor dem Speisesaal. Es war eine Einladung zu einer Versammlung. Die meisten wußten gleich, worum es sich handelte, und versammelten sich zur festgesetzten Stunde. Seit einer Woche waren sie zum erstenmal wieder fröhlich und plauderten mit einer Leichtigkeit, die nur durch eine von der Sitte auferlegte Reserve nicht zur Ausgelassenheit wurde. Der Konsul, ein Monokel im Auge, sagte, er habe die Versammlung einberufen, um eine Entscheidung darüber herbeizuführen, ob der Kostümball am nächsten Tage stattfinden solle. Wie er wisse, hätten sie alle tiefstes Mitgefühl mit Mr. Gallagher. Er würde vorgeschlagen haben, sie sollten alle zusammen den Verwandten des Verstorbenen ihr Beileid übermitteln, aber bei der Durchsicht der Papiere Mr. Gallaghers habe man keine Spur von einem Verwandten oder einem Freunde des Verstorbenen gefunden, mit dem man sich in Verbindung setzen könnte. Gallagher scheine ganz allein in der Welt gestanden zu haben. Er, der Konsul, wolle es aber nicht versäumen, dem Arzt seine aufrichtige Anerkennung auszudrücken, der sicher alles getan habe, was unter den gegebenen Umständen möglich gewesen sei.

»Hört! Hört!« riefen einige Passagiere.

Sie hätten alle eine anstrengende Zeit hinter sich, so fuhr der Konsul fort, und einige könnten denken, man schulde es dem Andenken des Verstorbenen, den Kostümball auf den Neujahrsabend zu verschieben. Dies sei jedoch nicht seine Ansicht, wie er offen sage, und er sei überzeugt, Mr. Gallagher selbst hätte dies nicht gewünscht. Natürlich müsse die Mehrheit hierüber entscheiden. Dann stand der Arzt auf und dankte dem Konsul und den anderen Anwesenden für die freundlichen Worte. Es sei wirklich eine sehr anstrengende Zeit gewesen. Der Kapitän habe ihn zu der Mitteilung ermächtigt, er, der Kapitän, wünsche ausdrücklich, daß alle Festlichkeiten zu Weihnachten stattfänden, als sei nichts geschehen. Er, der Arzt, sage ihnen im Vertrauen, der Kapitän habe das Gefühl, die Passagiere seien in einer ziemlich deprimierten Stimmung, und glaube, es würde ihnen allen guttun, wenn sie sich an Weihnachten ein paar vergnügte Stunden machten. Dann erhob sich die Frau des Missionars und sagte, man müsse nicht nur an sich selbst denken; das Festkomitee habe eine Weihnachtsbescherung für die Kinder vorbereitet, die unmittelbar nach dem Essen stattfinden sollte, und die Kinder freuten sich schon darauf, alle in Kostümen zu sehen. Es wäre doch zu arg, sie zu enttäuschen. Sie nehme es mit jedem an Achtung für den Toten auf und verstehe jeden, der in zu trüber Stimmung sei, um gerade jetzt an Tanz zu denken. Auch ihr eigenes Herz sei sehr bedrückt, aber sie habe das Gefühl, es sei doch zu selbstsüchtig, einer Stimmung nachzugeben, durch die anderen nicht geholfen werden könne. Man sollte in erster Linie an die Kleinen denken. Dies machte einen großen Eindruck auf die Passagiere. Sie wollten das Schreckliche vergessen, das viele Tage wie eine dunkle

Wolke über dem Schiff gehangen hatte; sie waren am Leben und wollten etwas davon haben, aber sie hatten noch das unbehagliche Gefühl, einen gewissen Kummer zeigen zu müssen. Es war etwas ganz anderes, wenn sie ihren Wünschen aus altruistischen Beweggründen nachgeben konnten. Als der Konsul sie aufforderte, durch Handaufheben ihre Zustimmung zu erklären, streckten alle außer Mrs. Hamlyn und einer rheumatischen Dame eifrig den Arm hoch.

»Mit überwältigender Mehrheit angenommen«, stellte der Konsul fest. »Ich möchte der Versammlung zu ihrer sehr vernünftigen Entscheidung gratulieren.«

Man wollte schon aufbrechen, als ein Pflanzer aufstand und sagte, er wolle einen Vorschlag machen. Würden nicht alle unter den obwaltenden Umständen dafür sein, die Passagiere der zweiten Klasse zu dem Ball einzuladen? Sie seien ja auch alle heute morgen zu der Totenfeier gekommen. Der Missionar sprang auf und unterstützte den Antrag. Die Ereignisse der letzten Tage hätten sie alle zusammengeführt, so sagte er, und im Angesicht des Todes seien alle Menschen gleich. Auch der Konsul hielt wieder eine Ansprache. Diese Sache sei schon einmal bei einer früheren Zusammenkunft erörtert worden. Man sei damals zu dem Schluß gekommen, die Passagiere der zweiten Klasse würden sich wohler fühlen, wenn sie eine eigene Veranstaltung durchführten, aber die Dinge änderten sich mit den Umständen, und er sei jetzt durchaus der Meinung, der frühere Beschluß sollte rückgängig gemacht werden.

»Hört! Hört!« riefen wieder einige Passagiere.

Eine Welle demokratischer Gesinnung rauschte über sie hinweg, und der Antrag wurde durch Zuruf angenommen. Erleichtert trennten sich die Passagiere. Sie hatten alle das Gefühl, ein gutes Werk getan zu haben. Im Rauchsalon spendierten sich die Männer gegenseitig Getränke.

Und so zog auch Mrs. Hamlyn am nächsten Abend ihr Kostüm an. Sie war zwar nicht für die bevorstehende Festlichkeit aufgelegt und hatte schon daran gedacht, sich wegen Krankheit zu entschuldigen, aber das würde ihr, wie sie wußte, niemand glauben, und sie fürchtete, als überspannt angesehen zu werden. Sie ging als Carmen und konnte nicht der Eitelkeit widerstehen, sich so hübsch wie möglich zu machen. Sie schwärzte ihre Wimpern und legte Rouge auf ihre Wangen. Das Kostüm stand ihr gut. Als das Hornsignal ertönte und sie in den Salon kam, wurde sie mit schmeichelhafter Überraschung empfangen. Der Konsul, immer ein großer Spaßmacher, war als Ballettmädchen verkleidet und wurde mit Lachstürmen begrüßt. Der Missionar und seine Frau, ein wenig schüchtern, aber sonst mit sich zufrieden, wirkten großartig als Mandschus. Mrs. Linsell zeigte als Kolumbine soviel wie möglich von ihren schönen Beinen. Ihr Mann war ein Araberscheich und der Arzt ein malaiischer Sultan.

Man hatte eine Sammlung veranstaltet, um Champagner für das Festessen zu besorgen, und daher verlief die Mahlzeit in ausgelassener Stimmung. Die Dampfschiffahrtsgesellschaft hatte Knallbonbons gestiftet, in denen Papierhüte verschiedenster Formen verborgen waren, und diese setzten sich nun die Passagiere auf. Sie warfen auch mit Papierschlangen und stießen unter Schreien und Lachen kleine Ballons durch die Luft. Sie amüsierten sich ganz vortrefflich. Nach dem Essen gingen sie in den Salon, in dem bereits die Kerzen am Christbaum brannten. Die Kinder wurden hereingeführt und stürzten sich mit fröhlichem Kreischen auf die Geschenke. Dann begann der Tanz. Die Passagiere der zweiten Klasse umstanden scheu die dafür auf dem Deck reservierte Fläche und tanzten gelegentlich miteinander.

»Ich freue mich, daß wir sie eingeladen haben«, sagte der Konsul zu Mrs. Hamlyn. »Ich bin für demokratische Gleichheit und muß feststellen, sie benehmen sich sehr vernünftig, weil sie sich ganz für sich halten.«

Mrs. Hamlyn bemerkte, daß Pryce nicht da war, und fragte einen der Passagiere zweiter Klasse, wo er stecke.

»Er will nichts mehr sehen und hören«, war die Antwort. »Wir haben ihn am Nachmittag zu Bett gebracht und ihn in seiner Kabine eingeschlossen.«

Der Konsul holte Mrs. Hamlyn noch einmal zum Tanz und machte viele Späße. Plötzlich fühlte sie, daß sie das alles nicht mehr ertragen konnte, den Lärm und die von Dilettanten gespielte Musik, die Witze des Konsuls und die Ausgelassenheit der Tanzenden. Sie wußte nicht weshalb, aber die Fröhlichkeit dieser Leute, die auf dem Schiff durch die Nacht und über das leere Meer fuhren, erfüllte sie plötzlich mit Entsetzen. Als der Konsul sie frei gab, entzog sie sich dem Trubel und stieg die

Treppe zum Bootsdeck hinauf. Hier war alles dunkel. Sie ging langsam zu einer Stelle, wo sie, wie sie wußte, nicht gestört werden konnte. Da hörte sie ein leises Lachen und entdeckte in einer verborgenen Ecke eine Kolumbine und einen malaiischen Sultan. Mrs. Linsell und der Arzt hatten den Flirt, den der Tod Gallaghers unterbrochen hatte, bereits wiederaufgenommen.

Schon hatten alle mit einer gewissen Wut den Gedanken an den armen einsamen Mann, der auf so sonderbare Weise in ihrer Mitte gestorben war, aus ihrem Geist verbannt. Sie fühlten kein Mitleid mit ihm, sondern waren ungehalten, weil er sie in ihrer Ruhe gestört hatte. Gierig griffen sie wieder nach dem Leben. Sie machten Witze, sie flirteten, sie unterhielten sich über den lieben Nächsten. Mrs. Hamlyn dachte an die Worte des Konsuls, der gesagt hatte, daß sich unter Mr. Gallaghers Papieren kein Brief gefunden hatte, nicht der Name eines einzigen Freundes, dem man von seinem Tode Mitteilung machen konnte, und dies erschien ihr, sie wußte selbst nicht warum, von erschütternder Tragik. Es war etwas Geheimnisvolles an einem Mann, der in solcher Einsamkeit durchs Leben gehen konnte. Wenn sie daran dachte, wie er erst vor kurzer Zeit so gesund und lebensvoll in Singapur an Bord gekommen war und welche großartigen Pläne er für die Zukunft gehegt hatte, wurde ihr elend zumute. Die Worte des Trauergottesdienstes erfüllten sie mit ehrfürchtiger Scheu: *»Der Mensch, vom Weibe geboren, hat nur kurze Zeit zu leben und ist voll Elend. Er entsteht und wird niedergemäht wie eine Blume ...«*

Jahraus, jahrein hatte Gallagher seine Pläne für die Zukunft geschmiedet. Er hatte so gern gelebt und hätte so sorglos leben können, und gerade als er seine Hand ausstreckte – oh, es war jammervoll! Alle anderen Sorgen der Welt erschienen ihr dadurch nichtig. Der Tod mit seinem Geheimnis war die einzige Tatsache von wirklicher Bedeutung. Mrs. Hamlyn lehnte sich an die Reling und blickte zum Himmel mit seinen Sternen auf. Warum machten sich die Menschen so unglücklich? Ja, der Tod war immer schrecklich, und man mußte weinen um jene, die man geliebt hatte. Aber im übrigen – lohnte es sich, elend, eitel und unbarmherzig zu sein, Bosheit im Herzen zu tragen? Sie dachte wieder an ihren Mann und an die Frau, die er auf so unerklärliche Weise liebte. Auch er hatte gesagt, man habe nur kurze Zeit, um glücklich zu sein – und die Zeit des Todes sei so ewig. Sie dachte lange und angestrengt nach, und plötzlich, so wie sommerliches Wetterleuchten die dunkle Nacht erhellt, machte sie eine Entdeckung, die sie überraschte und erstaunte: sie fühlte, daß in ihrem Herzen kein Zorn auf ihren Mann und keine Eifersucht auf ihre Nebenbuhlerin mehr waren. Eine Erkenntnis dämmerte am Horizont ihres Bewußtseins und füllte wie Morgensonne ihre Seele mit zarter wonniger Glut. Aus dem tragischen Tode dieses unbekannten Iren schöpfte sie in einer erhabenen Stimmung den Mut zu einem großen Entschluß. Ihr Herz schlug schnell. Sie konnte es kaum abwarten, ihn sofort in die Tat umzusetzen. Es drängte sie, sich selbst aufzuopfern.

Die Musik hatte aufgehört. Der Ball war vorüber. Die meisten Passagiere waren wohl schon schlafen gegangen, und der Rest würde noch im Rauchsalon sein. Sie begegnete keinem Menschen, als sie zu ihrer Kabine ging. Sie nahm ihre Schreibmappe und schrieb einen Brief an ihren Mann.

»Liebster!

Es ist Weihnachten, und ich möchte Dir sagen, wie sehr mein Herz von guten Gedanken für Euch beide erfüllt ist. Ich bin töricht und unvernünftig gewesen. Ich denke jetzt, wir sollten alle, die wir lieben, auf ihre eigene Weise glücklich werden lassen, und unsere Liebe müßte groß genug sein, daß wir dadurch nicht unglücklich werden. Ich möchte Dir sagen, daß ich Dir die Freude, die auf so seltsame Weise in Dein Leben getreten ist, nicht mißgönne. Ich bin nicht mehr eifersüchtig, nicht mehr verletzt und nicht mehr rachsüchtig. Glaube nicht, ich würde unglücklich oder einsam sein. Wenn Du jemals fühlst, daß Du mich brauchst, komm zu mir, und ich will Dich mit fröhlichem Geist, ohne Vorwürfe und ohne Hinterhältigkeit empfangen. Ich bin sehr dankbar für all das Glück und die Zärtlichkeit, die Du mir gegeben hast, und dafür möchte ich Dir eine Zuneigung schenken, die keine Ansprüche an Dich stellt und die, wie ich hoffe, ganz uneigennützig ist. Denke gut von mir und sei glücklich, glücklich, glücklich!«

Sie setzte ihren Namen unter den Brief und steckte ihn in einen Umschlag. Er würde zwar erst in Port Said weiterbefördert werden, aber sie wollte ihn sofort in den Briefkasten werfen. Als sie das getan hatte, zog sie sich langsam aus und warf dabei einen Blick in den Spiegel. Ihre Augen leuchteten, und unter dem künstlichen Licht glühten ihre Wangen in einem natürlichen Rot. Die Zukunft war nicht mehr trostlos, sondern hell von einer uneigennützigen Hoffnung. Sie schlüpfte ins Bett und sank sofort in einen tiefen und traumlosen Schlaf.

Episode

Es war eine ganz kleine Gesellschaft, da unsere Gastgeberin allgemeine Gespräche bevorzugte: wir waren bei Tisch nie mehr als acht Personen, meistens nur sechs, und nach dem Essen, wenn wir ins Wohnzimmer hinaufgingen, waren die Stühle dort so gestellt, daß sich unmöglich zwei Leute zusammen in eine Ecke drücken und damit die Gemeinschaft aufheben konnten. Ich freute mich, bei der Ankunft zu bemerken, daß ich alle kannte. Zwei nette, gescheite Frauen waren da, außer unserer Gastgeberin, und zwei Herren außer mir. Der eine war mein Freund Ned Preston. Unsere Gastgeberin hatte es sich zur Regel gemacht, niemals Frauen mit ihren Männern einzuladen, weil sie fand, daß sie sich gegenseitig in ihrem Wesen hemmten, und wenn sie nicht gerne getrennt kamen, konnten sie wegbleiben. Da aber das Essen und der Wein bei ihr gut waren und die Gespräche fast immer unterhaltend, so erschienen sie meistens. Manche Leute behaupteten, daß sie die Männer häufiger auffordere als die Frauen, aber sie verteidigte sich damit, daß es wirklich nicht ihre Schuld sei, wenn mehr Männer verheiratet waren als Frauen.

Ned Preston war ein Schotte, eine gutgelaunte, fröhliche Seele, mit einer Begabung, Geschichten zu erzählen. Zuweilen tat er das zu ausführlich, denn er war äußerst beredt, aber mit dramatischer Intensität. Er war ein Junggeselle mit einem kleinen Einkommen, das für seine bescheidenen Bedürfnisse genügte, und das war sein Glück, denn er litt an jener Art von Tuberkulose, die man jahrelang haben kann, ohne daran zu sterben, durch die man aber verhindert wird, seinen Lebensunterhalt zu verdienen. Von Zeit zu Zeit war er so krank, daß er zwei bis drei Wochen das Bett hüten mußte, aber dann erholte er sich wieder und war so vergnügt, munter und gesprächig wie je. Ich bezweifle, daß seine Mittel für ein teures Sanatorium ausreichten, und jedenfalls hatte er nicht das Temperament, sich einem solchen Dasein anzupassen. Er war gesellig. Wenn er sich wohl fühlte, ging er gerne aus, mittags, abends, und er saß gerne bis spät in die Nacht auf, rauchte seine Pfeife und trank eine Menge Whisky. Wäre er bereit gewesen, das Leben eines Invaliden zu führen, so wäre er vielleicht noch jetzt da, aber das lag ihm nicht. Und wer wollte ihn deshalb tadeln? Er starb eines Abends mit fünfundfünfzig Jahren an einem Blutsturz, als er von einer Gesellschaft zurückkehrte, bei der er unstreitig der Mittelpunkt gewesen war.

Er hatte jene fieberhafte Vitalität, wie man sie bei manchen Schwindsüchtigen findet, und er war immer auf der Suche nach einer Beschäftigung, die seinen Tätigkeitsdrang befriedigte. Ich weiß nicht, auf welche Weise er erfuhr, daß es im Gefängnis von Wormwood Scrubs an Besuchern für die Gefangenen fehlte, aber der Gedanke leuchtete ihm ein, und so begab er sich ins Innenministerium und sprach mit dem zuständigen Beamten, um ihm seine Dienste anzubieten. Diese Arbeit war ehrenamtlich, und obwohl eine Reihe von Leuten immer bereit ist, sie zu übernehmen, entweder aus Mitleid oder aus Neugierde, lassen sie meistens in ihrem Eifer bald nach oder finden, daß es zuviel Zeit in Anspruch nimmt; und die Gefangenen, mit deren Problemen, Interessen und Zukunftsplänen sie sich befaßten, fühlen sich im Stich gelassen. Die Beamten im Innenministerium sind daher darauf bedacht, niemanden anzunehmen, der nicht so aussieht, als ob er durchhalten werde, und sie ziehen ausführliche Erkundigungen ein über das Vorleben, den Charakter und die allgemeine Eignung des Bewerbers. Dann wird ihm eine Probezeit bewilligt, in der man ihn diskret beobachtet, und wenn er einen ungünstigen Eindruck macht, dankt man ihm höflich und teilt ihm mit, daß seine Dienste nicht weiter benötigt würden. Aber Ned Preston überzeugte den zähen und klugen Beamten, der sich mit ihm unterhielt, daß er in jeder Weise zuverlässig sei, und von Anfang an kam er gut mit dem Direktor, den Wärtern und den Gefangenen aus. Er war ohne jedes Klassenbewußtsein, so daß die Gefangenen, gleichgültig welche Stellung sie im Leben hatten, sich ihm gegenüber ungehemmt fühlten. Er predigte nicht und moralisierte nicht. Er selbst hatte nie im Leben eine verbrecherische oder auch nur gemeine Tat begangen, aber er behandelte die Verbrechen der Gefangenen, mit denen er sich befaßte, als wären es Krankheiten wie seine eigene Tuberkulose, die ein unvermeidliches Übel war, mit dem man sich abfinden mußte, über das zu reden aber sinnlos war.

Wormwood Scrubs ist ein Gefängnis für solche, die zum erstenmal mit dem Gesetz in Konflikt geraten waren, und das

Gebäude macht einen finsteren, kalten und abweisenden Eindruck. Ned führte mich einmal dort herum, und ich bekam eine Gänsehaut, als die Tore für uns aufgeschlossen wurden und wir eintraten. Wir gingen durch die Räume, in denen die Männer arbeiteten.

»Wenn du irgendwelche Freunde entdecken solltest, so beachte sie nicht«, sagte Ned zu mir. »Sie haben es nicht gern.«

»Ist es wahrscheinlich, daß ich hier Freunde antreffen werde?« fragte ich trocken.

»Das kann man nie wissen. Ich wäre gar nicht erstaunt, wenn du Freunde gehabt hättest, die einmal zu oft ungedeckte Schecks weitergegeben haben oder in einem der Parks in einer kompromittierenden Situation erwischt wurden. Du wärst sicher erstaunt, wie oft ich Leuten begegnet bin, die ich bei Einladungen getroffen hatte.«

Eine von Neds Aufgaben bestand darin, Gefangenen über die ersten schweren Tage ihrer Haft hinwegzuhelfen. Sie waren oft sehr erschüttert von dem Gerichtsverfahren und dem Urteil, und wenn sie dann nach den vorbereitenden Förmlichkeiten, denen sie bei der Aufnahme im Gefängnis unterzogen wurden: dem Ausziehen, dem Bad, der ärztlichen Untersuchung und Befragung, dem Anlegen der Gefängniskleider, in eine Zelle geführt und eingeschlossen wurden, brachen sie leicht zusammen. Manchmal weinten sie haltlos, manchmal konnten sie weder essen noch schlafen. Neds Aufgabe war es dann, sie aufzumuntern, und seine frische Art, seine natürliche Güte bewirkten oft Wunder. Wenn sie sich ihrer Frauen und Kinder wegen Sorgen machten, ging er hin und besuchte sie, und wenn sie darbten, gab er ihnen Geld. Er brachte ihnen Nachrichten, damit sie das schreckliche Gefühl verloren, von den gemeinsamen Interessen ihrer Mitmenschen abgeschlossen zu sein. Er las die Sportberichte, um ihnen sagen zu können, welches Pferd ein wichtiges Rennen gewonnen hatte oder ob ein Weltmeister siegreich aus dem Kampf hervorgegangen war. Er gab ihnen auch Ratschläge für die Zukunft; wenn die Zeit ihrer Entlassung herannahte, überlegte er, für welche Arbeit sie geeignet wären, und überredete dann Arbeitgeber, ihnen eine Gelegenheit zum Wiedergutmachen zu bieten.

Da sich jedermann für Verbrechen interessiert, war es in Neds Gesellschaft unvermeidlich, daß früher oder später das

Gespräch darauf kam. Es war nach dem Essen, und wir saßen behaglich im Wohnzimmer, die gefüllten Gläser in den Händen.

»Hast du in letzter Zeit interessante Fälle in Scrubs gehabt, Ned?« fragte ich ihn.

»Nein, nichts Besonderes.«

Er hatte eine hohe, krächzende Stimme, und sein Lachen klang wie ein rauhes Gackern. Er stimmte es jetzt an.

»Heute habe ich ein altes Mädchen besucht, und das war ein Mordsspaß. Ihr Mann ist Einbrecher. Die Polizei weiß seit Jahren über ihn Bescheid, aber sie konnten ihn nie erwischen, bis jetzt. Bevor er eine Sache drehte, verabredeten er und seine Frau ein Alibi, und obwohl er drei- oder viermal verhaftet und vor Gericht gebracht wurde, gelang es nie, das Alibi zu entkräften, und er wurde immer freigelassen. Nun, vor kurzem wurde er wieder verhaftet, aber das berührte ihn nicht weiter; das Alibi, das er und seine Frau sich ausgedacht hatten, war einwandfrei, und er war sicher, wie bisher wieder entlassen zu werden. Seine Frau ging in den Zeugenstand, und zu seinem maßlosen Erstaunen unterstützte sie das Alibi nicht; so wurde er verurteilt. Ich besuchte ihn. Er war nicht so sehr bestürzt, im Gefängnis zu sitzen, als befremdet darüber, daß seine Frau nicht für ihn ausgesagt hatte, und er bat mich, sie aufzusuchen und zu fragen, was ihr eigentlich eingefallen sei. Nun, ich ging zu ihr, und wissen Sie, was sie mir erklärte? Sie sagte: ›Ja, Sir, das war so: es war ein so wunderbares Alibi, daß ich es nicht übers Herz brachte, es zu verschwenden.‹«

Natürlich lachten wir alle. Der Geschichtenerzähler schätzt ein dankbares Publikum, und Ned Preston war nie abgeneigt, das Wort zu haben. Er erzählte noch zwei oder drei weitere Anekdoten. Sie waren alle dazu angetan, eine Lieblingsbehauptung von ihm zu beweisen: daß nämlich in den Kreisen, die, bevor wir alle demokratisch wurden, die ›unteren‹ genannt wurden, mehr Leidenschaft, mehr Romantik und Mißachtung der Folgen vorhanden sei, als jemals in der wohlhabenden und vermutlich gebildeten Klasse angetroffen werden könne; Vorsicht habe diese oberen Kreise ängstlich gemacht, und die Konvention hemme sie.

»Weil der Arbeiter nicht viel liest«, sagte er, »weil er keine besondere Ausdrucksfähigkeit hat, wird angenommen, daß er keine Einbildungskraft besitzt. Das ist falsch. Er besitzt sie sogar in außergewöhnlichem Maße. Weil er ein großer, rauher Bursche ist, meint man, er habe keine Nerven. Auch das trifft nicht zu. Er ist ein Nervenbündel.«

Dann erzählte er uns eine Geschichte, die ich so gut wie möglich mit eigenen Worten wiedergeben will.

Fred Manson war ein gutaussehender junger Mann, groß, gut gebaut, mit blauen Augen, wohlgebildeten Zügen und einem freundlichen, angenehmen Lächeln; was ihn aber auffallend machte, so daß die Leute auf der Straße sich nach ihm umdrehten und ihn anstarrten, war sein dicker Haarschopf, stark gewellt und von tiefroter, leuchtender Farbe – tatsächlich ausgesprochen schön. Vielleicht verlieh ihm dies ein so sinnliches Aussehen. Seine Männlichkeit wirkte wie ein starkes Parfum. Seine Augenbrauen waren dicht, nur etwas heller als das Haar, und er hatte das Glück, nicht die häßliche Haut zu haben, die Rothaarige so oft entstellt. Seine Haut war glatt und olivenfarbig. Er hatte einen kecken Blick, und wenn er lächelte oder lachte, was er bei seiner gesunden, jugendlichen Vitalität ständig tat, war sein Ausdruck äußerst gewinnend. Er war zweiundzwanzig und erweckte den angenehmen Eindruck, einfach deshalb glücklich zu sein, weil er lebte. Es war unvermeidlich, daß er mit diesem Aussehen und vor allem mit dieser beunruhigenden Sinnlichkeit bei den Frauen Erfolg hatte. Er war anziehend, zärtlich und leidenschaftlich, aber außerordentlich unstet. Er war nicht gerade gefühllos oder unverschämt; von Natur war er gutmütig, aber irgendwie machte er es den Objekten seiner flüchtigen Zuneigung immer ganz klar, daß er nichts weiter wollte als ein wenig Spaß, und daß es ihm unmöglich sei, jemandem treu zu bleiben.

Fred war Briefträger. Er arbeitete in Brixton. Dies ist ein dichtbesiedelter Londoner Stadtteil, der den merkwürdigen Ruf genießt, mehr Verbrecher zu beherbergen als irgendein anderer Vorort, weil Tramwagen die ganze Nacht hindurch von der anderen Seite des Flusses herüberkommen, und wenn ein Mann im Westend einen Einbruch verübt hat, kann er sicher sein, ohne Schwierigkeit nach Hause zu gelangen. Fred tat seine Arbeit gern. Brixton ist ein Viertel mit unzähligen Straßen, von kleinen Häusern eingesäumt, in denen die Leute wohnen, die in der Nachbarschaft beschäftigt sind, aber auch Angestellte, Ladengehilfen, Facharbeiter der einen oder anderen

Art, die jeden Tag zu ihrer Arbeit über den Fluß hinübermüssen. Er war stark und gesund, und es machte ihm Vergnügen, von Straße zu Straße zu gehen und die Briefe abzuliefern. Manchmal war ein Paket abzugeben oder ein eingeschriebener Brief, der bescheinigt werden mußte, und dabei hatte er Gelegenheit, Leute zu sehen. Er war ein geselliger Bursche. Es dauerte nie lange, bis er auf jeder ihm angewiesenen Runde wohlbekannt war. Nach einiger Zeit erhielt er eine andere Arbeit. Jetzt mußte er zu den roten Briefkästen gehen, sie leeren und den Inhalt zum Hauptpostamt des jeweiligen Distriktes bringen. Zuweilen war sein Sack am Ende seiner Tour recht schwer, aber er war stolz auf seine Kraft und lachte nur über das Gewicht.

Eines Tages leerte er einen Briefkasten in einer der besseren Straßen, einer Straße mit freistehenden Doppelhäusern, und er hatte seinen Sack gerade geschlossen, als ein junges Mädchen gelaufen kam.

»Briefträger«, rief sie, »nehmen Sie doch bitte diesen Brief mit. Ich möchte unbedingt, daß er mit dieser Post fortgeht.«

Er schaute sie mit seinem gutmütigen Lächeln an.

»Ich bin immer bereit, einer Dame gefällig zu sein«, sagte er, indem er seinen Sack absetzte und ihn öffnete.

»Ich würde Ihnen keine Mühe damit machen, aber es ist dringend«, sagte sie, während sie ihm den Brief gab, den sie in der Hand hielt.

»An wen geht er – an Ihren Schatz?« fragte er grinsend.

»Das geht Sie nichts an.«

»Schon gut, nur nicht so stolz. Ich will Ihnen nur eines sagen: er taugt nichts. Trauen Sie ihm nicht.«

»Sie sind frech.«

»Das sagt man mir immer.«

Er nahm die Kappe ab und fuhr sich mit der Hand durch den lockigen roten Haarschopf. Dieser Anblick verschlug ihr fast den Atem.

»Wo lassen Sie sich Ihre Dauerwellen machen?« fragte sie kichernd.

»Das will ich Ihnen gelegentlich zeigen, wenn Sie wollen.«

Er blickte mit belustigten Augen auf sie hinunter, und es war etwas an ihm, das ihr in der Magengrube ein sonderbares Gefühl verursachte.

»Na, ich muß mich auf den Weg machen«, sagte er. »Wenn ich die Arbeit nicht schleunigst erledige, weiß ich nicht, was dem Land passieren wird.«

»Ich halte Sie nicht auf«, sagte sie kühl.

»Da irren Sie sich«, erwiderte er.

Er warf ihr einen Blick zu, der ihr Herz rasend klopfen ließ, und sie fühlte, wie sie über und über errötete. Sie drehte sich um und lief in ein Haus zurück. Fred merkte sich, daß es vier Türen von dem Briefkasten entfernt war. Er mußte daran vorbeigehen, und dabei blickte er in die Höhe. Er sah, daß die Tüllgardinen sich bewegten, und wußte, daß sie ihm nachschaute. Er war mit sich zufrieden. Während der folgenden Tage betrachtete er das Haus jedesmal, wenn er daran vorbeikam, aber er konnte von dem Mädchen keine Spur entdecken. Eines Nachmittags begegnete er ihr zufällig, als er gerade in die Straße einbog, in der sie wohnte.

»Hallo«, sagte er und blieb stehen.

»Hallo.«

Sie wurde brennend rot.

»Ich habe Sie in letzter Zeit nie mehr gesehen.«

»Da haben Sie nicht viel versäumt.«

»Das meinen Sie nur.«

Sie war hübscher, als er sie in Erinnerung hatte, mit dunklen Haaren, dunklen Augen, ziemlich groß, schlank, mit guter Figur, einer blassen Haut und sehr weißen Zähnen.

»Wie wäre es, wenn Sie an einem Abend mit mir ins Kino gingen?«

»Sie setzen allerhand voraus, nicht wahr?«

»Es lohnt sich«, sagte er mit seinem frechen, reizenden Lächeln.

Sie mußte unwillkürlich lachen.

»Aber nicht bei mir, gar nicht.«

»Ach, hören Sie! Man ist nur einmal jung.«

Er hatte etwas so Anziehendes an sich, daß sie es nicht über sich brachte, ihm eine schnippische Antwort zu geben.

»Ich könnte gar nicht. Meine Leute hätten es nicht gern, wenn ich mit jemand ausginge, den ich nicht kenne. Sehen Sie, sie haben nur mich, und sie halten große Stücke auf mich. Ja, und ich kenne nicht einmal Ihren Namen.«

»Nun, den kann ich Ihnen doch nennen, nicht wahr? Fred.

Fred Manson. Können Sie nicht sagen, daß Sie mit einer Freundin ins Kino gehen?«

Sie hatte noch nie ein solches Gefühl gehabt wie in diesem Augenblick. Sie wußte nicht, ob es Schmerz oder Freude war. Sie war merkwürdig atemlos.

»Vielleicht könnte ich das tun.«

Sie setzten den Abend, die Stunde und den Treffpunkt fest. Fred wartete auf sie, und sie gingen ins Kino, aber als der Film begann und er wortlos den Arm um sie legte, schob sie ihn, die Augen auf die Leinwand gerichtet, ruhig weg. Er ergriff ihre Hand, aber sie entzog sie ihm. Er war überrascht. So benahmen sich die Mädchen im allgemeinen nicht. Er wußte nicht, warum man ins Kino ging, wenn es nicht einer zärtlichen Annäherung wegen war. Er begleitete sie nach der Vorstellung nach Hause. Sie nannte ihm ihren Namen. Gracie Carter. Ihr Vater hatte einen eigenen Laden in der Brixton Road, er war ein Textilwarenhändler und hatte vier Angestellte.

»Da muß es ihm gutgehen«, sagte Fred.

»Er beklagt sich nicht.«

Gracie war Studentin an der Londoner Universität. Nach dem Examen wollte sie Lehrerin werden.

»Warum machen Sie denn das, wenn ein gutes Geschäft auf Sie wartet?«

»Pa will nicht, daß ich irgend etwas mit dem Geschäft zu tun habe – nicht nach der Erziehung, die er mir hat angedeihen lassen. Er will, daß ich etwas Besseres werden soll, wissen Sie.«

Ihr Vater hatte als Laufjunge angefangen, dann war er Gehilfe in einem Textilgeschäft geworden, und da er sehr arbeitsam, ehrlich und intelligent war, besaß er jetzt selber ein blühendes Geschäft. Der Erfolg hatte in ihm große Pläne für sein einziges Kind erweckt. Er wollte nicht, das sie irgend etwas mit Handel zu tun haben sollte. Er hoffte, daß sie vielleicht einen Mann mit freiem Beruf heiraten würde, oder wenigstens jemanden in der City. Dann würde er den Laden verkaufen und sich zurückziehen, und Gracie wäre eine richtige Dame.

Als sie die Ecke der Straße erreichten, gab Gracie ihm die Hand.

»Sie kommen besser nicht an die Tür«, sagte sie.

»Wollen Sie mir keinen Gutenachtkuß geben?«

»Nein.«

»Warum?«

»Weil ich nicht mag.«

»Sie kommen aber wieder mit ins Kino, nicht wahr?«

»Ich glaube, lieber nicht.«

»Ach, bitte!«

Es lag ein so warmes Drängen in seiner Stimme, daß ihre Knie zu wanken schienen.

»Werden Sie sich anständig benehmen, wenn ich komme?« Er nickte. »Versprechen Sie es?«

»Bei Ehr und Seligkeit!«

Er kratzte sich den Kopf, nachdem er sie verlassen hatte. Sonderbares Mädchen. Er hatte noch keine getroffen, die so war. Überlegen, zweifellos. Es lag etwas Lockendes in ihrer Stimme, warm und weich. Er suchte zu ergründen, wie sie eigentlich klang. Gerade so, als ob die Worte ein Kuß wären. Lächerlich, sich so auszudrücken – aber genauso klang sie.

Von da an gingen sie jede Woche ein- oder zweimal zusammen ins Kino. Nach einiger Zeit gestattete sie, daß er den Arm um sie legte und ihre Hand hielt, aber mehr erlaubte sie ihm nie.

»Bist du schon von einem Mann geküßt worden?« fragte er einmal.

»Nein, nie«, sagte sie schlicht. »Meine Mama ist komisch, sie sagt, man müsse sich die Achtung eines Mannes erhalten.«

»Ich gäbe alles in der Welt darum, dich einmal küssen zu dürfen, Gracie.«

»Sei nicht dumm.«

»Willst du es mir nicht ein einziges Mal erlauben?« Sie schüttelte den Kopf. »Warum nicht?«

»Weil ich dich zu gern habe«, sagte sie in heiserem Ton und lief rasch von ihm fort.

Das gab ihm einen ordentlichen Stich. Er begehrte sie, wie er noch keine Frau begehrt hatte. Ihre Erklärung gab ihm den Rest. Er hatte viel an sie gedacht, und er freute sich auf die Abende, die sie zusammen verbrachten, wie er sich noch nie im Leben auf etwas gefreut hatte. Zum erstenmal verließ ihn seine Selbstsicherheit. Sie war ihm in jeder Weise überlegen: ihr Vater, der Geld scheffelte, und ihre Erziehung und so weiter, und er war nur ein Briefträger. Sie hatten sich auf den folgenden Freitag verabredet, und er war in einer fieberhaften Aufregung, daß sie nicht kommen würde. Er wiederholte sich immer wieder, was sie gesagt hatte: vielleicht bedeutete es, daß sie beschlossen hatte, ihn fallenzulassen. Als er sie endlich die Straße entlangkommen sah, schluchzte er beinahe vor Erleichterung. An diesem Abend legte er weder den Arm um sie, noch ergriff er ihre Hand, und als er sie heimbrachte, sprach er kein Wort.

»Du bist heute abend sehr still, Fred«, sagte sie schließlich. »Was ist mit dir los?«

Er ging ein paar Schritte weiter, ehe er antwortete.

»Ich mag es dir nicht sagen.«

Sie blieb plötzlich stehen und blickte zu ihm auf. Entsetzen lag auf ihrem Gesicht.

»Sag es mir, was es auch sein mag«, bat sie zitternd.

»Ich bin ganz durcheinander, ich weiß mir nicht zu helfen. Ich bin so in dich verschossen, daß ich nicht mehr klarsehen kann. Ich wußte nicht, was das ist, so zu lieben, wie ich dich liebe.«

»Ach, ist das alles? Du hast mir einen solchen Schrecken eingejagt. Ich dachte, du würdest mir sagen, daß du heiraten willst.«

»Ich? Für wen hältst du mich? Dich möchte ich heiraten.«

»Nun, was hindert dich daran, du Dummer?«

»Gracie! Ist das dein Ernst?«

Er schlang die Arme um sie und küßte sie mitten auf den Mund. Sie widerstrebte nicht. Sie erwiderte seinen Kuß, und er fühlte, daß ihre Leidenschaft ebenso heftig war wie seine eigene.

Sie besprachen, daß Gracie ihren Eltern sagen solle, sie sei mit ihm verlobt und er werde am Sonntag kommen, um ihnen vorgestellt zu werden. Da der Laden am Samstag spät geschlossen wurde und Mr. Carter nach seiner Heimkehr übermüdet war, brachte Gracie ihre Neuigkeit erst nach dem Essen am Sonntag vor. George Carter war ein temperamentvoller, nicht sehr großer Mann, stämmig und von roter Gesichtsfarbe, und mit dem wachsenden Wohlstand hatte sein Gewicht zugenommen. Er hatte eine beträchtliche Glatze und eine graue Schnurrbartborste. Wie mancher andere Arbeitgeber, der unten angefangen hatte, war er ein Sklaventreiber und holte aus seinen Angestellten das Höchstmaß an Leistung für so wenig Zahlung wie möglich heraus. Er hatte seine Augen überall und duldete keinerlei Unfug, aber er war vernünftig und sogar wohlwollend, so daß er bei ihnen nicht unbeliebt war. Mrs. Carter war eine ruhige, nette Frau, mit angenehmem Gesicht und Spuren früheren guten Aussehens. Sie waren beide Anfang Fünfzig, da sie spät geheiratet hatten, nachdem sie zehn Jahre lang miteinander ›gegangen‹ waren.

Sie waren sehr erstaunt, als Gracie ihnen das erzählte, was sie ihnen sagen mußte, aber nicht unangenehm berührt.

»Du bist eine Hinterhältige«, sagte ihr Vater. »Ja, ich habe keinen Augenblick vermutet, daß du mit jemandem angebunden hast. Nun, früher oder später mußte es ja wohl kommen. Wie heißt er?«

»Fred Manson.«

»Ein Bursche von der Universität?«

»Nein. Ihr müßt ihn schon gesehen haben. Er leert unseren Briefkasten. Er ist bei der Post.«

»Oh, Gracie«, rief Mrs. Carter, »das ist doch nicht dein Ernst. Du kannst keinen gewöhnlichen Briefträger heiraten, nach der ganzen Erziehung, die wir dir gegeben haben.«

Einen Augenblick war Mr. Carter sprachlos. Er wurde noch röter im Gesicht als sonst.

»Deine Mama hat recht, mein Mädchen«, brach er dann aus. »Du kannst dich nicht so wegwerfen. Nein, das ist lächerlich.«

»Ich werfe mich nicht weg. Wartet, bis ihr ihn seht.«

Mrs. Carter begann zu weinen.

»So ein Abstieg! So eine Demütigung! Ich werde den Kopf nie mehr hochhalten können.«

»Ach, Mama, rede doch nicht so. Er ist ein netter Mensch und hat eine gute Stellung.«

»Du verstehst das nicht«, stöhnte sie.

»Wie hast du ihn kennengelernt?« unterbrach sie Mr. Carter. »Aus was für einer Familie kommt er?«

»Sein Vater fährt einen Postwagen«, antwortete Gracie herausfordernd.

»Eine Arbeiterfamilie.«

»Ja, was ist dabei? Sein Vater hat vierundzwanzig Jahre bei der Post gearbeitet, und sie halten große Stücke auf ihn.«

Mrs. Carter nagte an ihrem Taschentuchzipfel.

»Gracie, ich will dir etwas sagen. Bevor dein Vater und

ich heirateten, war ich Hausangestellte. Er wollte nicht, daß ich es dir jemals sagen sollte, weil er nicht haben wollte, daß du dich meiner schämen würdest. Darum waren wir alle die Jahre verlobt. Die Dame, bei der ich war, sagte, daß sie mir testamentarisch etwas vermachen wollte, wenn ich bis zu ihrem Tod bei ihr bliebe.«

»Mit diesem Geld konnte ich geschäftlich etwas anfangen«, fiel Mr. Carter ein. »Hätte ich es nicht bekommen, wäre ich nicht da, wo ich heute bin. Und ich muß dir schon sagen, daß deine Mutter die beste Frau ist, die ein Mann je hatte.«

»Ich habe nie eine richtige Erziehung gehabt«, fuhr Mrs. Carter fort, »aber ich war immer ehrgeizig. Der stolzeste Augenblick in meinem Leben war der, als dein Vater mir sagte, daß wir uns ein Dienstmädchen leisten könnten, und da sagte er: ›Die Zeit wird kommen, wenn du eine Köchin *und* ein Hausmädchen haben wirst‹, und er hat Wort gehalten, und jetzt gehst du dorthin zurück, von wo ich komme. Ich hatte es mir in den Kopf gesetzt, daß du einen Gentleman heiraten würdest.«

Sie weinte von neuem. Gracie liebte ihre Eltern und konnte es schwer ertragen, sie so betrübt zu sehen.

»Es tut mir leid, Mama, ich wußte, daß es für euch eine Enttäuschung sein würde, aber ich kann es nicht ändern, wirklich nicht. Ich liebe ihn so, ich liebe ihn ganz schrecklich. Ich bin sicher, daß er euch gefallen wird, wenn ihr ihn seht. Wir machen heute nachmittag einen Spaziergang zusammen. Kann ich ihn nicht zum Abendessen mitbringen?«

Mrs. Carter warf ihrem Mann einen gequälten Blick zu. Er seufzte.

»Es gefällt mir nicht, und es hat keinen Sinn, so zu tun, aber es ist wohl besser, wenn wir ihn uns anschauen.«

Das Abendessen verlief besser als erwartet. Fred war nicht schüchtern, und er redete so mit Gracies Eltern, als hätte er sie sein Leben lang gekannt. Wenn es etwas Neues für ihn war, von einem Mädchen bedient zu werden, in einem Eßzimmer mit Mahagonimöbeln zu Abend zu essen und nachher in einem Salon mit einem Flügel zu sitzen, so ließ er sich keine Verlegenheit anmerken. Als er gegangen war und sie in ihrem Schlafzimmer allein waren, sprachen Mr. und Mrs. Carter über ihn.

»Er ist hübsch, das muß man zugeben«, sagte sie.
»Darauf kommt es nicht an. Glaubst du, daß er hinter ihrem Geld her ist?«
»Nun, er wird wohl wissen, daß du ein ganz hübsches Schäfchen im trockenen hast, aber er ist schon richtig in sie verliebt.«
»So, woran merkst du das?«
»Ach, man braucht nur zu sehen, wie er sie anschaut.«
»Nun, das ist immerhin schon etwas.«
Schließlich gaben die Carters ihren Widerstand auf, unter der Bedingung, daß die jungen Leute nicht heiraten sollten, bevor Gracie ihr Examen bestanden hatte. Das würde noch ein Jahr dauern, und sie hatten dabei die heimliche Hoffnung, daß sie bis dahin anderen Sinnes werden könnte. Von da ab sahen sie Fred recht oft. Er verbrachte jeden Sonntag mit ihnen. Nach und nach gefiel er ihnen recht gut. Er war so umgänglich, so heiter und guter Laune, und vor allem so sichtlich bis über die Ohren in Gracie verliebt, daß Mrs. Carter seinem Charme bald erlag, und nach einiger Zeit war sogar Mr. Carter bereit zuzugeben, daß er kein übler Bursche sei. Fred und Gracie waren glücklich. Sie fuhr jeden Tag nach London hinein, um Vorlesungen zu hören, und arbeitete fleißig. Sie verbrachten glückselige Abende zusammen. Er gab ihr einen sehr hübschen Verlobungsring und führte sie häufig zum Abendessen ins Westend und in eine nachfolgende Theatervorstellung. An schönen Sonntagen fuhr er mit ihr aufs Land hinaus, in einem Wagen, den er angeblich von einem Freund geliehen hatte. Als sie ihn fragte, ob er sich alle die Ausgaben auch leisten könne, lachte er und sagte, ein Bekannter habe ihm einen Tip für einen Außenseiter gegeben, und da habe er einen ganz schönen Betrag gewonnen. Sie sprachen endlos über die kleine Wohnung, die sie mieten wollten, wenn sie verheiratet waren, und was für ein Spaß es sein würde, sie einzurichten. Sie waren mehr denn je ineinander verliebt.

Dann kam der Schlag. Fred wurde verhaftet, weil er Geld aus den von ihm eingesammelten Briefen gestohlen hatte. Viele Leute steckten, um keine Postanweisungen ausfüllen zu müssen, Scheine in ihre Briefumschläge, und es war nicht schwierig, dies festzustellen. Fred kam vor Gericht, bekannte sich schuldig und wurde zu zwei Jahren Zwangsarbeit verurteilt. Gracie wohnte der Gerichtsverhandlung bei. Bis zum letzten Augenblick hatte sie gehofft, daß er seine Unschuld beweisen könnte. Es war ein furchtbarer Schock für sie, als er sich schuldig bekannte. Sie durfte ihn nicht sprechen. Er kam gleich von der Anklagebank in den Gefängniswagen. Sie ging nach Hause, schloß sich in ihrem Zimmer ein, warf sich auf das Bett und weinte. Als Mr. Carter aus dem Geschäft heimkam, ging Gracies Mutter in ihr Zimmer hinauf.

»Gracie, du sollst herunterkommen«, sagte sie. »Dein Vater will mit dir sprechen.«

Gracie stand auf und ging hinunter. Sie gab sich nicht die Mühe, die Augen zu trocknen.

»Hast du die Zeitung gelesen?« sagte er und streckte ihr die *Evening News* entgegen.

Sie gab keine Antwort.

»Na, das ist das Ende dieses jungen Mannes«, setzte er barsch hinzu.

Auch Gracies Eltern waren bestürzt gewesen, als Fred verhaftet wurde, aber sie war so unglücklich und dabei so überzeugt, daß sich alles aufklären würde; sie hatten es nicht übers Herz gebracht, ihr zu sagen, daß sie jeden Verkehr mit ihm abbrechen müßte. Aber jetzt schien es ihnen an der Zeit, sich mit ihr auseinanderzusetzen.

»Also daher kam das Geld für alle die Abendessen und Theatervorstellungen. Und für das Auto. Ich fand es schon immer komisch, daß er einen Freund haben sollte, der ihm seinen Wagen am Sonntag überließ. Er hat ihn wohl gemietet, nicht wahr?«

»Wahrscheinlich«, antwortete sie jammervoll. »Ich habe einfach geglaubt, was er mir sagte.«

»Du bist noch gut davongekommen, mein Mädchen, das ist alles, was ich sagen kann.«

»Er hat es nur getan, weil er mir recht viel bieten wollte. Er wollte nicht, daß ich denken sollte, ich könnte bei ihm nicht alles so nett haben, wie ich es zu Hause gewohnt war.«

»Du wirst ihn doch hoffentlich nicht entschuldigen wollen. Er ist ein Dieb, weiter nichts.«

»Es ist mir gleich«, sagte sie mürrisch.

»Es ist dir gleich? Was meinst du damit?«

»Das, was ich sage. Ich werde auf ihn warten, und sobald er herauskommt, werde ich ihn heiraten.«

Mrs. Carter gab einen Laut des Entsetzens von sich.

»Gracie, du kannst doch so etwas nicht tun«, rief sie. »Denke an die Schande. Und was ist mit uns? Wir haben den Kopf immer hochgehalten. Er ist ein Dieb und bleibt ein Dieb.«

»Nennt ihn nicht immer einen Dieb«, schrie Gracie und stampfte vor Zorn mit dem Fuß. »Was er getan hat, das hat er nur getan, weil er mich liebte. Es ist mir gleich, ob er ein Dieb ist. Ich liebe ihn mehr, als ich ihn jemals geliebt habe. Du weißt nicht, was Liebe ist. Du hast zehn Jahre gewartet, bis du Papa geheiratet hast, nur damit eine alte Frau dir Geld hinterlassen konnte. Nennst du das Liebe?«

»Laß deine Mutter aus dem Spiel«, schrie Mr. Carter. Dann kam ihm ein Gedanke, und er sah sie durchdringend an. »*Mußt* du den Kerl heiraten?«

Gracie wurde blutrot.

»Nein. Es war nie etwas dergleichen zwischen uns. Und nicht durch meine Schuld. Er liebte mich zu sehr. Er wollte nichts tun, was er vielleicht nachher bereuen würde.«

Oft, wenn sie an Sommerabenden auf dem Land einander in den Armen lagen, Mund an Mund, war ihr Verlangen so stark wie das seine gewesen. Sie wußte, wie sehr er sie begehrte, und sie war bereit ihm zu geben, was er wünschte. Aber wenn die Spannung übermächtig zu werden drohte, sprang er plötzlich auf und sagte:

»Komm jetzt, wir wollen weitergehen.«

Sie wußte, was er dachte. Er wollte warten, bis sie verheiratet waren. Seine Liebe hatte in ihm eine Feinheit der Empfindung entwickelt, die er früher nie gekannt hatte. Er konnte es selbst nicht verstehen, aber er hatte ein eigenartiges Gefühl ihr gegenüber; er spürte, daß alles verdorben wäre, wenn er sie vor der Ehe besäße. Weil sie ahnte, was in ihm vorging, liebte sie ihn um so mehr.

»Ich weiß nicht, was mit dir los ist«, stöhnte Mrs. Carter. »Du warst immer so ein gutes Kind. Du hast mir nie eine unruhige Stunde bereitet.«

»Sei still, Mutter«, sagte Mr. Carter. »Wir müssen diese Sache ein für allemal in Ordnung bringen. Du mußt diesen Mann aufgeben, hörst du? Ich muß an meine eigene Stellung denken, und wenn du meinst, ich wolle einen Galgenvogel zum Schwiegersohn, so mußt du noch einmal darüber nachdenken. Ich habe jetzt genug von diesem Unsinn. Du mußt mir versprechen, daß du nie mehr etwas mit diesem Burschen zu tun haben wirst.«

»Glaubst du, ich würde ihn jetzt aufgeben? Wie oft soll ich dir noch sagen, daß ich ihn heiraten werde, sobald er entlassen wird?«

»Gut, dann kannst du mein Haus verlassen, und bitte etwas plötzlich. Und dann kannst du draußen bleiben.«

»Vater!« rief Mrs. Carter.

»Halt den Mund.«

»Ich gehe nur zu gern«, sagte Gracie.

»Ach, wirklich? Und wovon denkst du zu leben?«

»Ich kann arbeiten, nicht wahr? Ich kann eine Stellung bei Payne & Perkins haben. Sie werden froh sein.«

»Ach, Gracie, du kannst doch nicht gehen und in einem Laden arbeiten. Du kannst dich doch nicht so erniedrigen«, sagte Mrs. Carter.

»Willst du den Mund halten, Mutter«, brüllte Mr. Carter, jetzt außer sich vor Wut. »Arbeiten willst du? Du, die nie einen Streich getan hat, im ganzen Leben nicht, außer dieser Spielerei an der Hochschule? Eine glänzende Idee war es von deiner Mutter, dir eine solche Erziehung zu geben. Das wird dir viel nützen, wenn du stundenlang auf den Beinen stehen mußt und höflich und liebenswürdig sein mit einem Haufen alter Ekel, die dir nur in jeder Weise Mühe machen wollen, um dir zu zeigen, wie überlegen sie sind. Es wird dir sicher gefallen, wenn die Direktrice dich hinauswirft, weil du nicht strahlend und schlagfertig genug bist. Gut, heirate deinen Galgenvogel. Ich nehme an, du weißt, daß du ihn mit durchbringen mußt. Du bildest dir doch nicht ein, daß ihn jemand anstellen wird, nicht wahr, mit seinem Leumund. Hinaus mit dir, hinaus, hinaus!«

Er hatte sich in einen solchen Zorn hineingesteigert, daß er keuchend auf einen Stuhl sank. Mrs. Carter erschrak und goß ihm ein Glas Wasser ein. Gracie schlüpfte aus dem Zimmer.

Am nächsten Tag, als ihr Vater zur Arbeit gegangen war und ihre Mutter Besorgungen machte, verließ sie das Haus mit den Sachen, die sie in einen Handkoffer packen konnte. Payne &

Perkins war ein großes Warenhaus in der Brixton Road, und mit ihrer guten Erscheinung und ihrem angenehmen Wesen hatte sie keine Schwierigkeit, dort angenommen zu werden. Sie wurde der Abteilung für Damenwäsche zugewiesen. Einige Tage wohnte sie im Christlichen Hospiz, und dann machte sie mit einer Kollegin im Geschäft ab, daß sie zusammen ein Zimmer teilen würden.

Ned Preston sah Fred an dem Abend seiner Einlieferung ins Gefängnis. Er fand ihn erschüttert, aber nur Gracies wegen. Seine Diebereien nahm er auf die leichte Schulter.

»Ich mußte ihr doch etwas bieten, nicht? Ihre Leute fanden, daß ich nicht gut genug für sie sei, darum wollte ich ihnen zeigen, daß ich genauso gut bin wie sie. Wenn wir ins Westend gingen, konnte ich ihr nicht nur ein belegtes Brot und ein Glas Bier in einer Kneipe vorsetzen; sie war doch in ihrem ganzen Leben noch in keiner Kneipe gewesen. Ich *mußte* sie in ein anständiges Restaurant führen. Wenn Leute so töricht sind, Geld in Briefe zu stecken, dann fordern sie so etwas geradezu heraus.«

Aber er hatte Angst. Er war nicht überzeugt, daß Gracie es auf diese Weise betrachten würde.

»Ich muß wissen, was sie vorhat. Wenn sie mir jetzt den Laufpaß gibt – na, dann bedeutet das für mich das Ende von allem, verstehen Sie? Ich werde einen Weg finden, mich beiseite zu schaffen, das schwöre ich bei Gott.«

Er erzählte Ned seine ganze Liebesgeschichte mit Gracie.

»Ich hätte sie so oft haben können, wie ich gewollt hätte. Und ich wollte es schon und sie auch. Das wußte ich. Aber ich respektierte sie, verstehen Sie? Sie ist nicht wie andere Mädchen. Sie ist eine unter tausend, sage ich Ihnen.«

Er redete und redete. Er tobte, er weinte. Aus diesem konfusen Redestrom ging eines klar hervor: eine leidenschaftliche, rasende Liebe. Ned versprach, das Mädchen aufzusuchen.

»Sagen Sie ihr, daß ich sie liebe, sagen Sie ihr, daß ich das nur getan habe, weil ich wollte, daß sie das Beste von allem haben sollte, und sagen Sie ihr, ich könne einfach ohne sie nicht leben.«

Sobald Ned Preston Zeit dazu fand, begab er sich zu dem Carterschen Haus, aber als er nach Gracie fragte, sagte das

Dienstmädchen, sie wohne nicht mehr da. Dann fragte er nach ihrer Mutter.

»Ich will sehen, ob sie zu Hause ist.«

Er gab dem Mädchen seine Karte, in der Annahme, daß der in einer Ecke eingravierte Name seines Klubs Mrs. Carter genügend beeindrucken würde, um sie geneigt zu machen, ihn zu sehen. Das Mädchen ließ ihn an der Türe stehen, bat ihn aber nach einigen Minuten einzutreten. Er wurde in das wenig benützte, steife Wohnzimmer geführt. Mrs. Carter ließ ihn eine Weile warten, und als sie hereinkam, seine Karte zwischen den Fingerspitzen, erriet er, daß sie es für angebracht gehalten hatte, sich umzuziehen. Das Schwarzseidene, das sie anhatte, war augenscheinlich ein Gewand für besondere Gelegenheiten. Er erzählte ihr von seinen Beziehungen zu Wormwood Scrubs und sagte, daß er mit einem Mann namens Fred Manson zu tun habe. Kaum hatte er diesen Namen genannt, nahm Mrs. Carter eine feindselige Haltung an.

»Sprechen Sie mir nicht von diesem Mann!« rief sie. »Ein Dieb ist er. Was für Sorgen hat er uns gemacht! Sie hätten ihm fünf Jahre geben sollen, unbedingt.«

»Ich bedaure, daß er Ihnen Sorgen gemacht hat«, sagte Ned sanft. »Wenn Sie mir ein paar Tatsachen mitteilen wollten, könnte ich vielleicht dazu beitragen, die Sache in Ordnung zu bringen.«

Ned Preston hatte entschieden die richtige Art an sich. Vielleicht machte es Mrs. Carter Eindruck, daß er ein Gentleman war. ›Er hat Klasse‹, sagte sie wohl zu sich selber. Jedenfalls dauerte es nicht lang, bis sie ihm die ganze Geschichte erzählte. Sie regte sich dabei auf und fing an zu weinen.

»Und jetzt ist sie fort und hat uns verlassen. Weggelaufen ist sie. Ich verstehe nicht, wie sie so etwas tun konnte. Weiß Gott, wir lieben sie doch. Sie ist das einzige, was wir haben, und wir haben alles nur Mögliche für sie getan. Ihr Vater hat es nicht ernst damit gemeint, als er ihr sagte, sie solle das Haus verlassen. Sie war nur so störrisch. Da bekam er einen Wutanfall, er war immer ein reizbarer Mann, aber er war genauso bestürzt wie ich, als wir entdeckten, daß sie fort war. Und wissen Sie, was sie dann getan hat? Sie hat sich bei Payne & Perkins eine Stelle verschafft. Mr. Carter kann die Firma nicht leiden. Sie unterbieten immer die Preise. Unlauterer Wettbewerb, nennt er es. Und sich vorzustellen, daß unsere Gracie mit einer Menge Ladenmädchen arbeitet – ach, es ist so demütigend!«

Ned prägte sich den Firmennamen ein. Er war gar nicht so sicher gewesen, von Mrs. Carter Gracies Adresse zu erfahren.

»Haben Sie sie gesehen, seit sie fort ist?« fragte er.

»Natürlich. Ich wußte, daß Payne & Perkins sie sofort einstellen würden, so ein hervorragendes Mädchen, und ich ging hin, und natürlich war sie da – in der Damenwäscheabteilung. Ich wartete draußen bis zum Ladenschluß und redete sie dann an. Ich bat sie nach Hause zu kommen. Ich sagte ihr, der Vater würde alles vergeben und vergessen. Und wissen Sie, was sie darauf antwortete? Sie sagte, sie wolle heimkommen, wenn wir niemals ein Wort gegen Fred äußern würden und wenn wir bereit wären, ihrer Heirat mit ihm sofort nach seiner Freilassung zuzustimmen. Natürlich mußte ich das ihrem Vater berichten. Ich habe ihn nie in einem solchen Zustand gesehen, ich dachte, der Schlag würde ihn rühren, er sagte, er wolle sie lieber tot vor seinen Füßen liegen sehen, als mit diesem Galgenvogel verheiratet.«

Mrs. Carter brach wieder in Tränen aus, und Ned Preston verließ sie, sobald er konnte. Er ging ins Warenhaus, in die Damenwäscheabteilung hinauf, und fragte nach Gracie Carter. Sie wurde ihm gezeigt, und er ging zu ihr hin.

»Kann ich Sie einen Augenblick sprechen? Ich komme von Fred Manson.«

Sie wurde totenblaß. Einen Augenblick lang schien sie kein Wort herauszubringen.

»Folgen Sie mir bitte.«

Sie führte ihn in einen Gang, der nach Desinfektionsmitteln roch und anscheinend zu den Waschräumen führte. Sie waren alleine. Sie starrte ihn ängstlich an.

»Er läßt Sie grüßen. Er sorgt sich um Sie. Er fürchtet, daß Sie schrecklich unglücklich sind. Vor allem möchte er wissen, ob Sie beabsichtigen, ihm den Laufpaß zu geben.«

»Ich?« Ihre Augen füllten sich mit Tränen, aber auf ihrem Gesicht lag ein entzückter Ausdruck. »Sagen Sie ihm, daß alles gleichgültig ist, solange er mich nur liebt. Sagen Sie ihm, daß ich zwanzig Jahre auf ihn warten würde, wenn es sein müßte.

Sagen Sie ihm, daß ich die Tage zähle, bis er herauskommt und wir heiraten können.«

Aus Angst vor der Direktrice konnte sie nicht länger als ein paar Minuten wegbleiben. Sie gab Ned alle zärtlichen Botschaften für Fred Manson mit, die sie in dieser kurzen Zeit ausdrücken konnte. Ned kam erst gegen sechs Uhr abends ins Gefängnis. Die Sträflinge dürfen ihr Handwerkszeug um halb sechs Uhr niederlegen. Fred hatte das seine gerade abgelegt. Als Ned die Zelle betrat, wurde er blaß und sank auf das Bett, als wäre seine Spannung so groß, daß er sich auf seine Beine nicht verlassen konnte. Eine Weile vermochte er nicht zu sprechen. »Ich wußte sofort, als Sie hereinkamen, daß Sie sie getroffen haben. Ich konnte sie riechen.«

Er schnüffelte, als sei der Geruch ihres Körpers in seiner Nase, und sein Gesicht war wie eine Maske des Verlangens. Seine Züge wirkten plötzlich eigentümlich verwischt.

»Wissen Sie, ich hatte ein ganz unbehagliches Gefühl, so daß ich wegschauen mußte«, sagte Ned Preston, als er uns dies erzählte, mit einem Ausbruch seines heiseren Gelächters. »Es war der nackte Sexus.«

Fred war ein musterhafter Gefangener. Er arbeitete gut und machte keinerlei Schwierigkeiten. Ned schlug ihm Bücher vor, die er lesen könnte, und er holte sie aus der Bücherei, aber er hatte nicht viel davon.

»Ich komme nicht recht mit ihnen weiter«, sagte er. »Ich fange an zu lesen, und dann gehen meine Gedanken zu Gracie. Wissen Sie, wenn sie einen so auf die übliche Weise küßt – oh, das ist lieb, aber wenn sie einen richtig küßt, mein Gott, das ist herrlich.«

Fred durfte Gracie einmal im Monat sehen, aber ihre Begegnungen, eine Glaswand zwischen ihnen, unter den Augen des Wärters, waren so qualvoll, daß sie nach einigen Besuchen beschlossen, darauf zu verzichten. Ein Jahr verging. Auf Grund seiner guten Führung konnte er damit rechnen, eine Kürzung seiner Strafzeit zu erhalten und daher in weiteren sechs Monaten frei zu sein. Gracie hatte alles, was sie von ihrem Gehalt erübrigen konnte, gespart, und jetzt, da die Zeit der Entlassung näher rückte, begann sie ein Heim für ihn vorzubereiten. Sie mietete zwei Zimmer in einem Haus und richtete sie auf Ratenzahlungen ein. Eines der Zimmer sollte natürlich ihr Schlafzimmer sein und das andere die Wohnküche. Diese enthielt einen altmodischen Herd, den sie herausnehmen und durch einen Gasofen ersetzen ließ. Sie wollte alles nett und neu und sauber und behaglich haben. Sie gab sich Mühe, die beiden kleinen Zimmer freundlich und hübsch zu gestalten. Um dies alles zu ermöglichen, mußte sie auf alle nicht unumgänglich notwendigen Dinge verzichten, und sie wurde dabei mager und blaß. Ned hatte den Verdacht, daß sie hungerte, und wenn er sie aufsuchte, nahm er eine Schachtel Schokolade oder einen Kuchen mit, damit sie wenigstens etwas zu essen hätte. Er überbrachte dem Gefangenen die Nachricht von Gracies Vorbereitungen, und sie nahm ihm das Versprechen ab, daß er ihm jeden Gegenstand, den sie gekauft hatte, genau beschreibe. Er trug zärtliche, mehr als zärtliche, leidenschaftliche Botschaften zwischen ihnen hin und her. Er war überzeugt, daß Fred künftig ehrlich bleiben würde, und er verschaffte ihm eine Anstellung als Portier bei einer Firma, die eine Reihe von Restaurants in London hatte. Die Bezahlung war gut, und durch Herbeirufen von Taxis oder Holen von Privatwagen konnte er noch nebenbei etwas verdienen. Er sollte sofort nach seiner Entlassung mit der Arbeit beginnen. Gracie unternahm alle notwendigen Schritte, damit sie gleich getraut werden konnten. Die achtzehn Monate von Freds Haft näherten sich ihrem Ende. Gracie war in einem Zustand fieberhafter Erregung.

Dann geschah es, daß Ned Preston einen seiner periodischen Krankheitsanfälle bekam und drei Wochen nicht ins Gefängnis gehen konnte. Das beunruhigte ihn, denn er ließ seine Gefangenen nicht gerne im Stich; deshalb begab er sich dorthin, sobald er das Bett verlassen konnte. Der Hauptwärter sagte ihm, daß Manson nach ihm gefragt habe.

»Ich glaube, Sie sollten ihn aufsuchen. Ich weiß nicht, was mit ihm los ist. Er hat sich etwas sonderbar benommen, seit Sie nicht mehr kamen.«

Es waren gerade noch vierzehn Tage bis zu Freds Entlassung. Ned Preston begab sich in seine Zelle.

»Na, Fred, wie steht es?« fragte er. »Es tut mir leid, daß ich Sie nicht mehr besuchen konnte. Ich war krank und konnte auch Gracie nicht aufsuchen. Sie muß allmählich vor lauter Warten zittern und beben.«

»Ja, ich möchte, daß Sie zu ihr gehen.«

Sein Benehmen war so mürrisch, daß Ned ganz bestürzt war. Es sah ihm nicht ähnlich, anders als liebenswürdig und höflich zu sein.

»Natürlich will ich das tun.«

»Sagen Sie ihr bitte, daß ich sie nicht heiraten werde.«

Ned war so verblüfft, daß er einen Augenblick lang Fred Manson nur anstarren konnte.

»Was in aller Welt meinen Sie damit?«

»Was ich sage.«

»Sie können sie doch jetzt nicht sitzenlassen. Ihre Leute haben sie hinausgeworfen. Sie hat die ganze Zeit gearbeitet, um für Sie ein Heim zu schaffen. Sie hat die Heiratslizenz und alles andere beschafft.«

»Das ist mir gleich. Ich werde sie nicht heiraten.«

»Aber warum – warum?«

Ned war wie vor den Kopf gestoßen. Fred Manson schwieg eine Weile. Sein Gesicht war finster und abweisend.

»Ich werde es Ihnen sagen. Ich habe achtzehn Monate lang Tag und Nacht an sie gedacht, und jetzt habe ich sie bis obenhin satt.«

Als Ned Preston an diesem Punkt seiner Geschichte anlangte, brachen unsere Gastgeberin und unsere Mitgäste in lautes Lachen aus. Er war davon sichtlich betroffen. Es wurde nachher noch ein wenig geplaudert, und die Gesellschaft ging auseinander. Da Ned und ich den gleichen Weg hatten, gingen wir zusammen Piccadilly entlang. Eine Weile schwiegen wir.

»Ich habe bemerkt, daß du nicht mit den anderen gelacht hast«, sagte er unvermittelt.

»Ich fand es nicht komisch.«

»Was hältst du davon?«

»Nun, ich kann seinen Standpunkt verstehen, weißt du. Es ist eine merkwürdige Sache um die Einbildungskraft; sie trocknet ein. Ich vermute, daß er durch dieses fortwährende Denken an sie, während so langer Zeit, jede Empfindung, die sie in ihm erwecken konnte, ausgeschöpft hatte, und ich glaube, es stimmt wörtlich, daß er sie bis obenhin satt bekommen hatte. Er hatte die Zitrone ausgepreßt, und es blieb nichts anderes übrig, als die Schale wegzuwerfen.«

»Ich fand es auch nicht komisch. Deshalb habe ich ihnen den

Rest der Geschichte nicht erzählt. Zuerst hielt ich es nicht für Ernst. Ich dachte, es sei nur Hysterie oder dergleichen. Ich besuchte ihn zwei oder drei Tage nacheinander. Ich machte ihm Vorstellungen. Ich ging wirklich bis zum Äußersten. Ich dachte, wenn er sie nur sehen würde, dann käme alles in Ordnung, aber nicht einmal das wollte er. Er sagte, er könne ihren Anblick nicht ertragen. Ich konnte ihn nicht dazu bewegen. Schließlich mußte ich zu ihr gehen und es ihr sagen.«

Wir gingen schweigend eine kleine Strecke weiter.

»Ich traf sie in diesem schauderhaften, stinkenden Hausgang. Sie bemerkte sofort, daß etwas nicht stimmte, und sie wurde kreideweiß. Sie war keine Frau, die ihre Gefühle preisgab. Es lag etwas Anmutiges und beinahe Vornehmes in ihrem Gesicht. Gelassenheit. Ihre Lippen zitterten ein wenig, als ich es ihr sagte, und sie erwiderte eine Minute lang nichts. Als sie dann sprach, war sie ganz ruhig, als hätte sie – nun, als hätte sie gerade den Bus verfehlt und müßte nun auf den nächsten warten. Als wäre es eine ärgerliche Sache, aber nichts, worüber man viel Wesens zu machen brauchte. ›Es bleibt mir jetzt nichts anderes übrig, als den Gashahn aufzudrehen‹, sagte sie.

Und das tat sie.«

Der Drachen

Ich weiß, dies ist eine sonderbare Geschichte. Ich selber verstehe sie nicht, und wenn ich sie schwarz auf weiß niederschreibe, so in der schwachen Hoffnung, daß ich vielleicht einen klareren Überblick bekomme, wenn ich sie geschrieben habe; oder vielmehr in der Hoffnung, daß irgendein Leser, der mit den Komplikationen der menschlichen Natur besser vertraut ist als ich, mir eine Erklärung gibt, die sie mir verständlich macht. Natürlich fiel mir als erstes ein, daß etwas Freudianisches darin ist. Nun habe ich eine ganze Anzahl von Freuds Werken gelesen und auch einige Bücher seiner Anhänger, und da ich diese Geschichte schreiben wollte, habe ich unlängst wieder den Band durchgeblättert, den die *Modern Library* herausgebracht hat und der Freuds grundlegende Schriften enthält. Das war schon eine Aufgabe, denn er ist ein langweiliger und weitschweifiger Autor, und die Schärfe, mit der er gewisse Theorien als sein geistiges Eigentum beansprucht, ist ein Zeichen von Eitelkeit und Eifersucht auf andere, welche auf demselben Gebiet arbeiten, die einem Wissenschaftler etwas übel zu Gesicht stehen. Ich glaube jedoch, daß er ein gütiger und wohlwollender alter Herr war. Wir wissen ja, daß Mensch und Autor oft sehr voneinander verschieden sind. Der Autor kann bitter, hart und brutal sein, während der Mensch so sanft und friedlich ist, daß er keiner Fliege etwas zuleide tun würde. Aber das ist im Grunde gleichgültig. Jedenfalls fand ich beim Wiederlesen von Freuds Werken nichts, was mir die Geschichte, die mich beschäftigte, verständlicher machte. Also kann ich nur erzählen, was sich zugetragen hat, und muß es dabei bewenden lassen.

Zunächst muß ich klarstellen, daß ich die Geschichte nicht erfunden habe und daß ich keine der Personen gekannt habe, die darin vorkommen. Mein Freund Ned Preston hat sie mir eines Abends erzählt, und er sagte, er erzähle sie mir, weil er selber nicht wisse, wie er mit diesen schwierigen Verhältnissen fertig werden solle, und glaube – ganz zu Unrecht, wie sich herausstellte –, daß ich ihm vielleicht einen Rat geben könne, der ihm weiterhelfen würde. In einer früheren Geschichte habe ich schon erzählt, was der Leser meines Erachtens von Ned Preston wissen sollte, also brauche ich jetzt nur daran zu erinnern, daß mein Freund Gefangenen-Besucher beim Wormwood Scrubs-Gefängnis war. Er nahm seine Pflicht sehr ernst, und die Sorgen der Gefangenen waren für ihn so wichtig wie seine eigenen. Wir hatten im Café Royal zusammen gegessen, in dem langen, niedrigen Saal mit den albernen, reizenden Dekorationen, die einzig noch übrig sind vom alten Café Royal, das die Maler so gerne malten; und wir saßen bei Kaffee und Likör und rauchten – Ned Preston tat es gegen die Anordnung seines Arztes – sehr lange und sehr gute Havannas.

»Ich hab's jetzt mit einem komischen Burschen zu tun in Scrubs«, sagte er nach einer Pause, »und der Kuckuck soll mich holen, wenn ich weiß, was ich da machen soll.«

»Warum sitzt er?« fragte ich.

»Er hat seine Frau verlassen, und das Gericht hat ihn dazu verurteilt, daß er ihr wöchentlich einen gewissen Betrag Unterhalt zahlt, und er weigert sich ganz einfach zu zahlen. Ich hab mich mit ihm herumgestritten, bis mir die Puste ausging. Ich habe ihm vorgehalten, daß er sich ins eigene Fleisch schneidet. Er sagt, lieber bleibt er sein Leben lang im Gefängnis, als daß er ihr einen Penny zahlt. Ich sag ihm, er kann sie doch nicht hungern lassen, und er sagt bloß: ›Warum denn nicht?‹ Er beträgt sich tadellos, macht keinerlei Mühe, arbeitet gut, scheint ganz glücklich zu sein, und der Gedanke, daß seine Frau es scheußlich schwer hat, macht ihm großen Spaß.«

»Was hat er denn gegen sie?«

»Sie hat seinen Drachen kaputtgeschlagen.«

»Was hat sie?« rief ich.

»Genau das. Sie hat seinen Drachen kaputtgeschlagen. Er sagt, das verzeiht er ihr nie, solange er lebt nicht.«

»Der muß wohl verrückt sein.«

»Nein, eben nicht, er ist ein völlig vernünftiger, ganz intelligenter, anständiger Junge.«

Er hieß Herbert Sunbury, und seine Mutter, die piekfein war, hatte nie erlaubt, daß man ihn Herb oder Bertie nannte, genau wie sie ihren Mann niemals Sam nannte, sondern nur Samuel. Mrs. Sunburys Vorname war Beatrice, und als sie sich mit Mr. Sunbury verlobte und er sich herausnahm, sie mit ›Bea‹ anzureden verbat sie sich das ein für allemal.

»Beatrice ist mein Taufname«, sagte sie, »und ich bin immer Beatrice gewesen und werde es immer bleiben, für dich sowohl wie für meine anderen Nächsten und Liebsten.«

Sie war eine kleine Frau, aber kräftig, lebhaft und sehnig, mit fahler Haut, scharfen, regelmäßigen Zügen und kleinen, runden Augen. Ihr Haar, für ihr Alter verdächtig schwarz, war immer sehr ordentlich, und sie frisierte es immer im Stil der Töchter der Königin Viktoria, den sie übernommen hatte, sobald sie alt genug war, das Haar aufzustecken; und sie hatte es nie für nötig gehalten, diesen Stil zu ändern. Die Möglichkeit, daß sie irgend etwas tat, um ihrem Haar die ursprüngliche Farbe zu erhalten, war – falls sie es tat – ihre einzige Konzession an irgendwelchen Leichtsinn; denn weit entfernt davon, Rouge oder Lippenstift zu benützen, hatte sie sich nie im Leben auch nur die Nase gepudert. Sie trug nie etwas anderes als schwarze Kleider aus gutem Stoff, aber die wurden (von einer kleinen Frau, die um die Ecke wohnte) ohne jede Rücksicht auf die Mode nach einem Schnittmuster genäht, das zugleich praktisch und kleidsam war. Ihr einziger Schmuck war eine dünne, goldene Kette, an der ein kleines, goldenes Kreuz hing.

Samuel Sunbury war ebenfalls klein. Er war so dünn und mager wie seine Frau, aber er hatte sandfarbenes Haar, das nun schon ziemlich gelichtet war, so daß er es auf einer Seite sehr lang wachsen lassen mußte, um es sorgfältig über die kahle Stelle zu bürsten. Er hatte blaßblaue Augen und einen blassen Teint. Er war in einem Rechtsanwaltsbüro angestellt und hatte sich vom Laufjungen zu einer verantwortlichen Stellung heraufgedient. Sein Brotherr redete ihn mit ›Mr. Sunbury‹ an und gab ihm manchmal den Auftrag, mit einem unwichtigen Klienten zu verhandeln. Seit vierundzwanzig Jahren war Samuel Sunbury jeden Morgen mit demselben Zug in die City gefahren, außer natürlich sonntags und während des zweiwöchigen Urlaubs an der See, und jeden Abend war er mit demselben Zug in die Vorstadt zurückgefahren, wo er wohnte. Er war sehr korrekt gekleidet; zur Arbeit trug er unauffällige graue Hosen, einen schwarzen Rock und einen steifen Hut, und wenn er nach Hause kam, zog er Pantoffeln an und einen schwarzen Rock, der fürs Büro zu alt und blankgewetzt war; aber wenn er am Sonntag in die Kirche ging, zu der er und Mrs. Sunbury gehörten, trug er einen Cutaway zu seinem steifen Hut. Damit erwies er dem Ruhetag seine Ehrerbietung und erhob gleichzeitig Protest gegen die weltlichen Leute, die mit Fahrrädern herumfuhren oder sich auf der Straße herumtrieben, bis die Kneipen aufmachten. Im Prinzip waren die Sunburys Abstinenzler, aber sonntags, wenn Beatrice, um ihn für seinen spärlichen Mittagsimbiß während der Woche zu entschädigen – er bestand aus einem Weizenküchlein und einem Glas Milch –, ihm ein gutes Mittagsmahl mit Roastbeef und Yorkshire-Pudding vorsetzte, dann wollte sie aus gesundheitlichen Gründen, daß er ein Glas Bier dazu trank. Da sie um nichts in der Welt Alkohol im Hause halten wollte, schlüpfte er nach dem Morgengottesdienst mit einem Krug hinaus und holte ein Quart aus der Kneipe um die Ecke; aber allein wollte er absolut nicht trinken, und so trank sie auch ein Glas, um ihm Gesellschaft zu leisten.

Herbert war das einzige Kind, das der Herr ihnen gewährt hatte, und sicherlich hatten sie nicht versucht, Kindersegen zu verhüten. Es kam nur eben so. Sie waren ganz vernarrt in ihn. Er war ein reizendes Baby und dann ein hübsches Kind. Mrs. Sunbury erzog ihn sehr sorgfältig. Sie lehrte ihn, bei Tisch aufrecht zu sitzen und Messer und Gabel wie ein kleiner Gentleman zu gebrauchen. Sie brachte ihm bei, den kleinen Finger zu strecken, wenn er die Teetasse zum Trinken hob, und als er fragte, warum, sagte sie:

»Laß nur. So macht man es eben. Daran erkennt man gute Manieren.«

Mit der Zeit erreichte Herbert das schulpflichtige Alter. Mrs. Sunbury war besorgt, denn sie hatte ihn nie mit anderen Kindern auf der Straße spielen lassen.

»Böse Beispiele verderben gute Sitten«, sagte sie. »Ich habe mich immer für mich gehalten und werde mich immer für mich halten.«

Obwohl sie seit ihrer Heirat immer im gleichen Haus gewohnt hatten, hatte sie sich bemüht, zu ihren Nachbarn Distanz zu halten.

»In London weiß man nie, mit wem man es zu tun hat«, sagte sie. »Eines führt zum anderen, und ehe man's weiß, hat man sich mit irgendwelchem Gesindel eingelassen und kann es nicht mehr loswerden.«

Sie mochte es nicht, daß Herbert in der Schule mit einer Menge ungeschliffener Jungen in Berührung kam, und sagte zu ihm:

»Also Herbert, mach es wie ich; halte dich für dich und habe mit denen nicht mehr zu tun, als du unbedingt mußt.«

Aber Herbert kam in der Schule sehr gut zurecht. Er arbeitete gut und war alles andere als dumm. Seine Zeugnisse waren hervorragend. Es stellte sich heraus, daß er gut im Rechnen war.

»Wenn das der Fall ist«, sagte Samuel Sunbury, »dann wird er am besten vereidigter Bücherrevisor. Die finden leicht eine gute Stellung.«

So wurde damals gleich beschlossen, was Herbert werden sollte. Er wuchs heran.

»Na, Herbert«, sagte seine Mutter, »bald bist du so groß wie dein Vater.«

Als er die Schule verließ, war er zwei Zoll größer.

»Gerade richtig«, sagte seine Mutter, »nicht zu groß und nicht zu klein.«

Er sah gut aus, hatte die regelmäßigen Züge seiner Mutter und dunkles Haar, aber er hatte des Vaters blaue Augen geerbt, und obwohl er ziemlich blaß war, hatte er doch eine glatte, klare Haut. Samuel Sunbury hatte ihn im Büro der Bücherrevisoren untergebracht, die zweimal im Jahr die Bücher seiner Firma prüften, und als er einundzwanzig war, konnte er der Mutter jede Woche ein hübsches Sümmchen abliefern. Sie gab ihm drei halbe Kronen für sein Mittagessen zurück und zehn Schilling Taschengeld, den Rest zahlte sie auf sein Sparkonto ein, für den Fall eines Falles.

Als Mr. und Mrs. Sunbury am Abend vor Herberts einundzwanzigstem Geburtstag zu Bett gingen – und nebenbei möchte ich erwähnen, daß Mrs. Sunbury nie zu Bett ging, sie zog sich zurück, aber Mr. Sunbury, der nicht ganz so piekfein war wie seine Frau, sagte immer: »Nach Bettenhausen mit mir« –, als also Mr. und Mrs. Sunbury zu Bett gingen, sagte Mrs. Sunbury:

»Manche Leute wissen nicht, wie gut sie dran sind. Gott sei Dank, ich weiß es. Niemand hat je einen besseren Sohn gehabt, als unser Herbert einer ist. Kaum einen Tag war er krank in seinem Leben, und nie hat er mir einen Augenblick Sorge gemacht. Da sieht man es, wenn man sie gut erzieht, dann machen sie einem Ehre. Stelle dir vor, einundzwanzig ist er, ich kann es kaum glauben.«

»Ja, ehe wir's uns versehen, wird er heiraten und uns verlassen.«

»Warum sollte er das wohl tun?« fragte Mrs. Sunbury scharf. »Er hat hier ein gutes Zuhause, oder nicht? Fang du bloß nicht an, ihm Flausen in den Kopf zu setzen, Samuel, oder du und ich werden Streit bekommen, und du weißt, daß ich das am allerwenigsten will. Heiraten, lieber Himmel! Dazu ist er viel zu vernünftig. Der weiß schon, wo er gut dran ist. Der hat Verstand, der Herbert.«

Mr. Sunbury schwieg still. Er hatte längst gelernt, daß er bei Beatrice nichts erreichte, wenn er widersprach.

»Ich halte nichts davon, wenn einer heiratet, ehe er weiß, was er will. Und kein Mann weiß, was er will, ehe er dreißig oder fünfunddreißig ist.«

»Er hat sich über die Geschenke gefreut«, sagte Mr. Sunbury, um das Thema zu wechseln.

»Das wär noch schöner, wenn er's nicht getan hätte«, sagte Mrs. Sunbury, immer noch aufgeregt.

Sie waren wirklich sehr hübsch gewesen. Mr. Sunbury hatte ihm eine silberne Armbanduhr geschenkt, deren Zeiger man im Dunkeln sehen konnte, und Mrs. Sunbury hatte ihm einen Drachen geschenkt. Es war keineswegs der erste, den sie ihm geschenkt hatte. Das geschah, als er sieben Jahre alt war, und es kam so: nicht weit von ihrer Wohnung war eine große Gemeindewiese, und Samstag nachmittags, wenn schönes Wetter war, führte Mrs. Sunbury Mann und Sohn dort spazieren. Sie sagte, es sei gut für Samuel, frische Luft zu atmen, nachdem er die ganze Woche in dem stickigen Büro eingesperrt gewesen war. Auf der Wiese waren immer eine Menge Leute, aber Mrs. Sunbury, die sich gern für sich hielt, ging ihnen soviel wie möglich aus dem Wege.

»Kieke mal die Drachen, Mammi«, sagte Herbert eines Tages plötzlich.

»*Sieh* mal, Herbert, nicht kieke mal«, sagte Mrs. Sunbury.

»Möchtest du sehen, wo sie starten, Herbert?« fragte sein Vater.

»O ja, Vati!«

Mitten in der Wiese war eine kleine Bodenerhebung, und

als sie herankamen, sahen sie Jungen und Mädchen und auch ein paar Männer hinunterrennen, um den Drachen den Start zu geben und den Wind zu fangen. Manchmal taten sie das nicht und fielen zu Boden. Taten sie es aber, dann stiegen sie, und während der Besitzer seine Schnur abrollte, stiegen sie höher und höher. Herbert sah verzückt zu.

»Mammi, darf ich einen Drachen haben?« rief er.

Er hatte bereits gelernt, daß es besser war, zuerst die Mutter zu fragen, wenn er etwas haben wollte.

»Wozu denn?« sagte sie.

»Zum Fliegenlassen, Mammi.«

»Wenn du so scharf darauf bist, wirst du dich noch schneiden«, sagte sie.

Mr. und Mrs. Sunbury lächelten einander über den Kopf des Kleinen hinweg zu. Man stelle sich vor, einen Drachen wollte er! Er war ja schon bald ein richtiger kleiner Mann.

»Wenn du brav bist und dir jeden Morgen die Zähne putzt, ohne daß ich's dir sage, dann würde ich mich gar nicht wundern, wenn dir der Weihnachtsmann am ersten Feiertag einen Drachen bringt.«

Bis Weihnachten war es nicht mehr lange, und der Weihnachtsmann brachte Herbert den ersten Drachen. Zu Anfang stellte er sich nicht sehr geschickt damit an, und Mr. Sunbury mußte selber den Hügel hinunterrennen, um den Drachen für den Jungen zu starten. Es war ein sehr kleiner Drachen, aber als Herbert ihn durch die Luft schwimmen sah und das kleine Zerren an seiner Hand spürte, war er begeistert; von da ab plagte er jeden Samstagmittag, wenn der Vater aus der Stadt zurückkam, die Eltern, eiligst zur Gemeindewiese aufzubrechen. Schnell lernte er, wie man einen Drachen steigen läßt; und Mr. und Mrs. Sunbury sahen mit stolzgeschwelltem Herzen vom Hügel aus zu, wie er hinunterlief und die Schnur aus der Hand laufen ließ, sobald der Drachen den Wind gefangen hatte.

Bei Herbert wurde es zur Passion, und je älter und größer er wurde, desto größere Drachen kaufte ihm die Mutter. Er wußte bald sehr geschickt den Wind abzuschätzen und konnte seinen Drachen so sicher führen, wie man es kaum für möglich gehalten hätte. Es waren noch andere auf der Wiese, die Drachen steigen ließen, nicht nur Kinder, sondern Männer, und da nichts die Leute so selbstverständlich zusammenbringt wie eine gemeinsame Liebhaberei, dauerte es nicht lange, bis Mrs. Sunbury trotz all ihrer Exklusivität sich selber, ihren Samuel und ihren Sohn mit jedermann im Gespräch fand. Sie verglichen die Drachen miteinander und prahlten mit deren Vorzügen.

Manchmal forderte Herbert, jetzt schon ein großer Junge von sechzehn Jahren, einen anderen Drachenbesitzer heraus. Dann lenkte er seinen Drachen vor den anderen in die Windrichtung, ließ seine Schnur gegen die des anderen treiben und brachte mit einem plötzlichen Ruck den feindlichen Drachen zu Fall. Aber lange zuvor schon war Mr. Sunbury der Begeisterung seines Sohnes erlegen, und oft bat er, es mal selber versuchen zu dürfen. Das muß ein drolliger Anblick gewesen sein, wenn er in seinen gestreiften Hosen mit schwarzem Cut und steifem Hut den Hügel hinunterlief. Mrs. Sunbury trottete gemessen hinter ihm her, und wenn der Drachen frei flog, nahm sie ihrem Mann wohl die Schnur aus der Hand und sah dem Drachen zu, wie er hoch hinaufstieg. Samstagnachmittag wurde für sie alle der wichtigste Tag der Woche, und wenn Mr. Sunbury und Herbert morgens das Haus verließen, um den Zug zur City zu erreichen, dann blickten sie zuallererst zum Himmel hinauf, ob es Wetter zum Drachensteigenlassen war. Am liebsten war ihnen ein stürmischer Tag mit launischen Windstößen, denn der gab ihnen die beste Gelegenheit, ihre Geschicklichkeit auszuüben. Die ganze Woche lang redeten sie abends davon. Kleinere Drachen als den ihren verachteten sie, größere beneideten sie. Sie besprachen die Leistungen anderer Drachenbesitzer so hitzig und so geringschätzig, wie Boxer oder Fußballspieler ihre Rivalen besprechen. Ihr Ehrgeiz war, einen größeren Drachen zu haben als irgend jemand anders; einen Drachen, der noch höher stieg. Längst schon benützten sie keine Schnur mehr, denn der Drachen, den sie Herbert zum einundzwanzigsten Geburtstag geschenkt hatten, war sieben Fuß hoch, und sie benützten Klavierdraht, der um eine Trommel aufgewunden war. Aber Herbert war noch nicht zufrieden. Irgendwoher hatte er von einem Kastendrachen gehört, den irgend jemand erfunden hatte, und die Idee leuchtete ihm sofort ein. Er meinte, so was könne er sich wohl selber machen, und da er etwas zeichnen konnte, machte er sich an verschiedene Entwürfe. Er ließ ein kleines Modell bauen und probierte es eines Nachmittags aus, aber es war kein Erfolg. Er war ein hartnäckiger Bursche, und nichts sollte ihn unterkriegen. Irgend etwas stimmte nicht, und an ihm war es, das richtigzustellen.

Dann passierte etwas sehr Dummes. Herbert fing an, nach dem Abendbrot auszugehen. Mrs. Sunbury hatte das gar nicht gern, aber Mr. Sunbury redete ihr vernünftig zu. Schließlich war der Junge jetzt zweiundzwanzig, und es war ihm sicher langweilig, immer zu Hause zu bleiben. Wenn er mal spazierengehen wollte oder sich einen Film ansehen, das war doch nicht weiter schlimm. Aber Herbert hatte sich verliebt. An einem Samstagabend, nachdem sie auf der Wiese einen sehr vergnüglichen Nachmittag verbracht hatten, sagte er plötzlich beim Abendessen ganz aus heiterem Himmel:

»Mammi, ich habe für morgen zum Tee eine junge Dame eingeladen. Ist das in Ordnung?«

»Hast was?« sagte Mrs. Sunbury und vergaß im Augenblick ihre gepflegte Grammatik.

»Du hast es ja gehört, Mammi.«

»Und darf ich fragen, wer das ist und wie du sie kennengelernt hast?«

»Bevan heißt sie. Betty Bevan, und ich habe sie an einem Samstagnachmittag im Kino kennengelernt, es regnete gerade. Es kam zufällig so. Sie saß neben mir und ließ ihre Handtasche fallen, und ich hob sie auf, und sie dankte mir, und natürlich sprachen wir dann miteinander.«

»Willst du mir wirklich erzählen, daß du auf einen so uralten Trick hereingefallen bist? Handtasche fallen lassen!«

»Du irrst dich, Mammi, sie ist ein sehr nettes Mädchen, wirklich, und gebildet ist sie auch.«

»Und wann ist das alles geschehen?«

»Vor ungefähr drei Monaten.«

»Oh, vor drei Monaten hast du sie kennengelernt, und für morgen hast du sie zum Tee eingeladen?«

»Also, natürlich habe ich sie inzwischen gesehen. An jenem ersten Tag fragte ich sie nach der Vorstellung, ob sie am folgenden Dienstagabend mit mir ins Kino ginge, und sie sagte, sie wüßte es noch nicht, vielleicht, vielleicht auch nicht. Aber dann kam sie doch.«

»Na klar doch. Das hätte ich dir von vornherein sagen können.«

»Und seitdem sind wir ungefähr zweimal die Woche zusammen ins Kino gegangen.«

»Aha, deshalb hast du's dir angewöhnt, so oft auszugehen.«

»Stimmt, aber hör mal, ich will sie dir nicht aufdrängen, wenn du nicht willst, daß sie zum Tee kommt, dann sage ich, du hast Kopfschmerzen, und gehe mit ihr aus.«

»Mammi will sie gern zum Tee hier haben«, sagte Mr. Sunbury. »Nicht wahr, mein Liebes? Es ist ja nur, weil Mammi keine fremden Leute mag. Das war immer schon so.«

»Ich halte mich für mich«, sagte Mrs. Sunbury verdrießlich. »Was tut sie denn?«

»Sie arbeitet in einem Tippbüro in der Stadt und wohnt zu Hause, wenn man das ein Zuhause nennen kann; weißt du, ihre Mutter ist tot, und ihr Vater hat wieder geheiratet, sie haben drei Kinder, und sie verträgt sich nicht mit der Stiefmutter. Die nörgelt immer an ihr herum, sagt sie.«

Mrs. Sunbury deckte den Teetisch sehr vornehm. Sie räumte die Nippsachen von einem kleinen Tisch im Wohnzimmer ab, den sie sonst nie benützten, und legte eine Teedecke auf den Tisch. Sie holte das Teeservice hervor und den versilberten Teekessel, den sie auch nie benützten, sie buk Weizenküchlein und einen Kuchen und schnitt ganz dünne Brotscheiben, die sie mit Butter bestrich.

»Die muß sehen, daß wir nicht nur irgend jemand sind«, sagte sie zu Samuel.

Herbert holte Miss Bevan ab, und Mr. Sunbury empfing die beiden an der Haustür, im Falle Herbert das Mädchen ins Eßzimmer führen würde, wo sie für gewöhnlich aßen und saßen. Herbert blickte überrascht auf den Teetisch, als er das junge Mädchen ins Wohnzimmer führte.

»Dies ist Betty, Mammi«, sagte er.

»Miss Bevan, nehme ich an«, sagte Mrs. Sunbury.

»Ganz richtig, aber sagen Sie doch Betty, ja?«

»Vielleicht ist dafür unsere Bekanntschaft noch etwas zu kurz«, sagte Mrs. Sunbury und lächelte herablassend. »Wollen Sie nicht Platz nehmen, Miss Bevan?«

Sonderbarerweise, oder vielleicht war es gar nicht so sonderbar, sah Betty Bevan ziemlich genauso aus, wie Mrs. Sunbury ausgesehen haben mußte, als sie im gleichen Alter war. Sie hatte dieselben scharfen Gesichtszüge und dieselben ziemlich kleinen runden Augen, aber ihre Lippen waren scharlachrot angemalt, die Wangen leicht mit Rouge gefärbt, im kurzgeschnittenen, schwarzen Haar hatte sie eine Dauerwelle. Mrs. Sunbury sah das alles auf den ersten Blick, und sie rechnete sich bis auf den Penny aus, wieviel das hübsche kunstseidene Kleid gekostet hatte, die Schuhe mit den sehr hohen Hacken und der flotte Hut. Das Kleid war sehr kurz und ließ viel von den fleischfarbenen Strümpfen sehen. Mrs. Sunbury mißbilligte ihr Make-up und die Art, wie sie sich anzog, und sofort konnte sie das Mädchen nicht leiden; aber sie war entschlossen, sich damenhaft zu benehmen, und wenn sie nicht wußte, wie man sich damenhaft benimmt, dann wußte es niemand, und darum ging zunächst mal alles glatt. Sie schenkte den Tee ein und bat Herbert, der ihm befreundeten Dame eine Tasse zu reichen.

»Frage Miss Bevan, ob sie ein Butterbrot haben will oder ein Küchlein, Samuel, mein Lieber.«

»Nehmen Sie beides«, sagte Samuel auf seine ungehobelte Art und bot die beiden Teller an. »Mich freut's, wenn die Leute zugreifen.«

Betty balancierte vorsichtig ein Butterbrot und ein Weizenküchlein auf der Untertasse, und Mrs. Sunbury redete gefällig über das Wetter. Mit Genugtuung beobachtete sie, wie es Betty immer ungemütlicher wurde. Dann schnitt sie den Kuchen an und drängte ihrem Gast ein großes Stück auf. Betty biß hinein, und als sie es auf die Untertasse legen wollte, fiel es zu Boden.

»Oh, Entschuldigung bitte«, sagte das Mädchen und hob das Stück Kuchen auf.

»Das macht doch nichts, ich schneide Ihnen ein neues Stück ab«, sagte Mrs. Sunbury.

»Oh, bemühen Sie sich nicht, ich bin nicht so heikel. Der Boden ist sauber.«

»Hoffentlich«, sagte Mrs. Sunbury mit saurem Lächeln, »aber ich denke nicht im Traum daran, zuzulassen, daß Sie ein Stück Kuchen essen, das auf dem Fußboden gelegen hat. Gib es her, Herbert, ich gebe Miss Bevan ein anderes.«

»Bitte nicht mehr, Mrs. Sunbury, wirklich nicht.«

»Tut mir leid, daß Sie meinen Kuchen nicht mögen. Ich habe ihn extra für Sie gebacken.« Sie aß ein Stückchen. »Mir scheint er ganz gut zu sein.«

»Daran liegt es nicht, Mrs. Sunbury, es ist ein wunderbarer Kuchen, bloß bin ich nicht hungrig.«

Sie lehnte eine weitere Tasse ab, und Mrs. Sunbury merkte, daß sie erleichtert war, die Tasse abstellen zu dürfen. ›Ich glaube, die essen in der Küche‹, dachte sie bei sich. Herbert zündete sich eine Zigarette an.

»Mir auch eine, Herb«, sagte Betty. »Ich sterbe vor Sehnsucht nach einer Zigarette.«

Mrs. Sunbury mochte es nicht, wenn Frauen rauchten, aber sie zog nur leicht die Augenbrauen hoch.

»Wir nennen ihn lieber Herbert, Miss Bevan«, sagte sie.

Betty war nicht so dumm, nicht zu begreifen, daß Mrs. Sunbury die ganze Zeit ihr möglichstes tat, sie in Verlegenheit zu bringen, und jetzt sah sie eine Chance, sich zu rächen.

»Ich weiß«, sagte sie. »Als er mir gesagt hat, daß er Herbert heißt, bin ich fast losgeplatzt. Wie kann man nur jemand Herbert nennen. Zum Schreien komisch.«

»Tut mir leid, daß Sie den Namen nicht mögen, den mein Sohn bei der Taufe erhalten hat. Ich finde, es ist ein hübscher Name. Aber wahrscheinlich kommt es drauf an, zu welcher Klasse von Leuten man gehört.«

Herbert versuchte, die Situation zu retten.

»Im Büro, Mammi, da nennen sie mich Bertie.«

»Da kann ich nur sagen, daß das lauter ordinäre Leute sind.«

Mrs. Sunbury hüllte sich in würdevolles Schweigen, und die Unterhaltung, soweit es eine war, wurde von Mr. Sunbury und Herbert aufrechterhalten. Nicht ohne Befriedigung stellte Mrs. Sunbury fest, daß Betty beleidigt war. Sie merkte auch, daß das Mädchen fort wollte und nicht recht wußte, wie sie es anstellen sollte. Sie war fest entschlossen, ihr nicht zu helfen. Schließlich nahm Herbert selbst die Sache in die Hand.

»Na, Betty, ich glaube, es wird Zeit, daß wir gehen«, sagte er. »Ich begleite dich nach Hause.«

»Müssen Sie schon gehen?« fragte Mrs. Sunbury und stand auf. »Es war uns ein Vergnügen, gewiß doch.«

»Hübsches kleines Ding«, sagte Mr. Sunbury versuchsweise, als die jungen Leute gegangen waren.

»Die und hübsch! Nichts als Schminke und Puder. Verlaß dich drauf, die sähe ganz anders aus mit gewaschenem Gesicht und ohne Dauerwelle. Ordinär ist die, ordinär wie Dreck.«

Nach einer Stunde kam Herbert zurück. Er war wütend.

»Hör mal, Mammi, was fällt dir ein, daß du das arme Mädchen so behandelt hast? Ich habe mich einfach für dich geschämt.«

»Rede nicht so zu deiner Mutter, Herbert«, brauste sie auf. »So ein Frauenzimmer hättest du mir gar nicht ins Haus bringen sollen. Ordinär ist die, so ordinär wie Dreck.«

Wenn Mrs. Sunbury böse wurde, dann versagte nicht nur ihre Grammatik, sondern sie fiel auch in einen leichten Cockney-Akzent. Herbert kehrte sich nicht daran, was sie sagte.

»Noch nie im Leben ist sie so beleidigt worden, hat sie gesagt. Es war verflixt schwer, sie zu besänftigen.«

»Hierher kommt sie mir nicht mehr, das sag ich dir gradheraus.«

»Denkste! Ich bin mit ihr verlobt, schreib dir das hinter die Ohren.«

Mrs. Sunbury schnappte nach Luft. »Du bist doch nicht?«

»Doch, ich bin. Ich habe es mir schon lange überlegt, und da war sie heute abend so aufgebracht, daß sie mir leid tat, darum hab ich ihr den Antrag gemacht, und es war verflixt nicht einfach, sie zu überreden, das kann ich dir sagen.«

»Du Idiot!« schrie Mrs. Sunbury, »du Idiot!«

Dann gab es einen ziemlichen Auftritt. Mrs. Sunbury und ihr Sohn setzten einander mit Hammer und Zange zu, und wenn der arme Samuel zu vermitteln versuchte, bekam er von beiden zu hören, er solle den Mund halten. Schließlich stürzte Herbert aus dem Hause, und Mrs. Sunbury brach in Zornestränen aus.

Am nächsten Tag erwähnte niemand den Vorfall. Mrs. Sunbury war eisig höflich gegen Herbert, und er war mürrisch und schweigsam. Nach dem Abendessen ging er aus. Am Samstag sagte er seinen Eltern, daß er nachmittags eine Verabredung habe und nicht mitkommen könne zur Wiese.

»Ich möchte behaupten, daß wir auch ohne dich auskommen können«, sagte Mrs. Sunbury grimmig.

Langsam wurde es Zeit für die üblichen zwei Wochen an der See. Sie gingen immer nach Herne Bay, da Mrs. Sunbury sagte, dort finde man die richtige Art von Leuten, und seit Jahren wohnten sie immer in derselben Pension. Eines Abends sagte Herbert so beiläufig wie möglich:

»Übrigens, schreib ihnen lieber, Mammi, daß ich dieses Jahr mein Zimmer nicht brauche. Betty und ich heiraten, und auf der Hochzeitsreise gehen wir nach Southend.«

Einen Augenblick lang herrschte tödliches Schweigen im Zimmer.

»Das kommt ein bißchen plötzlich, Herbert, nicht?« sagte Mr. Sunbury unsicher.

»Nun ja, in Bettys Büro schränken sie sich ein, und Betty hat keine Stellung, da dachten wir, wir wollten lieber gleich heiraten. Wir haben in der Dabney Street zwei Zimmer gemietet, und die Möbel kaufen wir mit dem Geld auf meinem Sparkonto.«

Mrs. Sunbury sagte kein Wort. Sie war totenblaß geworden, und Tränen rollten ihr die schmalen Wangen hinunter.

»Ach komm, Mammi, nimm es nicht so schwer«, sagte Herbert. »Jeder muß mal heiraten. Hätte Vati dich nicht geheiratet, dann wäre ich jetzt nicht hier, oder?«

Ungeduldig wischte Mrs. Sunbury die Tränen ab.

»Vati hat mich nicht geheiratet; ich hab ihn geheiratet. Ich wußte, daß er zuverlässig und anständig war. Ich wußte, er würde ein guter Ehemann und Vater sein. Ich hab nie keinen Grund gehabt, das zu bereuen, und Vati auch keinen nicht. Stimmt's, Samuel, oder nicht?«

»Stimmt ganz genau, Beatrice«, sagte er schnell.

»Ich weiß, wenn du Betty mal wirklich kennenlernst, wirst du sie gern haben. Sie ist ein nettes Mädchen, das ist sie wirklich. Ich glaube, ihr würdet herausfinden, daß ihr eine Menge gemeinsam habt. Du mußt ihr bloß eine Chance geben, Mammi.«

»In dies Haus kommt sie niemals nicht, nur über meine Leiche.«

»Das ist albern, Mammi. Wieso denn, alles geht ja genauso weiter, wenn du bloß vernünftig bist. Ich meine, wir können Samstag genau wie immer mit dem Drachen losgehen. Nur jetzt, seit ich verlobt bin, war es so schwierig. Verstehst du, sie kann da nichts dran finden, am Drachensteigenlassen, aber sie wird es schon einsehen, und wenn ich erst verheiratet bin, dann ist es ganz anders, ich meine, ich kann herkommen und mit dir und Vati den Drachen steigen lassen; das ist doch selbstverständlich.«

»Das meinst du wohl. Also, eins sag ich dir, wenn du das Frauenzimmer heiratest, dann läßt du meinen Drachen nicht steigen. Geschenkt hab ich dir den nicht, ich habe ihn vom Haushaltungsgeld gekauft, und deshalb gehört er mir, verstehste.«

»Also gut, wie du willst. Betty behauptet sowieso, daß das ein Spiel für Kinder ist und daß ich mich schämen sollte, in meinem Alter noch einen Drachen steigen zu lassen.«

Er stand auf und stolzierte mal wieder wütend aus dem Hause. Vierzehn Tage später heiratete er. Mrs. Sunbury weigerte sich, zur Trauung zu gehen, und erlaubte auch nicht, daß Samuel hinging. Sie gingen auf Urlaub und kamen wieder nach Hause. Sie nahmen das gewohnte Routineleben wieder auf. Samstag nachmittags gingen sie miteinander zur Gemeindewiese und ließen den riesigen Drachen steigen. Mrs. Sunbury erwähnte ihren Sohn nie. Sie war fest entschlossen, ihm nicht zu verzeihen. Aber Mr. Sunbury traf ihn für gewöhnlich im Morgenzug, den sie beide benützten, und sie schwatzten ein bißchen, wenn sie im selben Wagen fahren konnten. Eines Morgens sah Mr. Sunbury zum Himmel hinauf.

»Gutes Drachenwetter heute«, sagte er.

»Geht ihr noch mit dem Drachen, du und Mammi?«

»Was meinst du denn? Sie kann's langsam so gut wie ich. Du solltest sie nur sehen, wie sie mit aufgesteckten Röcken den Hügel hinunterläuft. Mein Wort drauf, das hätte ich nie bei ihr vermutet. Laufen? Und ob! Sie kann besser laufen als ich.«

»Daß ich nicht lache, Vati!«

»Warum kaufst du dir eigentlich nicht einen eigenen Drachen, Herbert? Du warst doch immer so scharf drauf.«

»Ja, ich weiß. Ich hab einmal so was erwähnt, aber du weißt ja, wie die Weiber sind. Betty hat gesagt: ›Benimm dich deinem Alter entsprechend‹, und was sonst nicht noch. Ich will natürlich keinen Kinderdrachen, und die großen Drachen sind teuer. Als wir die Möbel angeschafft haben, hat Betty gesagt, auf die Dauer ist es billiger, das Allerbeste zu kaufen, und da gingen wir zu so einem Abzahlungsladen, und mit den Raten jeden Monat und der Miete – na ja, da habe ich gerade noch soviel Geld, daß wir auskommen. Da heißt es immer, daß man für zwei Personen nicht mehr braucht zum Leben als für eine, aber davon habe ich bisher noch nichts gemerkt.«

»Arbeitet sie denn nicht?«

»Ach nee. Sie sagt, sie hat schon eine Ewigkeit gearbeitet, und jetzt ist sie verheiratet und will es mal gut haben, und natürlich muß ja auch jemand putzen und kochen.«

So ging es ein halbes Jahr lang, und dann, als an einem Samstagnachmittag die Sunburys wie üblich auf der Wiese waren, sagte Mrs. Sunbury zu ihrem Mann:

»Hast du gesehen, was ich gesehen habe, Samuel?«

»Ich habe Herbert gesehen, wenn du das meinst. Ich habe nichts gesagt, weil ich dachte, du würdest dich nur aufregen.«

Herbert stand bei den müßigen Zuschauern. Er versuchte nicht, mit den Eltern zu sprechen, aber es entging Mrs. Sunbury nicht, daß er keinen Blick von dem Flug des Drachens ließ, den er so oft hatte steigen lassen. Es wurde recht kühl, und die Sunburys gingen nach Hause. In Mrs. Sunburys Gesicht wetterleuchtete es vor Bosheit.

»Ob er wohl nächsten Samstag wieder kommt?« sagte Samuel.

»Wenn ich nicht wüßte, daß Wetten Sünde ist, würde ich einen halben Schilling mit dir wetten, daß er kommt, Samuel. Darauf habe ich schon die ganze Zeit gewartet.«

»Wirklich?«

»Ich hab von Anfang an gewußt, daß er davon nicht wegbleiben konnte.«

Sie hatte recht. Am nächsten Samstag und darnach jeden Samstag, wenn schönes Wetter war, erschien Herbert auf der Wiese. Sie sprachen nicht miteinander. Er stand nur eine Weile da und sah zu und schlenderte dann davon. Als das mehrere Wochen lang so gegangen war, hatten die Sunburys eine Überraschung für ihn. Sie ließen nicht den großen Drachen steigen, den er gewohnt war, sondern einen neuen, nach dem Modell gebaut, für das er selbst den Entwurf gemacht hatte. Er sah, daß der Kastendrachen bei den anderen Drachensportlern großes Interesse erregte; sie standen alle drum herum, und Mrs. Sunbury redete Bände. Als Samuel das erste Mal den Hügel hinunterlief, stieg das Ding nicht auf, sondern hoppelte kläglich am Boden, und Herbert ballte die Fäuste und knirschte mit den Zähnen. Er konnte dieses Versagen nicht mit ansehen. Mr. Sunbury stieg wieder den kleinen Hügel hinauf, und beim zweiten Mal stieg der Kastendrachen auf. Die Zuschauer schrien hurra. Nach einiger Zeit zog Mr. Sunbury den Drachen ein und ging damit zum Hügel zurück. Mrs. Sunbury ging zu ihrem Sohn hinüber.

»Möchtest du's versuchen, Herbert?«

Er hielt den Atem an.

»Ja, Mammi, gern.«

»Das ist nur ein kleiner, man sagt, man muß es erst rauskriegen. Der ist anders als die altmodischen. Aber wir haben schon eine genaue Beschreibung von einem großen, und es heißt, wenn man mit dem Bescheid weiß, und der Wind steht richtig, dann steigt der dir zwei Meilen hoch.«

Mr. Sunbury kam dazu.

»Samuel, Herbert möchte den Drachen ausprobieren.«

Mr. Sunbury gab ihm den Drachen, er lächelte zufrieden, und Herbert gab seiner Mutter seinen Hut zu halten. Dann rannte er den Hügel hinab, der Drachen schwang sich wunderschön in die Luft, und wie er dem Steigen zusah, jubelte sein Herz. Es war herrlich anzusehen, wie das kleine schwarze Ding so brav hinaufstieg, aber während er noch zusah, dachte er an den riesig großen, den sie bauen ließen. Den könnten sie niemals handhaben. Zwei Meilen hoch in der Luft, hatte Mammi gesagt. Heiliger Bimbam!

»Warum kommst du nicht mit auf eine Tasse Tee, Herbert«, sagte Mrs. Sunbury, »dann zeigen wir dir den Entwurf für den neuen, den die uns jetzt bauen. Vielleicht kannst du uns da raten.«

Er zögerte. Er hatte Betty gesagt, er wollte nur spazierengehen, sich die Beine vertreten; sie wußte nicht, daß er jeden Samstag zur Wiese gegangen war, und jetzt wartete sie wohl schon auf ihn. Aber die Versuchung war unwiderstehlich.

»Meinetwegen«, sagte er.

Nach dem Tee sahen sie sich die Pläne an. Der Drachen war ungeheuerlich groß und besaß Vorrichtungen, die er noch nie zuvor gesehen hatte, und er würde furchtbar teuer sein.

»Den könnt ihr allein nicht steigen lassen«, sagte er.

»Wir können es ja versuchen.«

»Ihr würdet wohl nicht wollen, daß ich euch zuerst mal helfe?« fragte er unsicher.

»Das wäre keine schlechte Idee«, sagte Mrs. Sunbury.

Es war spät, als er nach Hause kam, viel später, als er dachte, und Betty war sehr ärgerlich.

»Wo in Gottes Namen bist du gewesen, Herb? Ich dachte schon, du wärst tot. Das Abendessen ist längst fertig und alles miteinander.«

»Ich hab ein paar Bekannte getroffen und mich verschwatzt.«

Sie sah ihn scharf an, aber sie antwortete nicht. Sie nahm übel.

Nach dem Abendessen schlug er vor, sie sollten ins Kino gehen, aber sie weigerte sich.

»Geh nur, wenn du Lust hast«, sagte sie. »Ich habe keine Lust.«

Am nächsten Samstag ging er wieder zur Wiese, und wieder erlaubte ihm die Mutter, den Drachen steigen zu lassen. Sie hatten den neuen bestellt und erwarteten ihn in drei Wochen. Gleich drauf sagte die Mutter zu ihm:

»Elizabeth ist hier.«

»Betty?«

»Sie spioniert dir nach.«

Das erschreckte ihn sehr, aber er stellte sich gleichgültig.

»Laß sie spionieren, das ist mir egal.«

Jedoch war er nervös und wollte nicht zum Tee mit den Eltern gehen. Er ging direkt nach Hause. Betty wartete schon auf ihn.

»Das sind also die Bekannten, mit denen du dich verschwatzt hast. Ich bin schon eine Zeitlang mißtrauisch gewesen wegen deiner Spaziergänge am Samstagnachmittag, und plötzlich bin ich draufgekommen. Eine Schande nenn ich das.«

»Das ist mir egal, wie du das nennst. Ich mag das nun mal, und wenn du es nicht magst, kannst du's ja bleiben lassen.«

»Ich lasse das nicht zu, das sage ich dir unumwunden. Ich lasse nicht zu, daß du dich zum Narren machst.«

»Ich hab jeden Samstagnachmittag meinen Drachen steigen lassen, seit ich ein Kind war, und das tu ich auch weiter, so lange ich nur irgend will.«

»Die alte Hure steckt dahinter, die versucht bloß, dich von mir wegzulotsen. Wenn du ein Mann wärst, würdest du niemals mehr ein Wort mit ihr reden, nachdem sie mich so behandelt hat.«

»Ich erlaube nicht, daß du so von ihr sprichst. Sie ist meine Mutter, und ich bin dazu berechtigt, sie so oft zu sehen, wie ich will.«

Sie stritten sich stundenlang. Betty schrie ihn an, und Herbert brüllte sie an. Sie hatten sich wohl schon gelegentlich um Kleinigkeiten gezankt, denn sie waren beide eigensinnig. Aber dies war der erste ernsthafte Streit. Am Sonntag redeten sie nicht miteinander, und während der Woche schwelte es noch in ihnen nach, wenngleich rein äußerlich Friede herrschte. Zufällig regnete es an den nächsten zwei Samstagen. Betty lächelte vor sich hin, als sie die Regengüsse sah; und wenn Herbert enttäuscht war, so ließ er es sich nicht anmerken. Die Erinnerung an den heftigen Streit verblaßte. Sie wohnten in *zwei* Zimmern, sie schliefen in *einem* Bett, und es war unvermeidlich, daß sie gerne bereit waren, ihre Streitigkeiten zu vergessen. Betty gab sich besondere Mühe, sehr nett zu ihrem Herb zu sein, und sie glaubte, daß jetzt – da er einmal ihre scharfe Zunge mitgekriegt hatte, da er wußte, daß sie entschlossen war, sich niemandem zu fügen –, daß er jetzt zur Vernunft kommen würde. Auf seine Art war er ein guter Ehemann, er knauserte nicht mit dem Geld und war zuverlässig. Nur ein bißchen Zeit, dann würde sie ihn schon zurechtkriegen.

Aber nach vierzehn Tagen schlechten Wetters klärte es sich auf.

»Sieht wohl so aus, als ob wir morgen gutes Drachenwetter kriegten«, sagte Mr. Sunbury, als sie sich auf dem Bahnsteig trafen und auf den Morgenzug warteten. »Der neue Drachen ist da.«

»Tatsächlich?«

»Mammi hat gesagt: natürlich möchten wir gern, daß du kommst und uns dabei hilfst, aber niemand ist befugt, sich zwischen Mann und Frau einzudrängen, und wenn du vor Betty Angst hast, daß sie Krach schlägt, dann glaub ich, du solltest lieber nicht kommen. Wir haben auf der Wiese einen jungen Mann kennengelernt, der ist ganz verrückt darauf und sagt, wenn irgend jemand den Drachen steigen lassen kann, dann kann er's.«

Herbert empfand plötzlich heftige Eifersucht.

»Laßt nur keine fremden Leute an unseren Drachen ran. Ich komme bestimmt.«

»Nun ja, überleg dir's, Herbert; und wenn du nicht kommst, verstehen wir das schon.«

»Ich komme aber«, sagte Herbert.

Am nächsten Tag also, als er aus der Stadt nach Hause

kam, zog er den Büroanzug aus und zog eine Sporthose und eine alte Jacke an. Betty kam ins Schlafzimmer.

»Was machst du da?«

»Ich ziehe mich um«, sagte er vergnügt. Er war so aufgeregt, daß er das Geheimnis nicht für sich behalten konnte. »Der neue Drachen ist gekommen, und ich lasse ihn steigen.«

»O nein, das tust du nicht«, sagte sie. »Das laß ich nicht zu.«

»Sei nicht albern, Betty. Ich gehe hin, sag ich dir, und wenn dir das nicht paßt, dann paßt es dir eben nicht.«

»Ich laß dich nicht hingehen, und dabei bleibt's.«

Sie schloß die Tür und stellte sich davor. Ihre Augen blitzten, sie biß die Zähne aufeinander. Sie war eine kleine Person, und er war groß und kräftig. Er packte sie an beiden Armen, um sie beiseite zu stoßen, aber sie trat ihn heftig gegen das Schienbein.

»Soll ich dir einen Kinnhaken versetzen?«

»Wenn du gehst, dann kommst du nicht zurück«, schrie sie.

Er hob sie auf, warf sie trotz allem Strampeln und Kicken aufs Bett und ging hinaus.

Wenn der kleine Kastendrachen auf der Wiese schon Aufsehen erregt hatte, so war das nichts im Vergleich mit dem, was der neue bewirkte. Aber er war schwierig zu handhaben, und soviel sie auch rannten und schnauften und auch andere Drachenenthusiasten ihnen halfen, konnte Herbert ihn doch nicht zum Steigen bringen.

»Macht nichts«, sagte er, »wir werden den Trick bald heraushaben. Der Wind steht heute nicht richtig, daran liegt es nur.«

Er ging mit den Eltern zum Tee, und sie besprachen das alles wie in alten Zeiten. Er blieb so lange wie möglich, denn er freute sich durchaus nicht auf die Szene, die Betty ihm machen würde. Aber als Mrs. Sunbury in die Küche ging, um das Abendbrot zu machen, mußte er nach Hause gehen. Betty las die Zeitung. Sie blickte auf.

»Dein Koffer ist gepackt«, sagte sie.

»Mein was?«

»Du hast es schon richtig verstanden. Ich hab ja gesagt, wenn du gehst, brauchst du nicht wiederzukommen. Da habe ich deine Sachen vergessen. Alles ist gepackt. Ist im Schlafzimmer.«

Er sah sie einen Augenblick überrascht an. Sie tat, als lese sie weiter. Er hätte sie gerne tüchtig verdroschen.

»Gut, wie du willst«, sagte er.

Er ging ins Schlafzimmer. Seine Kleider waren in einem Koffer verpackt, und dann war da noch ein Paket aus braunem Packpapier, in dem Betty die anderen Sachen verstaut hatte. Er nahm den Koffer mit der einen Hand, das Paket mit der anderen, ging wortlos durchs Wohnzimmer und aus dem Hause. Er ging zu Fuß zu seiner Mutter und klingelte. Sie machte die Tür auf.

»Ich bin nach Hause gekommen, Mammi«, sagte er.

»Wirklich, Herbert? Dein Zimmer ist bereit. Stell deine Sachen ab und komm herein. Wir wollten gerade zu Abend essen.« Sie gingen ins Eßzimmer. »Samuel, Herbert ist nach Hause gekommen. Geh schnell und hole ein Quart Bier.«

Während des Abendbrots und den Abend lang erzählte er ihnen, welche Schwierigkeiten er mit Betty hatte.

»Gut, daß du da heraus bist«, sagte Mrs. Sunbury, als er fertig war. »Ich habe dir ja gesagt, daß das keine Frau für dich ist. Ordinär ist die, ordinär wie Dreck, und du, du bist doch so gut erzogen.«

Er fand es herrlich, in seinem eigenen Bett zu schlafen, in dem Bett, an das er sein Leben lang gewöhnt war; und am Sonntagmorgen unrasiert und ungewaschen zum Frühstück herunterzukommen und die *Nachrichten aus aller Welt* zu lesen.

»Heute gehen wir nicht zur Kirche«, sagte Mrs. Sunbury. »Es war doch ein ziemlicher Schock für dich, Herbert; heute tun wir mal alle langsam.«

Während der Woche sprachen sie viel vom Drachen, aber sie sprachen auch viel von Betty. Sie redeten hin und her, was sie wohl jetzt unternehmen würde.

»Sie wird versuchen, dich wiederzukriegen«, sagte Mrs. Sunbury.

»Da hat sie ja vortreffliche Aussichten«, sagte Herbert.

»Du wirst für ihren Unterhalt sorgen müssen«, sagte sein Vater.

»Warum sollte er wohl?« rief Mrs. Sunbury. »Sie hat ihn zur Heirat überlistet, und jetzt hat sie ihn aus dem Heim vertrieben, das er für sie eingerichtet hatte.«

»Ich gebe ihr, was ihr zusteht, solange sie mich in Ruhe läßt.«

Jeden Tag wurde ihm wohler zumut, eigentlich war es, als ob er nie fortgewesen wäre, er machte es sich bequem wie ein

Hund in dem Korb, der nun mal sein eigener ist; es war schön, eine Mutter zu haben, die einem die Anzüge ausbürstete und die Socken stopfte; sie tischte ihm die Gerichte auf, die er zeitlebens gegessen hatte und am liebsten mochte; Betty kochte nur so obenhin, zuerst hatte das Spaß gemacht, wie etwa beim Picknick, aber es war nicht das Essen, bei dem ein Mann wirklich was zwischen die Zähne kriegt, und er vergaß nie die Ansicht seiner Mutter, daß frische Nahrungsmittel besser seien als das Büchsenzeug. Lachs aus der Büchse ekelte ihn schon beim bloßen Hinsehen an. Dann war es auch schöner, Platz zu haben und umhergehen zu können, als in zwei Zimmern eingesperrt zu sein, von denen das eine noch dazu als Küche dienen mußte.

Einmal sagte er zu seiner Mutter: »Nie im Leben habe ich einen größeren Fehler gemacht als den, daß ich von zu Hause fortgegangen bin.«

»Ich weiß, Herbert, aber jetzt bist du ja wieder da und hast keinen Grund, je wieder fortzugehen.«

Sein Gehalt wurde am Freitag ausgezahlt, und am Abend, als sie gerade mit dem Essen fertig waren, klingelte es.

»Das ist sie«, sagten sie wie aus einem Munde.

Herbert wurde blaß. Seine Mutter sah ihn an.

»Überlaß es mir«, sagte sie. »Ich rede mit ihr.«

Sie öffnete die Tür. Betty stand auf der Schwelle. Sie versuchte, sich hineinzudrängen, aber Mrs. Sunbury hinderte sie daran.

»Ich will Herb sprechen.«

»Das können Sie nicht. Er ist ausgegangen.«

»Nein, das ist er nicht. Ich habe gesehen, wie er mit seinem Vater nach Hause kam, und er ist nicht wieder herausgekommen.«

»Nun ja, er will Sie nicht sehen, und wenn Sie Krach machen, rufe ich die Polizei.«

»Ich will mein Geld für die Woche.«

»Das ist ja alles, was Sie je von ihm gewollt haben.« Sie zog ihren Geldbeutel heraus. »Hier haben Sie fünfunddreißig Schilling.«

»Fünfunddreißig Schilling? Die Miete kostet doch schon zwölf Schilling die Woche.«

»Mehr kriegen Sie nicht. Er muß ja auch hier für sein Essen bezahlen, nicht wahr?«

»Und dann noch die Raten für die Möbel.«

»Das werden wir sehen, wenn's soweit ist. Wollen Sie das Geld haben oder nicht?«

Verwirrt, unglücklich und eingeschüchtert stand Betty unentschlossen da. Mrs. Sunbury steckte ihr das Geld gewaltsam in die Hand und schlug ihr die Tür vor der Nase zu. Sie ging ins Eßzimmer zurück.

»Der hab ich's gegeben«, sagte sie.

Die Türglocke läutete wieder, sie läutete wiederholt, aber sie gingen nicht hin, und dann war es still. Sie nahmen an, daß Betty gegangen war.

Am nächsten Tag war schönes Wetter, der Wind hatte genau die richtige Stärke, und nachdem es Herbert zwei- oder dreimal mißglückt war, merkte er, daß er den Trick mit dem Kastendrachen heraus hatte. Der schwang sich in die Luft hinauf, höher und höher, während Herbert den Draht abrollen ließ.

»Also der ist jetzt eine Meile hoch, wenn er überhaupt fliegt«, sagte er aufgeregt zu seiner Mutter.

Nie im Leben war er so aufgeregt und begeistert gewesen.

Einige Wochen vergingen. Sie brauten einen Brief zusammen, worin Herbert an Betty schrieb, daß sie, solange sie ihn und seine Familie nicht belästige, jeden Samstagmorgen eine Postanweisung über fünfunddreißig Schilling erhalten und daß er die Ratenzahlungen für die Möbel jeweils am Fälligkeitstag leisten werde. Mrs. Sunbury war sehr dagegen gewesen, aber Mr. Sunbury, endlich einmal nicht mit ihr einverstanden, und Herbert stimmten überein, daß sich das so gehöre. Herbert hatte jetzt die Eigenarten des neuen Drachen erforscht und vollbrachte Wunderdinge mit ihm. Um den Wettbewerb mit anderen Drachensportlern kümmerte er sich nicht mehr. Er war eine Klasse für sich. Die Samstagnachmittage waren für ihn ein einziger Triumph. Er schwelgte in der Bewunderung der Zuschauer und genoß den Neid, den er – das wußte er genau – bei den weniger glücklichen Sportlern erregte. Dann lauerte ihm eines Abends, als er mit seinem Vater vom Bahnhof nach Hause ging, Betty auf.

»Hallo, Herb«, sagte sie.

»Hallo.«

»Ich möchte mit meinem Mann allein sprechen, Mr. Sunbury.«

»Du könntest mir nichts zu sagen haben, was mein Vater nicht auch hören kann«, sagte Herbert trotzig.

Sie zögerte. Mr. Sunbury war nervös. Er wußte nicht, ob er bleiben oder gehen sollte.

»Also gut«, sagte sie. »Ich möchte, daß du wieder nach Hause kommst, Herb. Ich hab's nicht so gemeint an dem Abend, als ich deinen Koffer gepackt hab. Ich hab's nur getan, weil ich dich erschrecken wollte. Ich war wütend. Es tut mir leid, daß ich das getan habe. Es ist doch alles so blöd, sich um einen Drachen zu verzanken.«

»Aber ich komme nicht zurück. Daß du mich rausgeworfen hast, das war die größte Wohltat, die du mir je erwiesen hast.«

Tränen rollten Bettys Wangen hinab.

»Aber ich liebe dich doch, Herb. Wenn du deinen dummen ollen Drachen steigen lassen willst, dann tu's nur, ich hab nichts dagegen, wenn du bloß wieder nach Hause kommst.«

»Vielen Dank, aber das ist nicht genug. Ich weiß es wohl zu schätzen, wenn ich's wo gut habe, und vom Verheiratetsein hab ich auf Lebenszeit genug. Komm, Vati.«

Sie gingen schnell weiter, und Betty versuchte nicht, ihnen zu folgen. Am folgenden Sonntag gingen sie zur Kirche, und nach dem Essen ging Herbert zum Kohlenschuppen, um den Drachen zu betrachten, den er dort aufbewahrte. Er konnte sich nie lange von ihm trennen. Er war ihm einfach verfallen. Nach einer Minute kam er zurückgerannt, weiß im Gesicht, ein Beil in der Hand.

»Sie hat ihn kaputtgeschlagen!«

Die Sunburys schrien entsetzt auf und rannten zum Kohlenschuppen. Was Herbert gesagt hatte, war wahr. Der Drachen war ein Trümmerhaufen. Mit dem Beil hatte ihn jemand blindwütig zusammengeschlagen, die Trommel in Stücke zerhackt.

»Das muß sie getan haben, solange wir in der Kirche waren.«

»Aber wie ist sie hereingekommen?« fragte Mr. Sunbury.

»Ich hab zwei Schlüssel gehabt. Als ich nach Hause kam, merkte ich, daß einer fehlte, aber ich hab mir nichts dabei gedacht.«

»Du weißt nicht bestimmt, ob sie es getan hat, ein paar von den Burschen auf der Wiese sind schon ziemlich frech gewesen, denen würde ich's auch zutrauen, daß sie so was tun.«

»Nun ja, wir werden's bald herauskriegen«, sagte Herbert.

»Ich gehe hin und frage sie, und wenn sie es getan hat, bring ich sie um.«

Seine Wut war so fürchterlich, daß Mrs. Sunbury Angst bekam.

»Und dich wegen Mord aufhängen lassen? Nein, Herbert, ich laß dich nicht gehen. Laß Vati gehen, und wenn er wiederkommt, werden wir beschließen, was wir tun.«

»Ja, das ist besser, Herbert, laß mich gehen.«

Es war nicht einfach, ihn zu überreden, aber schließlich ging Mr. Sunbury los. Und nach einer halben Stunde war er wieder da.

»Stimmt schon, sie hat es getan. Sie sagte es mir frei heraus. Sie ist stolz darauf. Ich will nicht wörtlich ihre Ausdrücke wiederholen, die haben mich einigermaßen schockiert, aber es kommt darauf hinaus, daß sie eifersüchtig auf den Drachen war. Sie hat gesagt, Herbert liebt den Drachen mehr als sie, und darum hat sie ihn kaputtgeschlagen, und wenn sie's noch mal zu tun hätte, würde sie's wieder tun.«

»Ein Glück, daß sie das mir nicht gesagt hat. Ich hätte ihr den Hals umgedreht, und wenn ich dafür hätte baumeln müssen. Von mir kriegt sie keinen Penny mehr, dabei bleibt's.«

»Sie wird dich verklagen«, sagte sein Vater.

»Laß sie doch.«

»Nächste Woche ist die Rate für die Möbel fällig, Herbert«, sagte Mrs. Sunbury leise, »an deiner Stelle würde ich sie nicht bezahlen.«

»Dann holen sie die Möbel einfach ab«, sagte Samuel, »und das ganze Geld, das er schon bezahlt hat, ist verloren.«

»Na und?« fragte sie. »Er kann es sich leisten. Er ist sie ein für allemal los, und wir haben ihn wieder, und das ist die Hauptsache.«

»Auf das Geld pfeif ich«, sagte Herbert. »Ich stelle mir ihr Gesicht vor, wenn die kommen und die Möbel abholen. Auf die hält sie viel, tut sie, und das Klavier erst, daran hängt sie geradezu, an dem Klavier.«

Also schickte er am nächsten Freitag Betty kein Geld für die Woche, und als sie ihm einen Brief von der Möbelfirma nachschickte, worin es hieß, wenn er die fällige Rate nicht am Soundsovielten bezahlt habe, werde man die Möbel abholen, antwortete er, er sei nicht in der Lage, weiter Raten zu bezahlen, und sie sollten die Möbel abholen, wann immer sie wollten. Betty wartete nun häufig am Bahnhof auf ihn, und wenn er sich weigerte, mit ihr zu sprechen, folgte sie ihm die Straße hinunter und schrie Flüche hinter ihm her. Abends kam sie immer wieder zum Hause und läutete an der Haustür, bis sie fast verrückt wurden, und Mr. und Mrs. Sunbury hatten die größte Mühe, Herbert daran zu hindern, daß er hinausging und sie gründlich verdrosch. Einmal warf sie einen Stein und zerbrach das Wohnzimmerfenster. Sie schrieb ihm unanständige und beleidigende Postkarten ins Büro. Schließlich ging sie zum Gericht und reichte Klage ein, ihr Mann habe sie verlassen und sorge nicht für ihren Unterhalt. Herbert erhielt eine Vorladung. Beide erzählten ihre Geschichte, und wenn sie dem Richter sonderbar vorkam, so sagte er das nicht. Er versuchte, eine Versöhnung zwischen den beiden herbeizuführen, aber Herbert weigerte sich entschieden, zu seiner Frau zurückzukehren. Der Richter verurteilte ihn dazu, Betty wöchentlich fünfundzwanzig Schilling zu zahlen. Er sagte, das werde er nicht tun.

»Dann kommen Sie ins Gefängnis«, sagte der Richter. »Der nächste Fall.«

Aber Herbert meinte wörtlich das, was er sagte. Als Betty wieder klagte, wurde er wieder vor den Richter zitiert, der ihn fragte, aus welchem Grunde er den Befehl nicht befolge.

»Ich habe gesagt, ich werde ihr nichts zahlen, und ich will es nicht tun, jetzt nicht mehr, nachdem sie meinen Drachen zerschlagen hat. Und wenn Sie mich ins Gefängnis schicken, dann gehe ich eben ins Gefängnis.«

Der Richter war diesmal streng mit ihm.

»Sie sind ein törichter junger Mann«, sagte er. »Ich will Ihnen eine Woche Zeit geben, die Rückstände zu bezahlen, und wenn ich noch mehr Unsinn von Ihnen zu hören bekomme, dann kommen Sie ins Gefängnis, bis Sie zur Vernunft gekommen sind.«

Herbert zahlte nicht, und so kam mein Freund Ned Preston zu dieser Bekanntschaft, und ich erfuhr diese Geschichte.

»Wie erklärst du dir das?« fragte Ned, als er zu Ende erzählt hatte. »Weißt du, Betty ist kein schlechtes Mädchen. Ich habe sie ein paarmal gesehen, sie ist ganz in Ordnung, abgesehen von der verrückten Eifersucht auf Herberts Drachen. Und er ist weiß Gott nicht dumm. Tatsächlich ist er über den Durchschnitt intelligent. Was meinst du, was ist wohl am Drachensport, daß dieser verflixte Idiot so verrückt darauf ist?«

»Ich weiß nicht«, antwortete ich. Ich überlegte es mir einige Zeit. »Siehst du, ich verstehe nichts vom Drachensport. Vielleicht gibt es ihm ein Gefühl von Macht, wenn er den Drachen zu den Wolken hinaufsteigen sieht, und von Herrschaft über die Elemente, wenn er die Winde des Himmels nach seinem Willen nützt. Mag sein, daß er sich auf seltsame Weise als der Drachen selbst vorkommt, der so frei und hoch über ihm fliegt, das ist dann wie eine Flucht aus der Eintönigkeit des Lebens. Mag sein, daß auf irgendeine dumpfe, verwirrte Weise der Drachen ihm ein Ideal von Freiheit und Abenteuer bedeutet. Und weißt du, wenn einer mal vom Virus des Ideals gebissen wird, dann können alle Internisten und Chirurgen des Königs ihn nicht davon befreien. Aber all das sind Hirngespinste, ich muß wohl sagen, es ist einfach Gerede und Blödsinn. Ich glaube, du solltest dein Problem jemandem vorlegen, der viel mehr von der Psychologie des Menschentiers versteht als ich.«

Hinweis

Der Verlag dankt den ›Executors of the Estate of the Late W. Somerset Maugham‹, der Literary Agency Mohrbooks, Zürich, und dem Diana Verlag, Zürich, für die Erteilung der Rechte an *Episode* (aus dem Band *Schein und Wirklichkeit*).